Kreuzfahrt kann sehr tödlich sein

Jan Gillsborg

Thriller

neobooks

Impressum

Verlag: Hans-Jochen Bergmann
Binzstraße 64
13189 Berlin
gillsborg@aol.com
Druck: epubli, ein Service der
neopubli GmbH, Berlin

Printed in Germany

Auf ein Wort

Es war einmal…

Da gab es eine Zeit, in der Kreuzfahrten so stattfanden, wie sie hier beschrieben sind. Ohne umfangreiche Vorsichtsmaßnahmen gegen eine gefährliche ansteckende Krankheit wie Covid-19. Es ging alles ziemlich locker, lustig, unbekümmert zu – viele Leute gingen am Desinfektionsspender auf dem Schiff einfach vorbei. Es war alles wie im Lied „Eine Seefahrt, die ist lustig". Tja, das war einmal.

Es war einmal…
Da wurde in Moskau vom Zentralkomitee der Kommunistischen Partei der Sowjetunion am 11. März 1985 ein neuer Generalsekretär gewählt. Und wäre an diesem Tag nicht Michail Sergejewitsch Gorbatschow an die Spitze der KPdSU gelangt, sondern der fiktive bewährte Funktionär Andrej Semjonowitsch Kyrilin gewählt worden, dann hätten die nachfolgend geschilderten Ereignisse in diesem Buch durchaus denkbar sein können.

Es war einmal…
Da warb die amerikanische CIA - zumindest in diesem Roman - einen vielversprechenden jungen sowjetischen Genossen als „Maulwurf" an. Er spielt hier in diesem Buch später eine entscheidende Rolle in der Weltpolitik.

Natürlich ist das alles nur erfunden.
Aber hätte es nicht so sein können?

Prolog

George fand die Atmosphäre in der verlassenen dunklen alten Kapelle zu dieser Nachtstunde ausgesprochen unheimlich. Aber er hatte keine Angst. Sein umtriebiger alter Freund Luuk, zu dem er seit ewig langen Zeiten ohne Kontakt gewesen war, hatte ihm trotzdem beim überraschenden Treffen im Viertel Delfshaven nicht nur den nachgemachten Schlüssel für die nicht mehr genutzte kleine Kirche besorgt, sondern auch eine Glock17, deren Registriernummer sorgsam herausgefeilt worden war.

Zufrieden betrachtete er sein Werk. Das Versteck war gut. Niemand würde auf die Idee kommen, dass seine „Ware" ausgerechnet hier deponiert worden war. Jetzt kam es darauf an, wer sie kaufen würde. Die Amerikaner oder die Russen. Er hatte über alte Kanäle beide Seiten kontaktiert. George Wilkins rieb sich die Hände. Es würde wieder Geld regnen. Er brauchte es dringend. In all den Jahren, in denen er sich versteckt hatte, war alles draufgegangen.

Im Lichtkegel seiner LED-Lampe ging er vom Altar durch den Gang zwischen den wenigen Reihen der Holzbänke zurück zur Tür. Es war eine kleine Kapelle und er musste nur einige Schritte tun, um sie wieder zu verlassen. Draußen verschloss er sorgsam wieder die mit Schnitzereien versehene Tür. Den Schlüssel verbarg er unter einer losen Steinplatte am Eingang. So, das war auch getan – in einer dreiviertel Stunde würde er wieder auf dem Schiff sein.

„Hallo – George!" Er fuhr zusammen. In der dunklen unbewohnten Straße, die nur spärlich von einer weit entfernten Laterne vor einer langen Mauer etwas Licht erhielt, baute sich ein Schatten vor ihm auf. Seine Hand glitt nach hinten zum Hosenbund, in dem die Glock17 steckte.

„Michael?" Er hatte die Stimme gleich erkannt. Sie waren in jungen Jahren einmal enge Freunde gewesen hier in dieser Stadt. Und sie hatten lange und eng genug zusammengearbeitet in der „Firma", wie sie sie die Agency nannten, und Michael war auch mit an der heißen Sache beteiligt gewesen, um die es hier ging. Die anderen fünf Leute, die mitgemacht hatten, waren alle tot. Unfälle. Krankheiten. Ein Raubüberfall. Er hatte daran gezweifelt, dass es natürliche Todesfälle gewesen waren. Vielleicht hatten die Typen in der Hackordnung über ihnen unnütze Mitwisser aus dem Weg geräumt. Er hatte sich rechtzeitig abgesetzt und in Sicherheit gebracht. Auch Michael war wie im Nichts verschwunden. Jetzt war er plötzlich wieder da. Stark gealtert, so wie George Wilkins auch.

„Du hast es also aus dem Schließfach geholt und willst das ganz große Geschäft allein machen, nicht wahr?“ fragte der Ankömmling.

„Ich habe deine alten Quellen und Kontakte durchforstet“, George lächelte. „Auch eine alte Freundin besucht. So wie du. Durch sie bin ich darauf gestoßen. Ich hatte dir vertraut. Aber du hattest es gestohlen, um es für dich allein zu haben. “

Der Schatten trat näher. Etwas glitzerte in seiner Hand. Eine Messerklinge. „Wo ist es jetzt?“, fragte der andere. „Ich will selbstverständlich ein großes Stück vom Kuchen haben. Schließlich haben wir es damals zu zweit gemacht. Du weißt, dass ich aus dir herausquetschen werde, wo du es versteckt hast.“

„Warum drohst du mir?“, sagte George sanft. „Wir waren doch früher gute Freunde.“

„In unserem Beruf gibt es keine Freunde!“, Michaels Silhouette vor dem schwach erleuchteten Hintergrund baute sich zwei Meter vor ihm auf und seine Stimme klang drohend.

„Das ist allerdings wahr“, gab ihm George Recht und schoss ihm ins linke Auge.

Der Schatten sackte zusammen, ohne auch nur einen Ton von sich zu geben.

Einige Minuten überlegte George, was er tun sollte. Einfach abhauen? Schlecht. Jemand würde den Toten finden und die Polizei rufen. Hier in der Nähe seines Verstecks konnte er keine Bullen gebrauchen, die überall herumschnüffeln würden. Vielleicht sogar in der Kapelle.

Etwa fünfhundert Meter entfernt, dort wo die Laterne stand, befand sich ein Baugrundstück. Er hatte es bemerkt, als er vorhin dort vorbeigekommen war. Verschalungen ragten in die Höhe. Die Arbeiter würden gegen Sechs oder Sieben anfangen. Wenn er den Toten bis dorthin schleppen konnte und in eine der Gruben warf, würde der am frühen Morgen mit einbetoniert werden, ohne dass es jemand bemerkte.

Ich bin zu alt für so eine Schinderei, dachte George, als er sich mit dem Toten auf der Schulter zu diesem Grundstück hinüber quälte. Seine Arme schmerzten und sein Herz schlug heftig angesichts der Anstrengung. Doch er schaffte es, auf das nicht abgesperrte Areal zu gelangen und den Körper des Erschossenen über eine der hohen Verschalungen hinab in ein tiefes Loch zu werfen. Schwer atmend verharrte er danach. Er schnappte heftig nach Luft. Dann warf er die Glock17 hinterher, nachdem er mit einem Taschentuch und dem Desinfektionsmittel aus seinem Rucksack alle Fingerabdrücke beseitigt hatte. Aufs Schiff konnte er die Waffe ja doch nicht mitnehmen wegen der Sicherheitskontrollen im Cruise Terminal.

Minuten später war er auf dem Weg zurück zum Kreuzfahrtschiff. Sein Herz schlug immer noch wild und unregelmäßig. Er bekam kaum noch Luft. Im linken Arm verspürte er ein unangenehmes schmerzliches Ziehen, das bis in seine Finger reichte. Für Sekunden verschwamm ihm alles vor den Augen.

Er fühlte sich auch nicht viel besser, als er endlich wieder an Bord der „Bella Auranta“ angekommen war.

Vielleicht sollte ich etwas zu mir nehmen, dachte er. Dann geht es mir wieder besser. Einen kleinen Snack, eine Cola. Ja, das würde helfen. Es war ein bisschen viel gewesen für einen alten Mann um die Siebzig. Aber er wollte noch mindestens zwanzig Jahre leben und zwar in guten finanziellen Verhältnissen. Dazu musste er die „Ware" nur noch verkaufen. Ihm war egal, wer sie bekam – der Meistbietende würde den Zuschlag bekommen. Die Amerikaner. Oder die Russen. Für beide Seiten war das brisante Material hochinteressant.

Auf der „Bella Auranta" gab es auf Deck 5 ein kleines Buffet „24 h", das rund um die Uhr geöffnet hatte. George beschloss, nicht sofort in seine Kabine 9272 zu gehen, sondern zuvor noch das Restaurant zu besuchen. Es war nicht sehr voll, aber acht schlaflose Passagiere hatten sich trotz der späten oder besser: frühen Stunde hier niedergelassen, um sich etwas vom Tresen zu holen.

George versuchte tief Luft zu holen, aber das klappte nicht. Er hatte das Gefühl, dass sich eine Schraubzwinge um seinen Brustkorb zwängte und auch sein Magen nicht in Ordnung war. Deshalb entschied er sich, zuerst eine Schüssel Hühnerbrühe zu sich zu nehmen – hinterher konnte es dann noch etwas Deftiges sein.

Er setzte sich an einen Tisch im Hintergrund. Schob die Schüssel zu sich heran. Griff zum Löffel.

In diesem Augenblick schoss ein so heftiger Schmerz durch seine Brust, wie er ihn noch nie empfunden hatte. Es zerriss ihn fast. Er stöhnte auf. Die Tischplatte schien ihm plötzlich entgegenzukommen.

George fiel mit dem Gesicht so heftig in die heiße Hühnerbrühe, dass es nur so spritzte.

Es machte ihm nicht aus. Denn der Löffel fiel ihm aus der Hand.

Endgültig!

1. Drei Wochen später

Sighard Höhne wurde an einem trüben Tag im Mai begraben. Wir waren zwölf Studienkameraden von ihm, die auf dem kleinen Friedhof im Norden Berlins zusammengekommen waren, um ihm die letzte Ehre zu erweisen. Ehrlich gesagt, gehe ich immer weniger gern zu Begräbnissen, je älter ich werde. Die Totengräber sehen einen stets so eindringlich an, als sei man bald der Nächste, und die meisten Trauergäste taxieren sich auch schon untereinander, wer denn bald an der Reihe sein könnte.

Unser Freund Sighard war auf unkonventionelle Art und Weise aus dem Leben gegangen. Der Tod, ein humoriger Geselle, hatte ihn in der verkehrsarmen Zeit in der Berliner S-Bahn zwischen Pankow und Schönefeld zu sich genommen – auf stille Weise, völlig unbemerkt. Ein Herzschlag, und wie der Notarzt später meinte: ein schöner Tod. Niemand von den wenigen Fahrgästen, die zu dieser Zeit unterwegs waren, hatte davon etwas bemerkt und sich daran gestört, dass Sighard mit geschlossenen Augen auf einem Ecksitz des Wagens vor sich hin ruhte. Da macht einer ein Nickerchen, werden die meisten, die ihn überhaupt gesehen hatten, gedacht haben. Sighards Leichnam musste etwas zwei-, dreimal die ganze lange Strecke hin und hergefahren sein, ehe zwei Fahrkartenkontrolleure am Ostkreuz zustiegen. Um Sighard aus seinem tiefen Schlaf zu wecken, damit er ihnen sein Ticket zeigen könne, rüttelte ihn einer der Kontrolleure an der Schulter. „Aufwachen, guter Mann", sagte er freundlich. Da fiel Sighard zur Seite und gleich darauf vom Sitz.

Seine etwas dominante Frau, unter der Sighard zu Lebzeiten arg gelitten hatte, setzte zwei Wochen später eine Todesanzeige in die „Berliner Zeitung", die mit der treffenden Zeile „Erlöst!" begann. So erfuhren wir von seinem Hinscheiden, telefonierten miteinander, und wer von seinen Studienkameraden in Berlin wohnte, kam zu Trauerfeier und Begräbnis auf den Friedhof, um von unserem Freund Abschied zu nehmen. Ich will nicht auf die Grabrede eingehen, die ein professioneller Trauerredner hielt – bekanntlich wird bei Begräbnissen, was die Toten betrifft, unheimlich gelogen. Hier wurde Sighard als ein Muster von Mensch dargestellt, als engelsgleiche Gestalt, als bienenfleißiger Mensch und stets treuer Ehemann. Von seinen heimlichen Affären und seiner Liebe zum Alkohol sagte der Redner nichts und es dröhnte auch keine Stimme vom Himmel, als er die wundervolle harmonische Ehe pries, über die sich Sighard uns gegenüber bei den regelmäßigen Studententreffen jämmerlich beklagt hatte.

Als Lied zum Abschluss der Trauerfeier hatte sich Sighard in seinem vorsorglich angefertigten Testament „Wär' heut' mein letzter Tag" von Helene Fischer gewünscht – da ging leider etwas schief. Sie hatten zwar die richtige CD eingelegt, aber erwischten das falsche Lied. „Mein Herz schlägt Marathon", dröhnte es durch die Trauerhalle. Die Witwe lief vor Wut blaurot an, einige Trauergäste grinsten unverhohlen und legten ihre Smartphones weg, mit denen sie während der ganzen Feierlichkeit gespielt hatten. Dann brach der Schlager ab und es kam doch noch das richtige Lied. Aber irgendwie war die Trauerfeier versaut.

Gott sei dank passierte dann beim Einbetten der Urne in die Erde nichts mehr. Niemand ließ sie fallen, die Asche blieb drinnen, wo sie war und die Totengräber verschlossen auch die Grabstelle erst, nachdem wir alle noch eine Weile in stillem Gedenken verharrt hatten.

Ich verabschiedete mich gerade von einigen meiner Studienkameraden, als Stephanie zu mir trat. Stephanie Schönlein, wie sie seit der Hochzeit mit Paul hieß – ihr Familienname war Programm. Sie war einst Schwarm aller männlichen Mitstudenten gewesen, nicht nur unseres Studienjahres. Jetzt hatte sie keine dunklen langen Haare mehr, sondern einen blonden Bob. Ins ovale, angenehme Gesicht mit den veilchenblauen Augen hatten sich ein paar feine Fältchen eingenistet, aber ihr Lächeln öffnete wie früher sofort mein Herz.

„Schön, dass du hier bist, Tom!" Sie trat näher und drückte mich lange, ehe sie wieder einen Schritt zurücktrat, so dass ich sie mustern konnte. Toll sah sie aus in ihrem schwarzen Mantel, der sicher eine Stange Geld gekostet hatte und nicht aus dem Kaufhaus von der Stange stammte. Teure Stiefel, hohe Absätze, am Arm ein Goldreif, der zu sehen war, wenn sich der Ärmel ihres Mantels zurückschob.

„Auch ich freue mich dich zu sehen, Steph", sagte ich. „Mein Gott – wie lange ist das her! Bei den letzten Treffen warst du ja nie dabei."

„Ich hatte zu viel zu tun. Hatte doch vor unendlich vielen Jahren eine kleine Bekleidungsfirma gegründet, die meine ganze Zeit auffrisst, und da war nie Platz für etwas anderes."

„Bist du immer noch mit Paul verheiratet?", fragte ich neugierig. „Von euch hört man ja nicht viel. Wo ist er denn? Warum ist er nicht hier?" Ich wollte nicht das Schlimmste vermuten. „Habt ihr euch etwa getrennt oder geht eure Ehe gar den Bach hinunter? Ihr wart doch seit dem Studium so eng miteinander, dass kein Blatt Papier zwischen euch passte."

„Um Gotteswillen! Nein! Da ist nichts. Wir lieben uns noch immer und wahrscheinlich noch viel mehr als früher. Paul ist in Polen. Dienstlich! Er berät Firmen, wie sie effektiver produzieren können und so weiter. Er kommt in zehn Tagen zurück und dann will er bei einer Kreuzfahrt mal vom Stress abschalten."

„Ihr macht Urlaub auf See?“ Ich strahlte. „Da seid ihr nicht die Einzigen. Ich gehe nämlich in vierzehn Tagen auch an Bord eines Schiffes. Auf die „Bella Auranta“. Ab Hamburg.“

„Ich weiß“, sagte sie und rückte näher, so dass mir ganz heiß wurde. „Du hast es in dieser Fernsehsendung erwähnt, die neulich abends stattfand. Wo du als erfolgreicher Autor von Reisebüchern vorgestellt wurdest. Machst du die Kreuzfahrt, um ein Buch darüber zu schreiben?“

„Nein“, sagte ich. „Einfach nur, um mir ein bisschen Seeluft um die Nase wehen zu lassen. Und ein paar fremde Städte zu sehen.“

„Ich fand dich gut im Fernsehen“, sie lächelte mich an.

Ich reckte etwas die Brust heraus. Ein bisschen Eitelkeit steckt in mir. Und dass ausgerechnet Stephanie mich gesehen hatte, bauchpinselte mich besonders.

„Ich fahre nicht mit, Paul reist allein“, sagte sie. „Meine Modekette ist so erfolgreich, dass ich expandieren will und deshalb momentan bis zum Hals in der Arbeit stecke. Am Geld liegt’s nicht – ich verdiene mich mit meiner Firma dumm und dämlich. Andererseits hat Paul unbedingt etwas Erholung von seinem stressigen Job nötig. Deshalb haben wir beschlossen, dass er allein verreisen und mal seinen Kopf auslüften soll.“

„Nicht gut!“, sagte ich. „Aber wenn es nicht anders geht.“

„Lässt sich nicht anders machen. Er wird zur selben Zeit auf demselben Kreuzfahrtschiff sein wie du. Und deshalb bin ich heute hergekommen, um dich zu treffen. Nicht wegen unserem toten Sighard. Der war doch eine Pfeife, wenn wir mal ehrlich sein sollen.“ Sie legte mir die Hand auf den Arm.“ Tust du mir einen Gefallen?“

„Natürlich!“ Ich griff nach ihrer Hand. „Ganz egal, was!“ Auch wenn sie älter geworden war – ich wäre auch heute noch für sie aus dem Fenster gesprungen.

Sie sah mich mit ihren blauen Augen an. Sie wusste nicht, was sie damit bewirkte.

„Darf ich euch danken, dass ihr gekommen seid?“ Die Witwe stand plötzlich neben uns. Wir versicherten ihr, dass es eine Selbstverständlichkeit gewesen sei und wechselten noch einige Worte. Dann ging sie zu anderen Trauergästen, die herumstanden und noch miteinander redeten.

„Kommt ihr mit ein Bier trinken?“ Lehmholz, unser Streber. Er hatte noch zwei andere mitgebracht. Ein Pärchen.

„Tut uns Leid“, sagte ich. „Aber wir haben noch etwas vor.“

Ich hatte „wir“ gesagt. Aber das war wohl richtig. Denn Stephanie trat dicht an mich heran. „Lass es uns auf dem Weg zu unseren Autos besprechen...“

Ihr weißer Audi A6 stand in der hintersten Reihe auf dem staubigen Parkplatz, ein ganzes Stück von meinem Golf entfernt. Ich begleitete sie bis zu ihrem Wagen. Dort blieb sie stehen.

„Kannst du ein Auge auf Paul werfen, wenn ihr auf dem Schiff seid?“ Sie warf mir einen bittenden Blick zu.

„Hast du Angst, dass er sich eine andere anlacht, wenn du nicht dabei bist?“ Ich grinste, aber sie schüttelte den Kopf.

„Nein, es ist so, wie du sagtest – zwischen Paul und mich passt kein Blatt Papier. Im Prinzip führen wir die ideale Ehe. Wir lieben uns, wir achten uns und jeder von uns ist immer für den anderen da.“

„Was ist es dann?“ Ich lehnte mich an die Motorhaube ihres Audi, nahm aber sofort davon wieder Abstand, weil sich das nicht gehört. Jedenfalls nicht bei fremden Autos.

Beim eigenen ist es eine lässige Geste. Als ich mich umsah, bemerkte ich hinter den Grabsteinen hinter dem Friedhofszaun einen Mann um die Fünfzig, der mit einem Fotoapparat exakt unsere Richtung anpeilte. Er entdeckte, dass ich ihn gesehen hatte und richtete das Objektiv auf eine große Engelsfigur, mit der Angehörige ihrem verstorbenen Familienmitglied ein Denkmal gesetzt hatten.

„Entschuldige, Steph“, sagte ich. „Ich war abgelenkt. Was hast du eben gesagt?“

Sie wiederholte es. „Paul hat sich verändert. Er ist so…“ Sie suchte nach einem passenden Wort. „Manchmal so eigenartig geworden. Neuerdings so verschlossen. Er wirkt manchmal sehr deprimiert und ratlos.“

„Wirklich keine andere Frau?“ Ich runzelte die Stirn. Bei Frauen ist es einfach zu erkennen, wenn ein Liebhaber auf der Bühne der Ehe erscheint. Sie laufen plötzlich mit einer anderen Frisur herum, versuchen abzunehmen und täuschen oft lange Einkaufsbummel vor, zu denen der dumme Ehemann ohnehin nicht mitgehen will, während sie zu ihrem Herrn Hausfreund eilen. Bei Männern ist das anders. Es sei denn, der träge Gatte wirkt plötzlich sehr agil, zieht sich irre Klamotten aus dem Shop für zwanzig Jahre jüngere Hipster an und kauft sich ein Herrenparfüm.

„Nichts von all dem“, erklärte sie mir. „Ich glaube, sein Job hat ihn ausgelaugt – ich will nicht hoffen, dass er krank ist und es mir verheimlichen will.“ Sie überlegte einen Augenblick. „Manchmal denke ich, er hat Geldsorgen! Du ahnst ja nicht, wie sehr er manchmal darunter leidet, dass er viel weniger verdient als ich. Bildlich gesprochen, denn ich habe ihn immer mitfinanziert. Er war lange arbeitslos und ich glaube, er liebt seinen jetzigen Job nicht besonders. Irgendwann habe ich ihm angeboten, in meiner Kette mitzuarbeiten, aber dafür hatte er kein Händchen.“

„Ich dachte, ihr schwimmt alle beide im Geld", ich sah sie an. „Du hast doch diese gutgehende Bekleidungsfirma, die eine Menge Kröten abwirft, wie du sagtest, und…"

„Er hat seinen Stolz!", sagte sie. „Ja, ich habe die Firma. Aber sie gehört mir allein. Vor längerer Zeit haben wir Gütertrennung vereinbart. Haben auch einen Ehevertrag. Damals ging es darum, dass er nicht mit finanziell haftbar wird, falls meine Firma in eine eventuelle Pleite rutscht. Also haben wir das so ausgemacht – ich hab´ meins und er hat seins. Es endete damit, dass ich alles habe und er hat so gut wie nichts mehr auf der Bank. Natürlich hat er von mir Geld bekommen, wenn er in Schwierigkeiten steckte. Und das war oft so. Die Kreuzfahrt kann er sich mit Ach und Krach selbst leisten. Aber große Sprünge kann er trotzdem nicht machen. Kein Wunder, falls er jetzt an Depressionen leiden sollte."

„Du hast Angst?" Ich sah sie eindringlich an. „Angst, dass er sich etwas antut? Über Bord springt wie neulich dieser Prominente, der…"

„Genauso ist es!", sie trat so dicht an mich heran, dass ich ihren Atem spürte. „Bitte – pass ein bisschen auf ihn auf. Das ist meine Bitte!"

Ich überlegte. „Weiß er, dass ich auch auf dem Schiff sein werde?"

„Nein, ich habe es ihm nicht erzählt."

„Nun gut", sagte ich. „Dann wird das für ihn eine positive Überraschung sein!"

Und ich genoss den Kuss, den sie mir aus Dankbarkeit auf die Wange hauchte.

2. Washington, D.C.

„Sie sehen gut aus, Turner!", sagte der sehr alte Mann mit dem faltigen Gesicht, den man beim Dienst „das Urgestein“ nannte. Er war schon seit Ewigkeiten pensioniert, aber man munkelte, dass er bei der CIA in Langley immer noch manchmal an den Strippen zog. Ihm zur Rechten saß ein kernig aussehender Jüngerer namens Bride mit kurz geschnittenem Haar, leicht gebräunt, mit einem kantigen Gesicht. Beide Männer trugen saloppe Kleidung, helle Sommerhosen und gut gebügelte Oberhemden. Sie blickten Turner an der anderen Seite des Tisches an. Daneben saß noch ein Mann, etwa Fünfzig, in dunklem Anzug, der förmlich aus allen Poren nach Geheimdienst roch.

„Danke!“, erwiderte Turner und sah sich um. „Hübsch haben Sie es hier!“

Der ironische Unterton war nicht zu überhören und er war angebracht, denn der Raum im Keller des vierstöckigen Bürogebäudes war ausgesprochen ungemütlich. Die dicken Wände hatte man ebenso wie die Decke und den Fußboden mit Metallgeflecht versehen, damit keine elektronischen Signale nach innen und auch nicht nach draußen dringen konnten. Um vertrauliche Dinge auszubrüten und zu besprechen, war dieses Zimmer absolut abhörsicher gestaltet worden. Es gab da noch ein paar Spielchen, mit denen der Raum abgesichert worden war, und hier waren schon eine ganze Reihe von Schweinereien ausgeheckt oder vertuscht worden, von denen die amerikanische Öffentlichkeit bis heute nie etwas erfahren hatte. Selbstredend mussten Handys und Laptops draußen im Vorraum abgegeben werden und jeder, der diesen Raum betrat, wurde zuvor noch einmal elektronisch durchgecheckt und durch einen Scanner getrieben. Diejenigen, die das Zimmer im Keller kannten, und das waren die wenigsten im Dienst, nannten es „der Sarg“, weil hier Geheimnisse besprochen wurden, die man besser mit ins Grab nahm.

„Danke, Roselliani, dass Sie Turner mitgebracht haben“, wandte sich jetzt Bride an den Mann im dunklen Anzug.

„Haben Sie ein ausführliches Briefing gemacht und Turner ist über diese alte Geschichte ausreichend informiert?"

„Ja, Turner weiß jetzt soviel wie ich", sagte der Angesprochene. „Nur wir drei wissen um diese erstaunliche Sache." Er zeigte auf den Kernigen. „Oder ist er auch über alles informiert?"

„Nur in groben Zügen", sagte der Alte.

Das ist auf jeden Fall einer zu viel, dachte Turner. Damit ist Rosseliani ein Unsicherheitsfaktor geworden. Und ich auch! Turner grinste leicht.

Das Urgestein lehnte sich zurück, um die Lage zu schildern, in der sie sich befanden. „Wir haben also das Problem, dass George Wilkins, ein ehemaliger Agent unseres Dienstes, vor etwa vierzig Jahren heimlich die Anwerbung eines hochkarätigen „Maulwurfs" auf Video mitgeschnitten hat, uns jetzt damit erpressen wollte, aber unglücklicherweise an einem Herzinfarkt gestorben ist, ehe wir uns dieser Sache richtig annehmen konnten. Das Video hat er irgendwo versteckt und wir wissen nicht wo. Er ist aus der Versenkung aufgetaucht, in der er sich jahrzehntelang verborgen hat, und hatte es uns jetzt angeboten." Er schnaufte vor Wut. „Er wollte sich deshalb bald wieder mit uns in Verbindung setzen. Nun ist er abgekratzt und wenn das Band oder die DVD von jemand zufällig gefunden wird, der einordnen kann, worum es geht, gibt es eine Katastrophe."

„Der Skandal wäre nicht zu übertreffen", warf Rosseliani ein. Bride warf ihm einen bösen Blick zu. Der Agent im dunklen Anzug war nur dazu da gewesen, Turner zu finden, zu briefen, damit klar war, wie brisant die Angelegenheit war, und Turner dann herzubringen. Auf seine Meinung konnten die übrigen Anwesenden gut und gern verzichten.

„Tja“, nickte Turner, „dann würde man überall auf der Welt die Geschichtsbücher umschreiben müssen. Vieles würde seinen Mythos verlieren.“

„Wilkins war damals derjenige von unseren Leuten in Europa, der dafür zuständig war, dass der Treff blitzsauber sein musste. Es sollte unter vier Augen ablaufen. Keine Mikrofone, keine Protokolle. Nicht die kleinste Notiz irgendwo. Wilkins sollte das kontrollieren, denn er war der beste Mann mit seinen Fähigkeiten dazu, versteckte Abhöreinrichtungen zu finden und zu entfernen. Stattdessen hat er alles selbst verwanzt und aufgezeichnet. Es ist ein Rätsel, wie er das bewerkstelligt hat. Möglicherweise hatte er einen Helfer.“

„Gab es denn damals schon Videorecorder?“, funkte wieder Rosseliani dazwischen. Alle verdrehten die Augen.

„Natürlich“, sagte Bride, „zwar groß und unhandlich, aber ihm ist es gelungen, das Gerät zu verstecken. Damals hat er mit VCR oder Betamax aufgenommen. Und es später wahrscheinlich mehrmals überspielt. Immer ins neueste System. Er sprach von einer DVD, die er hätte.“

„Da muss doch das Ganze etwas schlechter geworden sein“, bedachte Turner. „Durch die Überspielungen hat doch die Bildqualität gelitten.“

„Für einen riesigen weltweiten Skandal wird sie jedenfalls noch ausreichen“, murmelte das Urgestein.

Bride beugte sich vor, sah Turner an und sagte scharf: „Prüfen Sie nach, wo sich Wilkins in seinen letzten Tagen jeweils aufgehalten hat. Mit wem er Kontakt hatte. Wo er das Zeug versteckt haben könnte. Gehen Sie seinen Spuren nach.“

Der Alte ergänzte mit grimmigem Gesicht: „Das wird nicht leicht sein, denn zuletzt war er auf einem Kreuzfahrtschiff, ehe er für immer abgetreten ist. Er hat sich auf der „Bella Auranta“ unter dem Namen Rolf Beck eingecheckt, als Deutscher. Seine Sprachkenntnisse waren fabelhaft. Es gab nach seinem Tod dann Zweifel, ob er wirklich aus Leipzig stammte, und wir wurden auch angefragt, ob er eventuell Amerikaner sei. Wir haben ihn identifizieren können aufgrund der Fingerabdrücke."

„Wir müssen dort anfangen, wo er zuletzt gewesen ist." Bride blickte Turner an. „Vielleicht hat er in seiner Kabine Hinweise versteckt, wo er bei seinen Landausflügen in den Häfen gewesen ist und was er dort gemacht hat. Wir müssen den roten Faden ganz von vorn aufspulen. Vielleicht hat er auch weitere Spuren in seiner Kabine hinterlassen. Es bleibt uns gar nichts anderes übrig. Ich habe Ihnen eine Einzelkabine auf der „Bella Auranta" buchen lassen. Sie fliegen übermorgen nach Hamburg."

„Ob wir da noch etwas finden? Die Schiffskabinen werden doch nach jeder Reise sauber gemacht. Und das Ganze ist gute vier Wochen her."

„Versuchen Sie's!" Bride nickte Turner zu. „Sie wissen, worum es geht. Da müssen wir jede Chance nutzen. Nach der Stecknadel im Heuhaufen suchen. Nach jedem Strohhalm greifen. Jedes Zweiglein umdrehen. Leider haben wir nicht die gleiche Kabine bekommen können. Wir haben es versucht. Aber sie war schon vergeben – ausgerechnet an einen Journalisten. Sehen Sie also zu, dass Sie sich schnellstens in ihr irgendwie umsehen können, wenn der jetzige Insasse in einem der Häfen an Land gegangen ist."

„Hat der Pressefritze auch einen Namen?"

„Webb!", sagte das Urgestein, „Thomas Webb!"

„Ach ja!", fiel ihm dann noch ein. „Wir haben auf die Schnelle noch zwei Leute von der Agency an Bord einschleusen können, die sich auch um Wilkins Kontakte auf dem Schiff und in den Hafenstädten kümmern sollen. Wir spielen ihre Fotos und Decknamen auf Ihr Handy, damit Sie wissen, auf wen Sie notfalls zählen können". Er lächelte. „Sie kennen sie dann schon – aber sie wissen noch nichts von Ihnen. Wir informieren sie aber noch. Sehen Sie zu, dass Sie miteinander zurechtkommen. Kommt euch aber nicht aus falschem Ehrgeiz in die Quere."

„Was wissen die beiden?", wollte Turner wissen.

„Nur dass ein Typ namens Wilkins, der mal bei der „Firma" war und dann abgetaucht ist, auf dem Schiff etwas versteckt haben könnte. Dass er unter dem Namen Rolf Beck an Bord war. Die Kabinennummer habe ich ihnen gemailt. Und ihr alle müsst versuchen herauszubekommen, welche Kontakte er in den angelaufenen Häfen geknüpft hat oder was er sonst noch dort angestellt hat."

Nachdem das alles klar war, gab der Alte durch eine Kopfbewegung zu verstehen, Turner und Rosseliani könnten gehen. Der Agent im schwarzen Anzug war schon durch die Stahltür verschwunden, als Bride noch einmal Turner mit gekrümmtem Zeigefinger zu sich winkte. Er erhob sich und flüsterte seinem Gegenüber etwas leise ins Ohr. Turner verzog keine Miene, nickte und verschwand ebenfalls im Vorraum, wo Rosseliani sein Handy und seine Laptoptasche wieder an sich nahm.

„Man hat mir eben gesagt, es gibt noch eine kleine Aufgabe für uns", sagte Turner. „Wir machen noch einen kurzen Ausflug nach Anacostia."

„Ausgerechnet dahin?" Der andere war nicht begeistert. Es war Abend, draußen musste es schon dunkel sein und dieses Washingtoner Viertel fünf U-Bahn-Stationen vom Weißen Haus entfernt hatte mit seinen etwa 150 Morden im Jahr keinen guten Ruf.

Aber Befehl ist Befehl. So stiegen beide, scheinbar nicht zusammengehörend, einzeln eine Stunde später aus der Metro aus, die einen Seitenarm des Potomac unterquert hatte. Sie liefen getrennt durch schlecht beleuchtete Straßen. Nachdem einige Reihenhäuser hinter ihnen lagen, gelangten sie zu einem Fabrikgelände, das von einer langen Mauer umgeben war. Nur eine einzige Straßenlaterne funzelte vor sich hin. Die Gegend war echt gruselig. Turner sah Rosseliani an, dass er sich hier in seiner Haut nicht wohl fühlte. Er kam näher heran, ganz dicht und fragte: „Was haben wir hier zu suchen?“

Turner antwortete nicht, sondern zog eine Pistole aus einem Schulterholster unter der Jacke. Rosselianis Augen weiteten sich. Im letzten Moment seines Lebens hatte er begriffen. Er war ein lästiger Mitwisser geworden und hatte seine Schuldigkeit getan.

„Nein!“, schrie er und noch etwas, aber das wurde von drei Schüssen übertönt.

Als er auf dem Boden lag, durchsuchte Turner seine Taschen. Brieftasche, Armbanduhr, Handy, Bargeld – alles verschwand in der Ledertasche, die Turner bei sich trug. Zwei Minuten später lag nur noch Rosseliani im trüben Licht neben der Mauer, während sich Schritte entfernten.

Man würde die Leiche finden – heute Abend noch oder in der Nacht oder morgen und die Polizei würde wieder einen Raubmord in diesem Viertel registrieren.

Wie hundertfünfzig Mal jedes Jahr.

3. Mahlzeit

Kurz nach der üblichen Seenotrettungsübung vor Ablegen des Schiffes, der einzigen Pflichtveranstaltung für alle Passagiere während der Reise, bei der ich die Schwimmweste anlegen musste, ging ich noch einmal in die Kabine. Ich machte mich rasch frisch, um zum Abendessen zu gehen. Es gab drei Buffetrestaurants an Bord der „Bella Auranta“ und ich entschied mich für das „Vista Belissima“ auf Deck 11. Ich weiß nicht, ob das die klügste Entscheidung gewesen war – die kleineren Tische waren alle schon besetzt, vor den Buffets wuselten die Leute mit ihren Tellern in der Hand hektisch durcheinander, als hätten sie drei Jahre nichts zu essen bekommen und man musste Schlange stehen, ehe man dazukam, sich etwas zu nehmen. Vielleicht hätte ich in eines der Bedienrestaurants gehen sollen, aber ich war nun einmal hier und auch hungrig genug, um dazubleiben.

Ich packte mir etwas aus den Schüsseln mit Antipasti auf meinen Teller. Mit Frischkäse gefüllte Paprika, getrocknete Tomaten, Oliven, Auberginenstreifen, halbe Cherrytomaten, kleine Zwiebeln und Salate. Damit strich ich durch die Reihen der Tische, um einen Platz zu finden. Und an einem großen Neunertisch wurde ich tatsächlich schnell fündig.

„Darf ich – ist hier noch frei?“, fragte ich in die Runde der anderen Leute, die im Kreis herumsaßen und sich die Bäuche vollschlugen.

Einer nickte kauend und brachte ein „Gern!“ mit vollem Mund heraus, ohne in Schwierigkeiten zu geraten. Sie kennen das: Wenn man isst und dabei „Mops“ sagt, dann passiert etwas.

Ich setzte mich, stellte meinen Teller vor mich hin, griff zur Serviette und breitete sie auf meinen Schenkeln aus, goss mir Mineralwasser in ein Glas und griff zum Besteck.

„Guten Appetit!“ krächzte einer aus der Runde, ein Mann, scheinbar um die Neunzig, der nicht mehr sehr fit aussah, aber es bis aufs Kreuzfahrtschiff und ins Restaurant geschafft hatte. Er hatte wirres schlohweißes Haar, das ihm weit vom Kopf abstand, und trug ein rotes T-Shirt mit der Aufschrift „1976 San Francisco“. Insgesamt sah er aus wie „Doc Brown“ aus „Zurück in die Zukunft“. Er stellte sich uns auch gleich vor und sagte, wir sollten ihn „Blasius“ nennen. War das nun der Vorname oder der Familienname? Egal! Ich dankte ihm und betrachtete verstohlen die anderen Frauen und Männer am Tisch. Ein schlanker Fünfziger erinnerte vom Aussehen her an einen Klempner, der einst in meiner Wohnung gearbeitet hatte. Da er in die Toilettenleitung bohrte und das Bad unter Wasser setzte, hatte ich ihm insgeheim den Spitznamen „The Loser" verpasst und dafür gesorgt, dass die Firma, eine frühere DDR-Sanitär-PGH, mir später jemand anderes schickte, wenn etwas kaputt war. Der Bursche hier mir schräg gegenüber sah mit seinem schmalen, aber nicht unangenehmen Gesicht und den etwas abstehenden Ohren diesem Nichtskönner zweifelsohne sehr ähnlich, und ich musste grinsen.

Sehr liebevoll miteinander turtelte ein Pärchen, das links neben mir saß und mir freundliche Blicke zuwarf. Sie hatten zwar auch schon das vierte Jahrzehnt hinter sich, aber sie wirkten ungemein vertraut und verliebt. Sie sahen sich immer mal wieder gegenseitig an, während sie auf ihren Tellern gabelten und einmal legte er seine linke Hand auf ihre Rechte. Sie sah ihn sofort an – ihre Augen sagten alles. Ich überlegte, ob sie sich vielleicht auf der Hochzeitsreise befanden, aber schließlich ging mich das nichts an. Der Rest am Tisch war durchwachsen vom Alter her bis auf Blasius und dessen Frau, eine Blondine von etwa fünfundachtzig Jahren, die genauso viele Falten im Gesicht hatte wie kurzgeschorene blondierte Haare auf dem Kopf und auch ein fetziges Shirt trug mit dem Aufdruck „Auch böse Frauen kommen in den Himmel". Ich bewunderte insgeheim die beiden Alten, weil sie so sehr aus der Zeit gefallen waren und auch, weil sie sich noch einmal auf große Fahrt begeben hatten. Sie merkten wohl, dass ich sie anschaute, und sie warfen mir ein Lächeln zu. Ehrlich – ich mochte sie auf Anhieb.

Von einem der Nachbartische kam lautes Geschimpfe. Einer der dort Essenden regte sich auf, dass wir bei der

Rettungsübung über eine halbe Stunde nur herumgestanden hatten, ehe es losging. Natürlich waren wieder einmal die fehlenden Passagiere daran schuld gewesen, die es nicht für nötig gehalten hatten, rechtzeitig zur Musterstation zu kommen. Trotz des Alarmsignals, das die Übung ankündigte, hatten sich drei Fehlende weiter im Pool auf dem Sonnendeck vergnügt. Zwei andere waren noch voll beim Sex zugange, als ein Mitglied der Crew ihre Meerblickkabine kontrollierte, um das Evacuated-Schild anzubringen. Und in einer Innenkabine hatte man ein alleingelassenes schlafendes Baby gefunden, dessen Eltern drei Decks tiefer mit Rettungswesten am Körper auf den Beginn der Übung warteten.

Beim Nachtisch kam es an unserem Tisch beinahe zum Eklat. Eine der Damen hatte den „Loser“ gefragt, warum er allein reise. Der wackelte bedenklich mit dem Kopf, ehe er erklärte, dass eigentlich sein Vater hätte mitkommen sollen. Aber der sei plötzlich verstorben. An einem Blutsturz. Und der Loser begann anschaulich vorzuführen, wie seinem Erzeuger das Blut aus dem Mund gekommen und über die Brust gelaufen war.

Alle legten die Löffel und Gabeln weg. Auch ich fand das eklig.

„Wir essen!“, sagte der männliche Teil des Liebespaares. Er schüttelte den Kopf. „Hören Sie auf – das ist ja schrecklich!“

Wir waren alle froh, als der „Loser“ wieder wortlos mit einem beleidigten Gesicht an seinem Vanilleeis mit Blaubeersauce löffelte, endlich aufstand und verschwand. Unser Tisch leerte sich. Die meisten waren satt. Das Liebespaar, „die Überglücklichen“, wie ich sie taufte, sagte „tschüss“, und auch die beiden Alten gingen weg. Nur zwei Frauen mit raspelkurzen Haaren, nicht älter als dreißig, in geblümten Hosen und farbigen Hängern, schaufelten noch Berge von Essen in sich hinein.

Auch ich erhob mich. Ich würde nachher noch einmal in eines der anderen Restaurants gehen, um etwas Warmes zu mir zu nehmen. Und ich konnte zwei Fliegen mit einer Klappe schlagen – nämlich essen und mich gleichzeitig ein bisschen nach Paul umschauen. Bis jetzt hatte ich noch keine Spur von ihm gesehen. Nicht beim Check-in im Hamburger Terminal, nicht bei der Rettungsübung und auch nicht hier oben. Das war nicht verwunderlich bei mehreren tausend Passagieren an Bord.

Ich sah mich trotzdem nach ihm um, bevor ich das „Vista Bellisima“ verlassen wollte. Schaute nach rechts, nach links, blieb mal hier und mal dort stehen. Und wurde fast über den Haufen gerannt. Jemand rempelte mich an. Etwas Heißes schwappte auf meine helle Hose und verunzierte sie mit einem hässlichen großen braunen Fleck. Wütend wandte ich mich zur Seite und dem Übeltäter zu.

Es war eine Übeltäterin. Und was für eine! Sie sah so gut aus, dass mir der Atem stockte, als ich sie sah. Schulterlanges braunes Haar, ein gebräuntes hübsches Gesicht, das jetzt erschrocken wirkte, graugrüne Augen, eine lustige Stupsnase und ein verlockender, leicht geschminkter Mund. Meine Blicke glitten unauffällig an ihr herab und entdeckten, dass sie die perfekte Figur hatte, die durch das ausgeschnittene hellblaue Shirt und die enganliegende dunkelblaue Capri-Jeans voll zur Geltung kam.

„Ach, mein Gott!“, entfuhr es ihr. Sie erstarrte und hielt die Schüssel mit Gulaschsuppe in der rechten Hand von mir fort, aus der mir etwas auf meinem Hosenbein gelandet war.

„Sagen Sie doch nicht Gott zu mir“, sagte ich und griff zu einer Serviette vom nächstbesten Tisch, um an meiner Hose herumzureiben.

„So geht das nicht heraus“, jetzt lächelte sie. Ihre Stimme klang angenehm, mit einem leichten österreichischen Touch. „Es tut mir ja so Leid. Ich habe Sie nicht gesehen, weil ich anderen Leuten ausweichen musste. Es ist ja so voll hier.“ Es war richtig schön, wie sie mich dabei ansah. Wie schnell man sich doch über etwas freuen kann, und wenn es nur eine bekleckerte Hose ist.

„Kein Problem!“, beruhigte ich sie. „Auf Deck 7 ist ein Waschsalon. Mit Vollautomaten und Trocknern. Nachher ist die Hose wieder wie neu. Ich habe auch noch eine zweite im Koffer.“

„Also verzeihen Sie mir?“ Ihre Augen blitzten schelmisch.

„Schon vergessen – der kleine Unfall. Das kann ja jedem mal passieren.“

Sie streckte die flache Hand zu mir aus und pustete mir symbolisch einen Kuss zu. „Sie sind zu nett. Ein anderer hätte mich erschlagen.“

„Sie doch nicht“, sagte ich und betrachtete sie noch einmal mit einem bewundernden Blick.

„Ja, dann…“ lächelte sie.

„Ja, dann…“, sagte ich.

Und dann ging sie weg und ich schaute ihr nach. Wirklich – perfekt!

Als ich mich wieder umdrehte, bemerkte ich, dass der kleine Zwischenfall nicht unbeobachtet geblieben war. Jemand schaute intensiv hierher. Es war ein Mann, etwa einsachtzig, um die Fünfzig, mit schütterem Haar und einem Gesicht, das ich irgendwo schon einmal gesehen hatte. Er steckte in einer Camp-David-Jacke und braunen Hosen und guckte rasch weg, als ich ihn entdeckt hatte.

An dieser Kopfbewegung erkannte ich ihn wieder.

Es war der Typ, der Stephanie und mich auf dem Friedhof fotografiert hatte. Oder es versucht hatte. Die Welt ist klein und man sieht sich immer zweimal. Da auch er auf dem Schiff weilte, würde ich ihn vielleicht sogar öfter wiedersehen. Ich war mir nicht sicher, ob er darauf Wert legte. Denn als ich einen Schritt in seine Richtung andeutete, verdrückte er sich im Pulk der neu erschienenen Hungrigen, die sich vor den Buffets drängten.

Ich folgte ihm nicht. Kam aber ins Grübeln. Warum hatte der Kerl vom Friedhof mich so angeglotzt? Wieso war er überhaupt auf dem Schiff?

Das konnte doch kein Zufall sein!

„So ein blöder Spanner!“, schimpfte ich. Damit hatte ich auch ihm einen treffenden Namen verpasst. Ich grinste. „Der Loser“. „Der Spanner“. Ich war heute richtig gut drauf.

Aber irgendwie war ich trotzdem beunruhigt.

4. Seetag

Ich entdeckte Paul am nächsten Morgen nach dem Frühstück auf Deck 10 in der Lounge. Er lehnte in einem der weinroten Sessel, die so aufgestellt waren, dass man durch die Glaswand am Bug des Schiffes fast die gleiche Aussicht aufs Meer hatte wie der Kapitän. Natürlich nur beinahe.

Die meisten Passagiere spachtelten in den Restaurants noch ihr Rührei, Bratwürstchen und dick belegte Scheiben Brot in sich hinein – nur auf einigen Plätzen hier vorn saßen schon einige wenige Weiblein und Männlein, und der Platz neben Paul war noch leer.

„Hallo!“, sagte ich und setzte mich in den Nachbarsessel.

„Hallo!“, echote auch Paul. Er warf mir einen beiläufigen Blick zu, weil er mich zuerst für einen Fremden hielt, sprang aber dann auf. „Mensch, Tom! Wo kommst denn du her?“

„Deck 9“, grinste ich und erhob mich auch. „Kabine 9272!“

Wir schüttelten uns die Hände und plötzlich umarmte er mich. „Ich freue mich ja so, dich nach all den vielen Jahren mal wiederzusehen.“

In der Tat – es waren einige Lichtjahre vergangen, seitdem wir uns das letzte Mal begegnet waren. Er sah auch nicht mehr so taufrisch aus wie früher. Stephanie hatte sich entschieden besser gehalten als er. Vielleicht hatte sie auch gute Kosmetik. Jedenfalls war ihm eine Glatze gewachsen, die er früher nicht besessen hatte. Auch ein paar Falten hatten sich in sein Gesicht eingegraben. Aber er freute sich über unsere Begegnung, denn er strahlte wie ein Honigkuchenpferd.

„Bist du allein an Bord oder mit Frau?“, fragte er.

„Solo!“, sagte ich. „Meine beiden Ehen waren nicht so sehr das Gelbe vom Ei. Eine hat mich verlassen, wie du ja von früher weißt, weil sie einen reicheren Mann kennengelernt hat. Dabei wirkte Laura so lieb und anhänglich, als ich sie kennenlernte. Blond, zierlich, fast zerbrechlich. Tja, und die andere, die nächste, hat eines Tages ihre große Jugendliebe wieder getroffen und mir deshalb den Rücken gekehrt. Nicht jeder ist so ein Glückspilz wie du mit deiner Stephanie!“

Er runzelte die Stirn. „Ja, Stephanie“, sein Tonfall klang gedehnt. „Naja!“

Ausgesprochen glücklich klang das nicht.

„Ich habe sie neulich getroffen. Bei der Beerdigung von Sighard Höhne.“

„Erstaunlich, wie viele von den alten Studienkameraden schon den Abgang gemacht haben“, stellte Paul fest. „Das ist wie ein Fluch. Als ob uns Gott abstrafen wollte, weil wir als damalige Genossen ihn so konsequent verleugnet haben.“

„Gott ist gutmütig. Das tut er nicht!“ Ich konnte mir auch nicht vorstellen, dass sich der Herr ausgerechnet mit uns beschäftigen würde, denn er hatte genug zu tun, diese irre gewordene Welt im Griff zu behalten.

„Stephanie hat mir gesagt, dass du auf demselben Schiff sein würdest wie ich. Es tat ihr offensichtlich Leid, dass sie nicht mitkonnte, weil sie beruflich so eingespannt ist.“ Insgeheim dachte ich, dass er unter diesen Umständen nicht unbedingt hätte allein fahren müssen, sondern bei ihr daheim bleiben könnte.

Er ahnte wohl meine Gedanken. „Ich musste mal raus. Eine Zeit lang allein sein. Du ahnst ja gar nicht, mit welcher Menge Probleme ich mich momentan herumschlage.“

„Willst du mit mir darüber reden?“, fragte ich ihn.

„Nein!“, sagte er – etwas zu schroff. „Entschuldige bitte meinen Ton“, setzte er hinzu. „Aber ich habe wirklich einiges am Hals. Im Guten wie im Schlechten.“

Wer die Serie „Traumschiff“, die seit Ewigkeiten im Fernsehen läuft, aufmerksam verfolgt, der denkt, dass sich durch Kreuzfahrten scheinbar alle Probleme lösen. Auf dem Traumschiff steht der Kapitän höchstpersönlich problembeladenen Passagieren zur Seite und erlöst sie von ihren Sorgen und Nöten. Macht er das nicht, dann sind es die Chefhostess und der Chefsteward, die hilfreich in das Dasein der Gäste eingreifen oder das verkorkste Liebesleben anderer Mitreisender wieder zurechtbiegen. Auch der Schiffsarzt ist ein rettender Engel, der Ehen wieder kittet, verkrachte Seelen mit sich versöhnt und durch seine Ratschläge deprimierten Kreuzfahrern wieder zum Glücklichsein verhilft.

Alles Käse! Denn der Kapitän auf einem Kreuzfahrtschiff hat gar nicht die Zeit, sich um die seelischen Wehwehchen seiner Gäste zu kümmern, nicht um Müller, Meier, Lehmann und erst recht gar nicht um alle zweitausend

Passagiere an Bord. Und das gehobene Bordpersonal ist auch nicht dazu da, die Beichten der Mitreisenden anzuhören und ihnen Tipps zu geben, wie sie ihr Privatleben wieder in Ordnung bringen können. Bleibt der Schiffsarzt. Der sitzt unten auf Deck 3 im Hospital und behandelt jene Patienten, die den Weg zu ihm finden. Er ist kein uneigennütziger Helfer, denn die Kreuzfahrtschiffe sind meist ausländisch geflaggt und daher gilt ein Besuch beim Schiffsarzt als Privatbehandlung, die bezahlt werden muss und meist nicht billig ist. Durch die Medien ging vor längerer Zeit ein Bericht über eine Passagierin, die sich eine Blase am Fuß gelaufen hatte. Der Schiffssanitäter lehnte ab, ihr ein Pflaster zu geben und bestellte sie ins Hospital. Dort sah sich der Arzt den Fuß an, pappte ihr ein Pflaster auf die Haut und stellte ihr für diese Behandlung die stolze Summe von 95 Euro in Rechnung. Allein für das kleine Stück Pflaster hatte man 14 Euro verlangt.

Wenn Paul also Probleme hatte, so würde er sie weder auf der Brücke beim Kapitän noch beim Schiffsarzt loswerden.

„Egal!“, sagte ich. „Wenn was ist – bei mir findest du immer ein offenes Ohr. Ich erzähle auch nicht weiter, was dich bedrückt.“

Paul runzelte die Stirn. „Danke! Aber ich muss das wirklich alles selbst verarbeiten. Da ist so viel über mich hergefallen in der allerletzten Zeit. Etwas, das mein ganzes Leben verändern wird. Positiv, wie ich hoffe. Und dann gibt’s noch Entscheidungen aufgrund schlechter Erfahrungen, die ich fällen will. Manchmal schwanke ich hin und her, ob ich dies oder jenes tun soll. Ach, ich weiß nicht...“

Depressiv, wie Stephanie gemeint hatte, wirkte er nicht. Nur etwas bedrückt. Jedenfalls würde er nicht in einer Kurzschlusshandlung vom Schiff springen, wie sie in ihren finstersten Vorstellungen befürchtet hatte.

„Hast du mal deine Probleme vor Stephanie ausgebreitet?“, fragte ich. „Sie ist der Mensch, der dir am Nächsten steht. Du musst mit ihr sprechen. Sicher kann sie dir Ratschläge geben. Ihr führt doch so eine gute Ehe. Ich könnte euch darum beneiden.“

„Stephanie?“, sagte Paul nachdenklich.

„Sie liebt dich über alles, hat sie mir gesagt. Und dass kein Blatt Papier zwischen euch passt.“

„Hat sie gesagt?“ Er blickte mich prüfend an.

„Ja – du bist für sie immer noch die große Liebe ihres Lebens.“

„Wenn sie das sagt, wird es wohl stimmen“, sagte er trocken. Es klang ironisch. Dann blickte er auf seine Armbanduhr. „Gleich zehn! Entschuldige bitte. Ich will ins Theater, mir die Destinations-Präsentation Southampton ansehen.“

Klar, da würden wir morgen anlegen. Paul klopfte mir auf die Schulter. „Wir sehen uns!“ Er ließ mich stehen wie bestellt und nicht abgeholt und lief mit großen Schritten zum Ausgang der Lounge.

„Wie weit fährst du mit?“, rief ich ihm hinterher. „Machst du die ganze große Tour oder gehst du in Hamburg von Bord?“

„Alles!“, rief er, ohne den Kopf noch einmal zu mir umzuwenden. „Die ganzen siebzehn Tage.“

Und weg war er. Ich blieb nachdenklich zurück. Siebzehn Tage an Bord der „Bella Auranta“. Rund um Großbritannien, dann hinüber nach Rotterdam, nochmals Hamburg und über Belgien und Frankreich endgültig zurück. Das war nicht billig. Ich wusste nicht, ob er eine Innen-, eine Meerblick- oder eine Balkonkabine gebucht hatte. So oder so – er hatte für die lange Reise garantiert angesichts seiner finanziellen Verhältnisse zu tief in die Tasche greifen müssen.

Hatte Stephanie nicht gesagt, er hätte kaum Geld?

Seltsam, dachte ich. Dann verließ auch ich die Lounge, die sich allmählich bis auf den letzten Sessel füllte.

Ich überlegte, was ich an diesem Seetag mit mir anfangen sollte. An Bord gab es viele Möglichkeiten, sich zu zerstreuen. Die Destinationsveranstaltung wollte ich nicht besuchen. Ich buche keine organisierten Ausflüge, sondern gehe stets individuell in die Hafenstädte, wenn ich eine Kreuzfahrt unternehme. Der Shop auf Deck 7 hatte ab 10 Uhr geöffnet – da könnte ich mal reinschauen. Zur Teilnahme am Tanzkurs Disco-Fox fehlte mir die Partnerin. In einem der Restaurants war Frühschoppen. Beim Reiseberater wurde eine neue Schiffsgeneration vorgestellt. Für den Klettergarten auf dem oberen Deck fühlte ich mich zu alt. Und so entschloss ich mich, ein bisschen durch das Schiff zu bummeln, um es genauer kennenzulernen. Ich nahm die hintere Treppe, nicht den Fahrstuhl, und arbeitete mich durch die Decks nach oben durch. Ich entdeckte auch die restlichen Buffetrestaurants und zwei weitere Speisesäle, in denen bedient wurde – bis dahin alles inklusive; dann zwei zusätzliche Bezahlrestaurants und an allen Ecken und Enden diverse Bars. Auf den Decks 7 und 8 landete ich im Wellness- und Sport-Bereich. Passagiere in weißen Bademänteln liefen durch die Gänge – es gab wohl auch eine Sauna. An Kraftmaschinen versuchten Männlein und Weiblein, ihre Muckis aufzubessern und ein Blick in den Kosmetiksalon zeigte mir, wie vergänglich Schönheit ist und dass die Hoffnung zuletzt stirbt.

Es war schon gegen elf Uhr, als ich meinen Rundgang beendete. Diesmal nahm ich den Fahrstuhl in die Neun hinab. Ich trat aus dem Lift und konnte mich nicht entscheiden, ob ich noch einen Kaffee an der Meeresbar gleich um die Ecke nehmen sollte oder in die Kabine zurückgehen sollte, um mich noch ein bisschen vor dem

Mittagessen auf dem Balkon in der Sonne bräunen zu lassen. Ich entschied mich für den Kaffee und schlenderte in den großen freien Bereich zwischen Haupthalle und Bar. Wendete mich dann nach links.

Und erstarrte!

Paul saß an der Bar und unterhielt sich angeregt mit einem anderen Passagier. Beide bemerkten mich nicht. Mein alter Studienkamerad und der Mann auf dem benachbarten Barhocker redeten abwechselnd aufeinander ein. Jetzt legte Paul dem anderen seine Hand auf den Arm und lächelte verbindlich.

Ich dachte, mich trifft der Blitz.

Denn Pauls vertrauter Gesprächspartner war der „Spanner", den ich schon im Restaurant entdeckt hatte. Der Mann mit der Kamera, der damals auf dem Friedhof war.

Als er Stephanie fotografierte.

Und mich!

5. Mit einem Schlag

Am nächsten Morgen legte die „Bella Auranta" gegen 9:30 Uhr englischer Zeit am Queen Elizabeth II Cruise Terminal in Southampton an. Ich war frühzeitig munter geworden und hatte nach einem zeitigen Frühstück die Einfahrt unseres Schiffes in den Hafen vom Balkon meiner Kabine aus verfolgt. Es würde ein schöner sonniger Tag werden, vielleicht etwas zu warm für lange Spaziergänge. Ich freute mich, die Stadt zu entdecken, von der aus im Jahr 1912 die „Titanic" ihre erste und zugleich letzte Reise angetreten hatte.

Gut ausgeschlafen und gut gelaunt sah ich mich in meiner Kabine um. Das Bett war von mir einigermaßen ordentlich zusammengelegt worden. Viel Kram lag nicht herum. Der junge Mitarbeiter vom Housekeeping, ein freundlicher Philippino namens Jimmy, sollte nicht viel Mühe haben. In manchen Kabinen anderer Passagiere, das wusste ich aus Erfahrung, sah es aus wie bei Hempels unterm Sofa – das Personal musste unnötig viel aufräumen und viel erdulden, wenn dort sauber gemacht wurde. Das wollte ich Jimmy bei mir ersparen. Ich suchte zusammen, was auf den Ausflug in die Stadt mitkommen sollte. Zwei Stadtpläne, die ich aus dem Internet heruntergeladen hatte. Einer von ganz Southampton. Und einer von der Altstadt. Ich öffnete den Mini-Safe, legte meine Euro-Scheine hinein und entnahm ihm Britische Pfund, die ich vor der Reise in Berlin eingetauscht hatte.

Und den Reisepass nahm ich aus dem kleinen Tresor. Denn wer hier an Land gehen wollte, benötigte neben der Bordkarte auch ein gültiges Reisedokument. In England war Gesichtskontrolle angesagt. Ob man nun an Bord bleiben wollte oder hinaus in die Stadt – jeder Passagier musste sich persönlich bei den britischen Behörden am Ausgang des Schiffes mit seinem Ausweis vorstellen.

Ich packte vorsichtshalber ein weißes Ersatzshirt in meinen Rucksack, falls ich unterwegs zu sehr schwitzen würde, auch mein Handy und eine Flasche mit stillem Wasser. Meinen Fotoapparat, eine Nikon D 3200, legte ich griffbereit auf die Couch neben dem Doppelbett. Ja, ich hatte ein Doppelbett für mich allein. Als ich im Internet gesehen hatte, wie reizvoll diese angebotene Kreuzfahrt von Bella Cruises sein musste, hatte ich spontan gebucht. Und weil ich keine weibliche Hälfte zum Mitfahren hatte, jedenfalls im Moment nicht, gab ich etwas mehr Geld aus, um eine Kabine für mich allein zu haben. Ich buchte sie zum Premium-Tarif – da darf man sich heraussuchen, welche Kabine man haben möchte. Bei den Flex- bzw. Vario-Tarifen der verschiedenen Reederein ist das ansonsten immer ein Glücksspiel, denn man bekommt sein schwimmendes

Hotelzimmer erst spät zugeteilt. Da kann man sich nicht heraussuchen, ob man backbords oder steuerbords, näher am Bug, näher am Heck, in der Mitte des Schiffes und auf welchem Deck wohnen möchte.

Meine Balkonkabine war etwa 25 qm groß, da hätte man problemlos vier Personen unterbringen können. Der Balkon mit seinen zwei Liegestühlen und einen Ablagetisch mochte zehn Quadratmeter messen. Wenn man in die Kabine hereinkam, sah man zuerst das große Glasfenster vor dem Balkon mit seiner Schiebetür, von denen das Licht auf eine Couch und die beiden zusammenstehenden Betten fiel. Es gab einen Stuhl hier drinnen und einen kleinen Tisch, Kleiderschränke und einen Schreibtisch mit zwei herausziehbaren Fächern. Ein Fernseher befand sich an der Wand, genau dem Bett gegenüber. An Lampen mangelte es nicht. Deckenleuchten, Wandlampen, Leselampen. Wenn man gegenüber vom Balkon an der anderen Seite der Kabine vor einem Schrank stand, war man gut verdeckt vor allen, die mal zur Tür hereinkommen wollten. Das konnte natürlich nur, wer die richtige Bordkarte besaß, und die hatten ich und Jimmy. Man hätte also gut und gern an dieser Stelle der Kabine Verstecken spielen können – der Gedanke amüsierte mich. Eine Stunde später fand ich ihn nicht mehr so lustig.

Ab zehn Uhr deutscher Zeit, also hierzulande um Neun, begann auf Deck 6 die Gesichtskontrolle. Ich schnappte mir den Rucksack, steckte den Reisepass in die Gesäßtasche meiner schwarzen Jeans und verließ die Kabine. Im Treppenhaus, am Fahrstuhl, begegnete ich den „Überglücklichen“. Sie strebten nicht nach unten wie die meisten Passagiere, sondern wollten offenbar hinauf aufs jetzt leer werdende Pooldeck, um sich in zwei Liegestühlen zu sonnen. Es wunderte mich nicht, dass sie sich an den Händen hielten, sich ständig gegenseitig in die Augen schauten und sie ihrem Mann oder Freund zärtlich am Ohrläppchen knabberte.

„Hallo!", sagte ich.

Sie halloten zurück.

„Ich heiße übrigens Thomas", lächelte ich sie an. „Thomas Webb."

„Hendrik Nimmer", stellte sich mein Gegenüber vor. „Nimmer wie niemals". Er lachte.

Seine Begleiterin reichte mir eine schmale, kühle Hand. „Silvana Nimmer-Oede."

Ich verkniff mir ein Grinsen bei ihrem Familiennamen. Man ist ja seit Jahren viel gewohnt. Leutheusser-Schnarrenberger. Kramp-Karrenbauer. Und jetzt: Nimmer-Oede. Mit dem Namen hätte sie Bundeskanzlerin werden können.

Doch da machte es schon „pling" und ihr Lift kam. Sie winkten mir beide noch einmal aus dem Fahrstuhl zu, ehe sie nach oben entschwanden.

Sie waren also miteinander verheiratet, auch wenn sie sich ständig benahmen, als hätten sie sich gerade erst kennen gelernt. Ihre Ehe hatte die Liebe noch nicht getötet. Ein beneidenswertes Paar.

Ich wollte die drei Etagen zu Fuß hinunterlaufen und nahm die Treppe. Auf dem nächsten Absatz stand der „Loser" und buddelte in einem Beutel herum. Er sah mich mürrisch an und murmelte etwas von „Ausweis verkramt", und sein Blick war so, als hätte ich sein Personaldokument versteckt. Ich nickte ihm freundlich zu, während ich an ihm vorbei ging.

Auf Deck 6 hatte sich vor dem Ausgang eine Schlange gebildet. Alle wollten raus aus dem Schiff, aber die Passkontrolle verzögerte den Landgang. Allen voran drängten sich jene, die für gutes Geld einen Landausflug gebucht hatten und jetzt zu ihren Bussen wollten. Die einen zog es auf die längere Fahrt nach London, andere zu den mysteriösen Steinformationen von Stonehenge, einige hatten sich für einen Besuch der Isle of Wight entschieden, manche für die zauberhaften Exbury Gardens mit ihren traumhaften Blumen – eine Anzahl wollte hier in Southampton bleiben und die Stadt erkunden, so wie ich.

An der Wand des Ganges, überhaupt nicht eingereiht in die Schar der Ausflugswilligen, drückte sich mit desinteressiertem Gesicht ein inzwischen alter Bekannter herum – der „Spanner". Als er meinen Blick bemerkte, drehte er sich abrupt um und verschwand dorthin, wo ich hergekommen war. Der Kerl war mir unheimlich. Was mochte Paul mit ihm zu tun haben?

„Das Wetter ist klasse", sagte direkt vor mir in der Reihe ein älterer Mann in kurzen beigen Hosen, die seine knotigen Krampfadern voll zur Geltung brachten, zu seiner mausgrauen Frau. „Da kann ich wieder prima Bilder für unser Fotobuch schießen…"

Ich zuckte zusammen.

Der Fotoapparat. Meine Nikon. Ich hatte sie in der Kabine auf der Couch liegengelassen. Verärgert machte ich auf dem Absatz kehrt, um zum Lift zu marschieren. Er kam nicht gleich, das senkte meine Laune noch mehr. Schließlich hielt ein Fahrstuhl an und spuckte eine Schar ausflugslustiger Leute aus. Ich wartete, bis sie ausgestiegen waren, und fuhr in die Neun hinauf. Was man nicht im Kopf hat, muss man in den Beinen haben, schimpfte ich mit mir selbst, während ich dann die Bordkarte an den elektronischen Öffner der Kabinentür hielt. Eine winzige Lampe blinkte grün auf. Ich drückte die Klinke herab und betrat die Kabine, um den Fotoapparat zu holen.

Ich kam etwa drei Schritte weit.

Man konnte sich wirklich ausgezeichnet hinter dem Schrank links hinter dem Eingang verstecken.

Ich sah gar nicht, wer oder was es war, sondern verspürte nur den Schlag gegen den Kopf. Es war, als hätte jemand mit einem Vorschlaghammer dagegen gehauen. Ich ging zu Boden wie ein gefällter Baum.

Jemand stieg über mich hinweg. Die Tür knallte gleich darauf zu. Ich blieb unten auf dem Fußboden liegen, so wie es mich dorthin befördert hatte. Fuhr mir nur mit der Hand über die Stirn.

Blut!

Auf allen Vieren rappelte ich mich auf. Öffnete die Tür und schaute hinaus. Irgendwo Schritte. Aber niemand zu sehen.

Ich taumelte einige Meter den Gang entlang. Dann meinte es das Schicksal mit mir gut und ich wurde ohnmächtig.

6. Kopfschmerzen

Das Nächste, das ich sah, als ich wieder zu mir kam, war der etwas konfus wirkende Blasius, der sich mit wirrem Haarschopf und besorgtem Gesicht über mich beugte. Ich fragte mich, auf welche Weise er so plötzlich hergekommen sein konnte, um mich vom Fußboden aufzulesen. Mit dem Fluxkompensator, mit dem er im Film durch Zeit und Raum geeilt war? Er war ausgehfertig angezogen. Weiße Hose, weiße Jacke, darunter ein gelbes Shirt mit der Aufschrift „Mr. President".

„Hören Sie mich?", fragte der alte Mann. Seine Stimme klang besorgt. „Meine Frau ist schon los, um jemand vom Schiff zu Hilfe zu rufen."

Der Jemand vom Schiff, der sich einige Minuten später über mich beugte, war einer der beiden Sicherheitsoffiziere der „Bella Auranta". Er war noch jung, kaum fünfunddreißig, steckte in hellen Hosen und in einem weißen Hemd, auf dessen Achseln dunkle Schulterklappen mit drei goldenen Streifen zu sehen waren. Er musterte meinen geschundenen Kopf und half mir, mich soweit aufzurichten, dass ich mich sitzend gegen die Wand des Ganges lehnen konnte.

Dann holte er ein Handy vom Gürtel, redete hinein und nickte mir zu.

„Die Ärztin kommt gleich…"

„Ich brauche keine Ärztin", protestierte ich, wusste aber, dass ich eine benötigte. Mein Kopf brummte, als hätte sich ein Bienenschwarm in ihm niedergelassen. Und ich fühlte mich unsagbar benommen,

Es dauerte nicht lange, bis die Schiffsärztin in Begleitung eines Sanitäters anrückte, beide in schneeweißen Uniformen, die Dame auch mit drei Streifen auf den Schulterklappen ihres Uniformhemdes. Der Sanitäter schob einen Rollstuhl vor sich her, an dem eine Sauerstoffflasche befestigt war. Im Rollstuhl lag eine große Tasche, auf der ein rotes Kreuz und die Inschrift „Defibrillator" prangten. Offenbar hatten sie das Schlimmste befürchtet. Aber da hatten sie sich geirrt. Ich war nicht mal scheintot.

„Danke, dass Sie uns so schnell verständigt haben", sagte der Sicherheitsoffizier zu Blasius und seiner Frau, die inzwischen auch wieder mal hinter ihrem Mann stand und sehr cool aussah in ihrem rosa Shirt und den engen geblümten Hosen.

„Wenn wir noch etwas tun können?", krächzte der Alte.

„Sie haben schon viel getan", sagte die Ärztin, „jetzt übernehmen wir." Und zu mir gewandt: „Wir bringen Sie erst mal mit dem Rollstuhl hinunter ins Hospital."

„Ich will nicht ins Hospital", wehrte ich ab, auch weil ich schon die Rechnung für diese private Behandlung auf einem italienisch geflaggten Schiff vor meinem geistigen Auge sah. „Und keinesfalls im Rollstuhl!"

„Ach was", sagte die Ärztin resolut. „Wir fahren Sie jetzt durch die Bereiche für die Crew zu uns hinab. Seien Sie dankbar, da sehen Sie mal was vom Schiff, das die anderen Gäste nicht sehen dürfen."

Tatsächlich rollerten sie mich nicht zum Fahrstuhl für die Passagiere, sondern durch eine Eisentür im Gang, an der „Crew only" geschrieben stand. Es ging durch einen spartanisch aussehenden Gang zu einer weiteren Eisentür, hinter der sich ein Lift verbarg und mit dem brachten sie mich zu Deck 3 hinunter. Der Eingang zum Hospital sah sehr nüchtern aus. Es ging in einen Vorraum, in dem schon einige Patienten saßen, die ihre Wehwehchen und ihr Geld hier unten loswerden wollten, aber warten mussten, weil meine Behandlung Vorrang hatte. Der Sanitäter schob den Rollstuhl in einen Raum, in dem eine Liege stand und alle möglichen Apparate und Geräte darauf warteten, dass jemand an sie angeschlossen wurde. Ich musste auf die Liege klettern und mich lang ausstrecken, während mir der Sanitäter eine Manschette zum Blutdruckmessen am Arm befestigte.

Trotz meines Zustands brach in mir die berufliche Neugier durch. „Sie sind gut ausgerüstet", sagte ich. „Wieviel Leute sind Sie hier im Hospital?"

„Zwei Fachärzte, zwei Krankenpfleger und eine medizinische Assistentin. Weshalb wollen Sie das wissen?"

„Ich bin Journalist", erklärte ich.

„Na, dann kann ich Ihnen erzählen, dass wir hier unten sogar eine kleine Notfall-Intensivstation, ein Labor, einen Operationsraum für kleinere Schäden und natürlich auch Röntgen haben. Wir Ärzte sind auch in Rettungsmedizin ausgebildet, zu uns kommen aber meistens seekranke Passagiere, Erkältete, Magen- und Darmkranke und ab und zu Leute wie Sie. Reicht Ihnen das?"

Ich nickte mit schmerzendem Kopf.

„Jetzt wollen wir erst mal sehen, wie Sie drauf sind. Wissen Sie, wo Sie sind?“, fragte mich die Ärztin, die kaum älter als vierzig Jahre alt sein konnte. Sie hatte ein nettes, sympathisches Gesicht und deshalb verriet ich ihr, dass wir uns auf der „Bella Auranta“ befanden.

„Welches Datum haben wir heute?“, wollte sie als nächstes wissen. Ich sagte es richtig auf und ihr Gesicht nahm eine zufriedene Miene an, weil mein Kopf noch zu funktionieren schien.

„Wie heißen Sie?“, fragte sie dann.

„Das sage ich Ihnen nicht“, scherzte ich. Aber dafür hatte sie kein Verständnis und so leierte ich meinen Vornamen, Namen, Geburtsdatum und Geburtsort herunter.

„Na gut“, meinte sie. „Soweit scheinen Sie ja in Ordnung zu sein. Dann schauen sie mich mal an.“ Sie leuchtete mit einer stabförmigen Lampe abwechselnd in meine Augen und blickte mich dann zufrieden an. „Die Pupillen sind o.k.“

Sie forderte mich auf, die Augen zu schließen und zuerst mit dem Zeigefinger der einen Hand, dann mit dem der anderen auf meine Nasenspitze zu tippen. Dann sollte ich zählen, wie viele Finger ich an der Hand hatte.

Ich ahnte, dass sie sich überzeugen wollte, dass ich keinen Schaden an der Waffel hatte.

„Dann bleiben Sie mal noch eine Weile hier liegen – wir desinfizieren Ihre Wunden und Sie können sich ein bisschen ausruhen. Der Blutdruck ist übrigens etwas hoch.“

Ich schielte auf den Monitor, der das mit Flackern gelber und roter Lämpchen anschaulich belegte.

„Ach, der ist gut“, bagatellisierte ich. „Der ist immer so. Ich will hier weg – wieder in meine Kabine und dann in die Stadt. Ich muss hier raus – sonst kann ich mich nicht bei den englischen Behörden anmelden.“

Ich hatte mich wohl zu sehr aufgeregt, denn sofort ging die gelbe Lampe aus und die rote leuchtete hell auf.

„Wir lassen Sie gleich gehen – aber seien Sie vorsichtig“, beruhigte mich die Ärztin.

„Gleich tut es weh“, mischte sich der Sanitäter ein und blies mir mit einer Sprayflasche ein desinfizierendes Mittel auf meine Wunden am Kopf. „Die Beule links sollten Sie kühlen. Gehen Sie in eine der Bars und holen Sie sich Crash-Eis. Legen Sie es aber nicht direkt auf die Haut, das führt zu Erfrierungen. Ach ja, und Sie werden noch einige Tage Kopfschmerzen haben. Wenn was ist, kommen Sie zu uns ins Hospital.“

„Und keinen Alkohol heute!“, befand die Ärztin und nickte mir freundlich zu. „Melden Sie sich morgen früh noch mal im Hospital und berichten Sie, wie es Ihnen geht.“ Sie hob grüßend die Hand und ging hinaus zu ihren anderen Patienten. Ich musste noch etwas bleiben, um einen Krankenbericht auszufüllen. Wie das alles gewesen war und wie ich mich dabei gefühlt hatte. Was ich an Schäden hatte, und ich musste versichern, dass ich im Großen und Ganzen soweit in Ordnung war, um das Hospital auf eigenen Füßen wieder zu verlassen.

Draußen vor der Tür erwartete mich der Sicherheitsoffizier. „Es kommt so gut wie nie vor, dass ein Dieb in eine Kabine eindringt“, sagte er etwas beschämt. „Aber diesmal scheint es so gewesen zu sein.“ Ich solle nachsehen, ob etwas fehlen würde.

„Es ist mir ein Rätsel, wie der Täter in die Kabine kommen konnte“, grübelte er. „Über die Balkone vielleicht? Hatten Sie die Türsicherung dort nach rechts gedreht?“

Ich hatte es wahrscheinlich nicht, und das sagte ich ihm auch. Er zog einen Flunsch. Wahrscheinlich dachte er: „Selber schuld!“ Aber das sagte er nicht. Jedenfalls würde er irgendwann, heute oder morgen, noch einmal auf mich zukommen, um ein Protokoll mit mir aufzunehmen. Die Sache sei Bella Cruises sehr peinlich, vor allem, weil im Bereich des langen Ganges vor meiner Tür keine Videokameras angebracht waren, mit denen man den Täter hätte identifizieren können.

„Und Sie haben wirklich niemand erkannt?“, fragte der Sicherheitsoffizier. „Können uns keinen Tipp geben? Nicht den kleinsten Hinweis?“

„Er hat zugeschlagen, ehe ich „Pudelmütze“ sagen konnte“, versuchte ich zu scherzen. Aber der Mann blieb bierernst.

Ich versicherte ihm, dass ich oben meine Siebensachen gründlich durchsehen würde, um zu prüfen, ob was gestohlen worden sei. Gegen Ein Uhr mittags öffnete ich wieder die Tür zur 9272 und sah mich um. Auf den ersten Blick fehlte nichts.

Mein nächster Gedanke galt der Balkontür. Natürlich – der Knubbel für die Türsicherung stand auf „offen“.

Ich seufzte auf und ging dann die Sachen in den Schränken durch. Anschließend filzte ich auch noch meinen Koffer, den ich aus Platzgründen unters Bett geschoben hatte. Auch im Rucksack war noch alles so wie zuvor. Alles da! Ich hatte den Dieb wahrscheinlich zu früh überrascht. Er war nicht zum Zuge gekommen. Außerdem befanden sich alle wichtigen Dokumente und das Geld im Safe.

Ich ging ins Bad und nahm aus der Waschtasche die Packung Schmerztabletten heraus, die ich immer mitnehme, wenn ich verreise. Schluckte zwei davon mit dem Wasser aus dem Zahnputzglas. Zog mich anschließend um, weil Blut auf mein weißes Shirt getropft war. Und schaute auf meine Armbanduhr. 13:05 Uhr deutscher Zeit. Also 12:05 Uhr englischer Zeit. Die „Bella Auranta“ würde bis 20:00 Uhr im Hafen liegen. Noch genug Zeit, um

Southampton einen Besuch abzustatten, auch wenn ich mich so fühlte wie mein Kopf aussah. Doch ich bin zäh.

Ich begab mich zum Lift, nicht ohne zuvor diesmal die Balkontür verriegelt zu haben, und fuhr zum Deck 6 hinunter, um meinen Reisepass vorzuzeigen.

„How are you?“, fragte mich die englische Beamtin, die ihn entgegennahm und meine aufgeschrammte Stirn kritisch betrachtete.

„Fine!“, log ich. „Thank you!“ Es war ziemlich geprahlt.

Sie schüttelte den Kopf, aber sagte nichts weiter, gab mir den Pass zurück, ich war registriert auf britischem Boden und machte kehrt. Zehn Minuten später saß ich im Buffetrestaurant „Perle“ auf Deck 11, um schnell noch etwas zu essen. Und eine dreiviertel Stunde später schritt ich mit meinem Rucksack, meiner Nikon und meinem brummenden Schädel die Gangway hinab und betrat England.

7. Eine erfreuliche Begegnung

Die große Halle des Kreuzfahrtterminals Elizabeth II war in Deckenhöhe mit britischen Fahnen geschmückt. Unter ihnen standen Shuttle-Busse und Taxis sowie die Ausflugsbusse für all jene, die eine organisierte Tour gebucht hatten. Da ich mich nach dem Hieb auf meinen Denkapparat noch ein bisschen schräg im Kopf fühlte, steuerte ich das nächstbeste Taxi an. Der Fahrer blickte mir aus dem herabgekurbelten Wagenfenster entgegen.

„Was kostet die Fahrt nach Southampton hinein?“, fragte ich ihn.

„Zwanzig Euro!“, sagte er wie aus der Pistole geschossen.

Ich dachte, ich hätte mich verhört. Zwanzig Euro für etwa zweieinhalb Kilometer. Das war ja schon mehr als Wucher. Ein Mondpreis!

„Das kann doch nicht wahr sein. Für diese kurze Strecke“, empörte ich mich.

„Wenn Sie in Britischen Pfund zahle, stelle ich das Taxameter an“, grinste er. „Aber dann wird’s noch teurer.“ Er freute sich über mein Gesicht. Ich konnte mir vorstellen, dass er den Nachttarif oder so etwas einstellen würde, um mir das Geld aus der Tasche zu ziehen.

„Nein, danke!“, ich machte abrupt kehrt und ging hinüber zu den Shuttle-Bussen, bei denen ich für hin und zurück neun Euro hinlegen musste.

Ich erwischte den nächsten Shuttle-Bus gerade noch rechtzeitig vor der Abfahrt. Er war schon fast völlig besetzt und ich hatte Glück, weil noch ein Platz neben einer fülligen Dame in engen lila Hosen und einer offenherzigen Bluse frei war. Ich musste meine Bordkarte vorweisen. Sie wurde gescannt – der Betrag für die Fahrt wurde damit automatisch von meinem Bordkonto abgebucht. Dann startete der Fahrer den Motor und es ging los.

Wir fuhren eine lange Strecke durchs Hafengelände, an einem anderen Kreuzfahrtschiff vorbei, und bogen an einem Park in eine Hauptverkehrsstraße ein, die noch nicht sehr städtisch aussah. Das änderte sich bald, aber die Häuser in den Straßen, durch die wir kamen, sahen manchmal wie Spielzeughäuschen aus, manchmal aber auch wie die Wohnblöcke daheim. Mein Kopf schmerzte – ich schloss die Augen, und als ich sie nach einer Weile wieder öffnete, waren wir da.

„Tudor House!“, rief der Busfahrer aus. Ich stieg mit den anderen aus und fand mich vor einem hübsch restaurierten Fachwerkgebäude aus dem 15. Jahrhundert wieder. Vor dem Haus stand ein Aufsteller, der darauf hinwies, dass es auch ein Café im Garten gab. Da ich auf dem Schiff gegessen hatte, konnte ich gut und gern auf einen Snack verzichten. Gegenüber befand sich ein Platz, der St. Michael’s

Square, an dem sich das älteste Gebäude Southamptons befand – die um 1017 erbaute St.Michael's-Kirche. Ich ging hinein, um das Taufbecken und die Relikte aus normannischer Zeit zu bewundern, und sie hatten sogar eine Toilette im Gotteshaus, die mir gerade recht kam, weil ich angesichts meiner Erlebnisse an Bord ewig nicht mehr aufs Klo gegangen war.

Ich nahm die Kamera und machte jede Menge Aufnahmen. In der Kirche, vor der Kirche, vom Tudor House und von der Straße der Altstadt, in der ich mich befand. Langsamen Schrittes bummelte ich im Schlepptau anderer Businsassen durch kleine Straßen und Gassen an hübschen alten Häusern vorbei, an einem Pub, der sich „The Titanic" nannte („Welcome aboard" stand über dem Eingang), sowie an einem anderen, der „Duke of Wellington" hieß und vor dem ein Bild des edlen Herrn auf einem Schild malerisch über den Blumenkästen am Fachwerkbau hing. Auf Irr- und Umwegen gelangte ich irgendwann zum Castle Wall, wo mir angesichts einer gewissen Schlappheit aufgrund des Angriffs heute Vormittag einfiel, dass ich doch mal eine aufmunternde Tasse Kaffee vertragen könnte. So pilgerte ich umständlich wieder zurück zum Tudor House, in dem mir ein freundlicher Engländer im Eingangsbereich den Weg zum Café im Garten wies.

Als ich die Tür dorthin öffnete, breitete sich vor mir das Geviert eines schönen Kräutergartens aus, der nach historischem Muster angelegt worden war. Rechts standen kleine Steinhäuser, links dunkle Holztische und -stühle vor einem Flachbau, durch dessen Fenster ich auf ein Kuchenbuffet sehen konnte. Ich trat durch eine Schiebetür ein und grüßte vier gut angezogene, dezent geschminkte Damen im besten Alter, die sich zu ihrem Plausch im Café zusammengefunden hatten und mich so musterten, wie im Hühnerhof die Hennen den neuen Hahn ansehen. Am Tresen sah ich Sandwiches und Kuchen und allerlei Süßkram und eine Frau im dunklen Dress, auf dem „Staff" stand, und die eine lila Schürze umhatte. Sie grüßte freundlich und blickte mir erwartungsvoll entgegen – ich blickte ebenso erwartungsvoll in die Auslage mit dem Angebot und hatte mich im Nu entschieden. Ein Scone, dazu Cream und Jam, und einen kleinen Kaffee Americano. Das Ganze kostete 5,20 Pfund; ich ließ mir auf sechs herausgeben und hatte damit wahrscheinlich übertrieben. Die Lady hinter dem Tresen, in meinem Alter und gut anzusehen, sagte, ich solle ruhig draußen im Garten Platz nehmen – sie würde mir alles herausbringen.

Ich suchte mir einen Tisch ganz links in der Ecke, in der Sonne. Es war offensichtlich der beste Platz draußen. Und ich hatte Glück, dass ich ihn erwischt hatte, denn bald darauf kamen noch mehr Leute, die sich an die anderen Tische setzten.

Die Serviererin brachte mir mein Bestelltes auf einem Tablett und wünschte mir guten Appetit. Ich nahm einen Schluck vom Kaffee, ehe ich den Scone aufschnitt und mit Creme und Jam beschmierte. Dann lehnte ich mich zurück, um den Snack und die Umgebung zu genießen.

Um das Holzgeviert im Kräutergarten bummelte eine Japanerin im roten Kleid mit ihren Kindern dahin und erklärte ihnen die Pflanzen. Im Hintergrund war ein altes Gemäuer zu sehen, zu dem ein Gang führte, in dem eine ebenso alte Kanone stand. Rings um mich waren Blumen und Gräser und eine alte Steinskulptur. Die Sonne schien warm auf mich hinab. Ich fühlte mich sauwohl und schloss die Augen.

„Ist bei Ihnen noch etwas frei?", riss mich eine angenehme weibliche Stimme aus meinem überirdischen Dasein. Ich riss die Augen auf. Und öffnete den Mund, um etwas zu sagen. Aber ich bekam kein Wort heraus.

Denn vor mir stand die wunderschöne, attraktive junge Dame, die mir gestern im Buffetrestaurant meine Hose mit Gulaschsuppe verschlimmbessert hatte. Sie sah noch besser aus als am Vortag, soweit das möglich war. Das Haar fiel lässig bis auf die Schultern. Ihr angenehmes Gesicht lächelte mit Mund und Augen. Ihr Outfit war klasse. Weiße, mit bunten Ornamenten bedruckte Lagenbluse, pinkfarbene Skinny-Jeans mit Fransensaum und schicke Sandalen. Absolut perfekt.

„Sie?", fragte ich entgeistert.

„Ich!", sagte sie. „Ich habe Sie gleich erkannt." Und ein, zwei Sekunden später: „Was ist denn mit Ihrer Stirn los? Hatten Sie einen Unfall?"

„Nicht der Rede wert", winkte ich mit Macho-Gebärde ab. „Wo kommen Sie denn her?"

„Wie Sie – vom Schiff", lachte sie. „Was ist – darf ich mich zu Ihnen setzen?"

„Aber ja doch", sagte ich übereifrig, sprang auf und nahm den Rucksack vom Stuhl neben mir. „Bitte!"

„Ich heiße übrigens Danielle Sedlacek und wohne in Linz", stellte sie sich vor.

„Linz? Die Kulturhauptstadt des Führers?" Ich konnte mir das nicht verkneifen.

„Ja – das hängt uns noch manchmal an", lachte sie. „Ist aber längst aufgearbeitet." Sie schaute mich an und ich merkte, dass ich mich auch vorstellen sollte.

„Thomas Webb, aus Berlin – meine Freunde nennen mich Tom!" Ich hoffte, sie würde mich auch so ansprechen.

„Die meisten Bekannten sagen „Dani" zu mir. Aber ich mag das eigentlich nicht." Sie verzog das Gesicht ein bisschen, und ich beschloss, sie niemals so zu nennen. „Ist hier eigentlich Selbstbedienung?"

Ich erklärte ihr, dass man drinnen im Flachbau bestellen müsse und die Bedienung dann alles herausbringen würde. Sie nickte. Dann ging sie hinein und kam nach fünf Minuten wieder mit zufriedenem Gesicht heraus. Wie sich dann herausstellte, hatte sie eine Art Strudel ausgewählt, mit Sahne und dazu einen schwarzen Kaffee. Typisch – sie war Österreicherin.

Danielle Sedlacek beherrschte die Kunst, gleichzeitig zu essen und sich zu unterhalten. Ihr Interesse galt vor allem meinem sichtbar beschädigten Kopf.

„Und Sie haben wirklich nicht gesehen, wer auf Sie eingeschlagen hat? Kein bisschen?"

„Nichts", sagte ich. „Es ging schnell und der Kerl konnte sehr effektiv mit dem Ding umgehen, mit dem er mich niedergeschlagen hat. Wahrscheinlich hatte er einen Totschläger bei sich. So ein Ding, das wie ein Teleskop auseinander zu ziehen ist. Klein, handlich – durchaus unauffällig, wenn es jemand im Koffer mit an Bord bringen will."

„Ein Dieb? Ich kann es nicht fassen. Und Sie hatten also die Balkontür nicht verriegelt?"

„Nein, das war dumm von mir", gab ich zu. „Wenn alle in den Nachbarkabinen weggegangen sind, kann sich so ein Täter problemlos durch alle auf- und zumachbaren Balkonwände durchschleusen."

„Aber irgendwo muss er doch in eine Kabine eingedrungen sein, um dort überhaupt erst auf die Balkone zu gelangen."

„Die Sicherheitsoffiziere nehmen momentan alle Gäste unter die Lupe, die rechts und links von mir untergebracht sind. Die ganze Reihe bis zu Geht-nicht-mehr."

„Hoffentlich haben sie Glück und entdecken den Strolch!" Sie gabelte genussvoll an ihrem Strudel herum und ließ ein Stück davon im hübschen Mund verschwinden.

„Ich möchte mich übrigens für das Malheur von gestern entschuldigen." Sie lächelte unschuldig. „So etwas passiert mir nicht oft."

„Ach, schon vergessen", sagte ich. „Die Hose ist schon gewaschen und getrocknet. Und ich hatte ja noch eine zweite mit."

„Kann ich das wieder gut machen?"

„Vielleicht!", überlegte ich. „Wie wäre es, wenn Sie heute Abend mit mir ins „Ambassador" essen gehen?"

„In das Bedienrestaurant?"

„Ist doch mal etwas anderes als das ewige Buffet, dass wir morgens, mittags und abends jeden Tag haben werden. Im Hauptrestaurant geht alles es ein bisschen edler zu – auch was die Speisen betrifft."

Sie dachte für meine Begriffe zu lange nach. Wirkte es so, als wolle ich mich an sie heranschmeißen? Sicherlich waren die Männer hinter einer so attraktiven Frau wie sie überall und immer hinterher. Vielleicht hatte sie das satt. „Es ist ja nur eine Idee", setzte ich deshalb hinzu.

Ihr Lächeln kam von Herzen. „Nein", sagte sie. „Das heißt „ja". Ich habe nichts dagegen. Ehrlich, ich finde das gut. Da wollte ich schon gestern hin, aber ich hatte es mir zu spät überlegt." Sie lachte laut. „Wenn ich dort gewesen wäre, hätte ich Sie nicht bekleckert."

„Aber wir hätten uns nie kennengelernt", meine Freude konnte sie nicht überhören.

„Ja, ich glaube auch, es wäre schade gewesen." Ihre graugrünen Augen trafen sich mit den meinigen.

Dann erzählte sie, dass sie in einem PR-Büro tätig sei und eigentlich mit einer Kollegin hätte auf diese Kreuzfahrt gehen wollen. Aber die Kollegin war unerwartet krank geworden, deshalb hatte sie ihre Zweier-Kabine nun ganz für sich allein. „Auch nicht schlecht", sagte sie, „aber ich fühle mich ein bisschen einsam."

Bei dieser Bemerkung läuteten bei mir alle Glocken. Wenn Gott jetzt die richtigen Würfel warf, hatte ich meinen Urlaubsflirt in der Tasche. Das klingt nach Macho, aber ich bin nun mal ein Mann. Der in Jahrmillionen erworbene Jagdtrieb des Neandertalers steckt nun mal in unseren Genen und treibt manche Feministin hoch hinauf auf die Palme.

Ich erzählte Danielle auch von mir. Dass ich Reisejournalist sei und nicht nur für Zeitschriften schreibe, sondern auch einige Bücher herausgebracht hätte. Ich übertrieb nicht, vergaß aber auch nicht, meine guten Seiten werbewirksam herauszustreichen.

„Klingt gut!", sagte sie irgendwann. „Sie haben einen interessanten Beruf und viel erlebt. Sie sind – wie man so sagt – ein interessanter Mann". Ich grinste zufrieden.

„Aber bilden Sie sich nicht ein, dass ich deshalb in Ihr Bett hupfe." Sie lehnte sich zurück und jetzt sah sie sehr zufrieden aus.

„Aber das Essen heute Abend…" Ich hätte beinahe gestottert.

„Ist gebongt – wir treffen uns um Sechs am Eingang vom „Ambassador", o.k.?"

Sie erhob sich und griff nach ihrem kleinen Rucksäckchen, das sie neben sich gestellt hatte. „Und jetzt bummle ich weiter – allein! Nein, Sie müssen nicht aufstehen. Bleiben Sie sitzen."

Ich hatte gedacht, wir könnten Southampton noch ein bisschen gemeinsam erkunden. Aber das hatte ich wohl völlig falsch eingeschätzt.

„Bis heute Abend", Danielle Sedlacek winkte mir mit der Linken zum Abschied zu. Marschierte dann schnurstracks an den anderen Tischen und Gästen vorbei auf die Tür zu, durch die es wieder nach draußen ging.

Ich blieb nachdenklich sitzen.

Danielle – was für ein schöner Name…

8. Washington, D.C.

Das Urgestein saß auf einer Bank am Ufer des Potomac und las in der "Washington Post". Das Blatt hat schon so viele politische Skandals enthüllt, aber die jetzige Bedrohung würde alles übersteigen, dachte der Alte. Seufzend legte er die umfangreiche Zeitung zur Seite und starrte auf das satte Grün ringsum. Bride musste gleich kommen – Bride, der rasante Aufsteiger in Langley, inzwischen Deputy Director, der beim Treffen mit Rosseliani und Turner mit ihnen zusammen gesessen hatte. Er schaute auf die Rolex an seinem Handgelenk. Noch vier Minuten. Der andere würde pünktlich sein. Dessen war er sicher.

Tatsächlich tauchte Bride wie aus dem Nichts am Ende des Parkweges auf und näherte sich.

„Schönes Wetter heute", sagte er, als er da war und sich neben dem silberhaarigen Alten niederließ. Die letzte Woche hatte es wie verrückt geregnet. In zwei Bundesstaaten hatten Tornados Häuser und Leute vom Erdboden gefegt. Jetzt schien sich die Wetterlage in den Staaten beruhigt zu haben.

„Reden wir nicht lange um den heißen Brei herum", forderte das Urgestein. „Gibt's was Neues? Wie ist die Lage?"

„Die Russen scheinen Wind von der Sache bekommen zu haben", sagte Bride und verzog sein markantes braungebranntes Gesicht.

„Gar nicht gut!", sagte der Alte. „Wo war das Leck?"

„Es gab kein Leck", widersprach der Jüngere. „Wilkins hat doppeltes Spiel getrieben. Er hat das Material sowohl uns als auch den Russen angeboten. Er wollte es dem Höchstbietenden verkaufen."

„Und?"
„Die Russen haben nicht gekauft. Sie wollten nicht die Katze im Sack. Er hat ihnen nicht gesagt, worum es geht, sondern nur, dass es sich um die brisanteste Ware seit den Atomspionen handelt. Das war ihnen zu verwaschen."
„Wissen wir das genau?"
„Unsere Quelle in Moskau hat es bestätigt."
„Dann ist das gut so. Sie werden nicht herauskriegen, was es ist, solange die Sache unter uns beiden Waisenknaben bleibt."
Bride schüttelte bedenklich den Kopf. „Die Russen sind nun aber munter geworden, weil Wilkins das Zeitliche gesegnet hat. Jetzt machen sie wahrscheinlich dasselbe wie wir – auf Wilkins Spuren reisen und die Augen offenhalten, ob es etwas zu entdecken gibt."
„Und unsere Leute? Haben sie schon einen Ansatz?" Fragend blickte der Alte seinen Gesprächspartner an.
„Wir haben uns gleich in der Kabine dieses Journalisten umgeschaut, als er beim Essen war. Hinein zu kommen war ein Kinderspiel. Zwei Hundert-Euro-Scheine und der Philippino vom Housekeeping hat seine Keycard ausgeliehen. Wir haben aber nichts gefunden. Und dann muss uns noch jemand in die Suppe gespuckt haben. Jemand anderes hat sich nach uns ebenfalls in der Kabine herumgetrieben und diesen Webb niedergeschlagen. Möglicherweise die Russen. Auf dem Schiff munkeln sie, ein Einbrecher sei über die Balkone eingedrungen."
„Ach?" Der Alte beugte sich vor. „Was ist denn schief gegangen?"
„Es war Murphys Gesetz! Der Journalist ist aus einem unerklärlichen Grund wieder in seine Kabine zurückgekommen, nachdem er schon unten auf dem Weg zum Ausgang vom Schiff gesehen worden war. In dieser Zeit hat das jemand ausgenutzt. Wir waren es jedenfalls nicht."

„Diesem Webb ist doch hoffentlich nichts passiert? Wir brauchen ihn vielleicht noch."

„Wahrscheinlich tut ihm der Kopf tüchtig weh. Der Eindringling hat ihm eins über die Birne gegeben."

Das Urgestein zuckte zusammen. Er mochte so vulgäre Ausdrücke wie „Birne" nicht. Bei allem Tod und Verderben, die er in seinem Leben über andere gebracht hatte, pflegte er lieber einen gewissen vornehmen Stil, so wie es ihm als Nachfahre der Gründerväter zukam.

„Was haben wir über Webb in unseren Akten?", fragte er.

„Ich habe alle Dateien in den Computern gecheckt", sagte Bride. „Er ist gutes Mittelalter, trotzdem ledig, hat zwei Ehen versemmelt und war mal Mitglied in der kommunistischen SED."

„Letzteres besagt nichts", meinte das Urgestein. „Die SED in Ostdeutschland hatte etwa zwei Millionen Mitglieder. Wenn er nicht gerade ein scharfer Hund war, ist er politisch uninteressant."

„Reisejournalist, recht erfolgreich – tja, und jetzt kommt das Interessante. Vor ein paar Jahren ist er einem Dienst unseres Landes in die Quere gekommen. Nicht im Bösen. Sondern er hat mit unseren Jungs einen alten Fall aus der DDR-Vorwendezeit geknackt, in den auch die Sowjets verwickelt waren."

„War er kooperativ?"

„Er hat sich eher wie ein unschuldiges Kind angestellt"; grinste der Jüngere. „Aber irgendwie hat er schon investigative Fähigkeiten. Das sollte uns zu denken geben. Man darf ihn nicht unterschätzen. Der Mann hat einen guten Riecher."

„Dann könnte er durch einen dummen Zufall etwas finden, was Wilkins doch wider Erwarten in seiner Kabine versteckt hat. Irgendeinen Hinweis. Etwas, was uns auf die

Spur der „Ware“ bringt, die dieser Lump uns und den Russen angeboten hat. In der Matratze versteckt. In einer Ritze des Schranks. Hinter dem Fernseher.“ Er seufzte. „Da muss noch mal einer von uns rein. Irgendwo muss eine Spur zu finden sein.“

„Wir bleiben am Ball. Adler, Barclay und Turner haben ersten Sichtkontakt mit Webb aufgenommen, vereinfacht gesagt. Sie behalten ihn im Auge und werden jeden seiner Schritte beobachten.“

„Schalten Sie die lokalen Teams ein“, befahl der Alte. „Das Schiff legt in Dublin, Belfast, Greenock, Harwich und auch in Rotterdam an, wo Wilkins letztlich das Zeitliche gesegnet hat. Unsere Jungs sollen Adler und Barclay unter die Arme greifen, wo sie nur können.“

„Und Turner?“ Bride blickte ihn an.

„Turner kommt allein zurecht. Nur wenn alle Stränge reißen, geben wir da Schützenhilfe.“

„Es ist erstaunlich, dass so tief verbuddelte Dinge unvermittelt wieder ans Tageslicht kommen“, sinnierte Bride.

Der alte Mann blickte versonnen vor sich hin. „Wir waren damals nur fünf hochrangige Geheimdienstler, die davon wussten. Alle haben ihr Wissen gehütet wie ihr eigenes Augenlicht. Nicht mal der Präsident hat etwas geahnt. Oder der CIA-Direktor. Nur wir und der „Maulwurf“ selbst wussten Bescheid. Alle anderen Mitwisser haben wir eliminieren lassen. Nur Wilkins haben wir leider nicht erwischt. Jetzt sind die anderen vier Strippenzieher längst gestorben und ich bin übriggeblieben. Und der „Maulwurf“ selbstredend, der lebt auch noch. Deshalb habe ich die Stafette an Sie weitergegeben.“

„Sie ist in guten Händen, General“, sagte Bride. „Wenn alles vorbei ist – was machen wir dann mit Turner?“

„Weiß auch viel, aber ist verschwiegen und brauchbar", die Stimme des Alten klang beiläufig. Und damit war alles klar. Turner würde überleben.

„Ich hoffe, die Reisedokumente der Drei sind perfekt", dachte der pensionierte General laut nach. Der Alte klang etwas besorgt, denn alles hatte so schnell gehen müssen. Die ehemaligen Agenten reaktivieren. Noch Plätze auf dem Kreuzfahrtschiff bekommen. Die Leute unauffällig in Webbs Nähe positionieren.

„Keine Sorge – die Papiere sind alle echt. Niemand wird über sie stolpern."

„Dann können wir nur hoffen!" Er sah nicht ganz so optimistisch aus wie Bride.

„Mit Gottes Segen wird alles gut ausgehen", versicherte der Jüngere optimistisch.

„Naja!", sagte der Alte. „Aber vergessen Sie nicht – der Teufel schläft nie!"

9. Harmlose Plaudereien

Danielle Sedlacek kam pünktlich wie ein Maurer, wenn er Feierabend macht. Sie trug ein Kleid, das ihre Figur voll und ganz zur Geltung brachte. Es war dunkelblau, fast schwarz, und mit weißen Linien bedruckt, die sich wie Ornamente miteinander verschlangen. Unten hatte es zwei farbige Querstreifen, die meine Blicke hinab zogen zu ihren sehenswerten Beinen. Auch sie musterte mich schon von weitem. Ich glaube, ich sah ganz gut aus in meinem modischen blauen Blazer, hellblauen Hemd und dunklen Jeans.

„Warten Sie schon lange?", fragte sie, als sie mich an einem kleinen Holzschrank mit aufgestellten Weinflaschen stehen sah, etwa fünf Meter vor dem Eingang zum Hauptrestaurant.

„Bin gerade erst gekommen“, untertrieb ich ein bisschen. Ich stand schon ungefähr zehn Minuten hier. „Na, dann wollen wir mal reingehen.“

Sie schritt auf roten Absatzschuhen neben mir her, während wir auf den Eingang des „Ambassador“ zugingen, der von einem älteren Mann in einer Art Uniform bewacht wurde.

„Zwei Personen?“, fragte er und winkte einem Kellner, der schon auf dieses Zeichen gewartet hatte. Das Hauptrestaurant unten im Heck des Schiffes wirkte elegant und ansprechend. An weiß gedeckten Tischen, an denen schon die ersten Gäste saßen, funkelten uns blitzblanke Weingläser und glänzende Bestecke entgegen. Der Fußboden, über den wir hinter dem Mitarbeiter schritten, war mit blauem, weiß gemustertem Teppich ausgelegt, und oben an der Decke glitzerten Glaskristalle an den hoch hängenden Leuchtern.

„Bitte sehr!“ Der Kellner zog an einem Zweiertisch für Danielle Sedlacek den bequem aussehenden Stuhl zurück, und ich wartete noch, bis sie Platz genommen hatte.

„Die Karte…“ Der Mann in der weißen Jacke überreichte jedem von uns die Speisekarte, ehe er fragte, ob wir Weiß- oder Rotwein trinken wollten.

„Rot“, sagte meine Begleiterin. Der Kellner betete eine Reihe von Weinsorten hinunter. Danielle Sedlacek entschied sich für einen trocknen Bordeaux – ich winkte ab und beließ es bei Mineralwasser.

„Darf ich auch ein Glas Sekt anbieten?“, fragte der Kellner. Ich nickte das für uns beide ab.

Wie gewohnt, sah Danielle Sedlacek wieder zauberhaft aus. Sehr diskret geschminkt, die dunklen Haare fielen in leichten Wellen auf ihre Schultern hinab und ihr Mund leuchtete mir rot entgegen. Ich konnte gar nicht genug davon bekommen, sie anzuschauen. Ich glaube, sie merkte es, denn sie lächelte. Das gab mir Mut zu einem leichten Vorstoß und als der Sekt kam, stießen wir mit den Gläsern an.

„Wie gesagt – ich bin Tom!“, wagte ich mich vor. „Sie können mich ruhig so nennen.“

„Danielle“, erwiderte sie. „Aber das wissen Sie ja schon. Ja, sprechen wir uns mit den Vornamen an – das ist zwangloser.“ Vom „du“ sagte sie nichts und auch ich ließ es besser bleiben.

Wir studierten die Speisekarten und wählten aus, was wir essen wollten. Es gab ein Fünf-Gänge-Menü, bei dem man bei der Hauptspeise und dem Dessert zwischen zwei Angeboten wählen konnte. Wir bestellten, als der Kellner wiederkam, als Vorspeise Vitello tonnato, dann die Spargelcremesuppe, einen Eier-Auflauf à la portugaise als Zwischengericht, beide Heilbutt mit Zitronen-Orangen-Dressing als Hauptspeise und Gebackenes Dessert mit schwarzen Kirschen als Abschluss.

„Ich sehe schon, wir haben den gleichen Geschmack“, lächelte meine Begleiterin. Ich hoffte das ja auch, aber wusste nicht, ob es mit uns beiden etwas würde.

Das Restaurant füllte sich allmählich. Mit unserem Zweiertisch hatten wir großes Glück gehabt, denn die meisten Tische waren für vier, sechs, acht oder sogar zehn Gäste vorgesehen. Man weiß da nie, mit wem man zusammensitzt. Es kann gut gehen und man hat nette Tischnachbarn. Manchmal hat man aber auch die Brunnenpest mit am Tisch.

Die kam gerade in Begleitung unseres Kellners an den Nebentisch gestiefelt – es war der „Loser“. Er nickte uns zu und nahm am Vierertisch Platz. Kaum hatte er sich hingesetzt, brachte der Kellner auch noch zwei weitere Gäste zu ihm. Es waren Herr Nimmer und Frau Nimmer-Oede. Als sie den Hageren dasitzen sahen, verzogen sie ihre Gesichter, als hätten sie in etwas Saures gebissen. Aber sie rissen sich gleich wieder zusammen, warfen uns beiden ein freundliches „Guten Abend“ und dem „Loser“ einen resignierten Blick zu, ehe sie sich zu ihm setzten. Ich an ihrer Stelle hätte ja beim Kellner sofort protestiert, aber nicht jeder ist so schnell auf Krawall gebürstet wie ich.

„Was macht Ihr Kopf?“, wollte Danielle wissen.

„Er ist noch dran!“, sagte ich. Mehr nicht. Obwohl er noch schmerzte. Aber die Schürfwunden hatten sich geschlossen.

„Ist das Ihre erste Kreuzfahrt, Tom?“, fragte sie dann.

„Nein – die siebente oder achte schon. Ich war mit mehreren Anbietern schon unterwegs. Mit AIDA, Mein Schiff, Costa, Hapag Lloyd. Und jetzt eben mit Bella Cruises.“

„Und mit wem hat es Ihnen bisher am besten gefallen?“

„Das kann man so nicht sagen“, winkte ich ab. „Die einen haben ein besseres Unterhaltungsprogramm an Bord, andere punkten mit All-Inklusive, manche mit dem guten Essen, die einen machen Galaabende, da sollte man einen schwarzen Anzug und eine Krawatte im Koffer haben. Andere tun das nicht. Beim Aufenthalt auf großen Schiffen mit ein paar tausend Passagieren ist man schlechthin nur eine Kabinennummer, selbst bei bestem Service – auf einem kleinen Schiff mit etwa 600 Leuten an Bord wird man mit Namen angesprochen und hat einen tollen Service und Komfort, den es woanders nicht gibt.“

„Auf unserem Schiff sind Alt und Jung gut durchmischt“, stellte sie fest. „Ich dachte immer, Kreuzfahrten sind eher Sache von Senioren.“

„Das ist längst nicht mehr so“, sagte ich. „Ich hab’s mal ausnahmsweise auf einem kleineren Schiff erlebt – ja, das war wie im Altersheim. Und einige von den Älteren waren ziemlich schwierig. Jeder wollte den besten Platz im Bus, der Erste am Buffet und der Wichtigste an Bord sein. So was gibt es auch. Aber die meisten waren liebe Leute. Ungezogene Alte sind die Ausnahme. Umgekehrt kann es auch anstrengend für unsereins sein, wenn mehr als tausend Kinder und Jugendliche auf einem Schiff sind, wie in den letzten Schulferien bei einem großen Anbieter vorgekommen. Jedenfalls hat man mir erzählt, dass sich mancher Erwachsene gern wieder nach Hause gewünscht hätte."

Sie lachte. Dann beugte sie sich neugierig vor. „Waren Sie schon einmal seekrank?"

„Nein!", sagte ich wahrheitsgemäß. „Obwohl ich mal auf einer Fähre Windstärke 10 miterlebt habe. Im Skagerrak. Da war vielleicht was los. Die meisten Leute setzten sich unten in der Schiffsmitte in die Gänge, weil es dort angeblich nicht so mächtig schaukelt. Ich habe immer gedacht, es sei eine Erfindung, dass Seekranke grünliche Gesichter haben. Aber es stimmt."

„Und es hat Ihnen wirklich nichts ausgemacht?"

„Nein, ich hatte Glück – mir ging's gut. Ich habe mich in die Kabine verzogen und mir „Mord mit Aussicht" im Fernsehen angeguckt. Als wir an der dänischen Küste vorbeikamen, war der Spuk sowieso zu Ende."

„Toll – Sie sind ja ein richtiger Seebär!", Danielle blickte mich bewundernd an. Ich wuchs auf der Stelle innerlich auf doppelte Größe.

„Sie wollten mich nicht ins Restaurant lassen", schallte es vom Nebentisch zu uns herüber. Wir sahen hin. Natürlich, der „Loser", der ungefragt und laut erzählte.

„Ich war pünktlich da, als hier geöffnet wurde", er beugte sich zu den Nimmers hinüber. „Aber ich hatte kurze Hosen an. Das gehöre sich angeblich nicht beim Abendessen, und der Zerberus am Eingang hat mich zurück in die Kabine geschickt, damit ich mich umziehe."

Danielle lachte unwillkürlich auf. Der hagere Kerl war wirklich echt schräg. Auch ich musste schmunzeln. Man legte beim Abendessen heutzutage längst viel Wert darauf, dass die Gäste einigermaßen ordentlich angezogen kommen. Ich hatte es einmal vor Jahren auf einem großen Schiff erlebt, wie sich ein Passagier im Buffetrestaurant bei mir beklagte. „Es ist meine erste Kreuzfahrt – ich habe „Das Traumschiff“ gesehen und am ersten Abend einen Anzug angezogen, mit allem Pipapo – Krawatte, schicke Schuhe. Meine Frau hatte ein kleines Schwarzes an. Aber dann waren dort die anderen Leute, ganz leger, viele im Schlabberlook. Einer steckte sogar in Bermudahosen, ein anderer kam barfuß hereingeschlurft zum Essen“, hatte er geschimpft.

Nun, auch bei diesem Kreuzfahrtanbieter hatte sich das inzwischen geändert. Barfuß oder in Badesachen ließ man niemand mehr zum Essen herein, da passte das Personal auf.

Die Vorspeise kam und dann die Suppe. „Köstlich, nicht wahr?“, sagte Danielle.

Mit der Hauptspeise dauerte es noch etwas länger. Ich nutzte die Zeit, um etwas loszuwerden.

„Wissen Sie, was mir vorhin passiert ist?“, erzählte ich, auch um mich ein bisschen wichtig zu machen. „Ich hatte in der Kabine die Schublade des Schreibtischs etwas zu weit herausgezogen. Sie klemmte und da habe ich darunter gegriffen, um sie ein bisschen hin und her zu rütteln. Ja, und dann habe ich das hier gefunden. Es war mit Tesa-Film an der Unterseite der Lade festgeklebt.“

Ich schob Danielle einen kleinen Zettel hinüber, auf dem etwas stand.

„Eine Telefonnummer?“, fragte sie halblaut. Sie starrte darauf und las sie dann laut vor.

„Eine englische Nummer“, sagte ich, „ellenlang durch die Vorwahl. 00441232 und so weiter. Also, London ist das nicht. Die haben 0044181 vorneweg.“

„Es ist nicht England, sondern Nordirland", erscholl es vom Nachbartisch. Ich hatte offenbar viel zu laut geredet. Hendrik Nimmer hatte es gehört.

„Nordirland?", echote ich.

„Genau genommen ist es Belfast. Ich war schon mal dort und kenne deshalb die Telefonvorwahl. 00441232. Wie war der Anschluss?"

Danielle las es laut vor.

„Festnetz!", stellte Nimmer fest. „Ein bisschen seltsam, so was unter einer Schublade zu verstecken." Er lachte laut. „Die Nummer hinter der Vorwahl ist aber gut zu merken."

Ich hatte das auch gleich bemerkt. Mit ihren wenigen Ziffern und zweimal der Drei und zweimal der Fünf war sie sehr einprägsam.

„Da steht auch der Name des Teilnehmers daneben", warf ich ein. „Poix!" Ich lachte. „So möchte ich nicht heißen. Das kann man ja kaum vernünftig aussprechen. Naja, vielleicht rufe ich diesen Herrn Poix mal an, wenn wir in Belfast anlegen und frage ihn, was das hier soll", sagte ich.

„Vielleicht ist es eine hübsche Dame", rief Silvana Nimmer-Oede vom Nachbartisch herüber. „Aber Sie sind ja bereits in besten Händen."

Ich spürte, wie ich errötete. Aber Danielle hatte es überhört, denn sie starrte immer noch auf den Zettel. Ich streckte die Hand aus, um ihn mir wiedergeben zu lassen.

Aber ich erhielt ihn nicht gleich, denn da kam Blasius mit seiner Gattin angeschlurft. Beide hatten sich fein aufgebrezelt für den Abend im Hauptrestaurant. Keine Shirts mit fetzigen Sprüchen. Keine grellfarbige Kleidung. Sondern sie trug ein weißes, sehr dünnes Kleid, unter dem sich der Tanga-Slip der alten Dame abzeichnete, und er machte in einem modernen dunkelblauen Anzug mit weißem Hemd und gestreifter Krawatte eine gute Figur. An unserem Tisch legte er einen Stopp ein.

„Was haben Sie denn da Schönes?“, krähte er, beugte sich vor und glotzte auf den Zettel, der vor Danielle lag. „Eine Telefonnummer? Die ist aber sehr einprägsam.“

Meine Begleiterin legte eine Hand auf das Stück Papier.

„Oh, Entschuldigung!“, sagte Blasius, „ich wollte nicht neugierig sein.“ Er verbeugte sich vor uns mit einer altmodischen Geste der Höflichkeit, griff nach der Hand seiner Frau und zog mit ihr weiter in den Speisesaal hinein.

Danielle schüttelte den Kopf. „Ein seltsamer Typ. Irgendwie erinnert er mich an jemand aus irgendeinem Film. Aber ich weiß nicht, an wen.“

Als die Hauptspeise serviert wurde, hatte ich das kleine Blatt Papier wieder in meiner Jackentasche und fast schon vergessen. Es geht nichts über ein gutes Essen. Außer ein Orgasmus vielleicht. Aber essen ist besser. Es dauert länger. Man hat mehr davon.

Nach der Hauptmahlzeit hatte ich die Flasche Mineralwasser auf dem Tisch fast allein ausgetrunken. Das machte sich bemerkbar. Es war mir peinlich vor Danielle, aber ich musste mal wohin.

„Wenn Sie mich kurz entschuldigen…“, ich erhob mich. Ihr Lächeln besagte alles. Sie wusste, was los war.

Verlegen machte ich mich durch den Saal zum Ausgang auf. Die Toilette für kleine Jungs befand sich im Gang gleich links. Sie war leer – kein Wunder, die Leute saßen beim Abendessen und hatten mehr Benehmen als ich.

Ich ging nicht an eines der Pissoire, sondern betrat eine der Kabinen. Schloss mich ein und ließ mich auf der Klobrille nieder. Ich bin fanatischer Sitzpinkler. Es spritzt nichts daneben. Wer Männertoiletten mit ihren Pfützen vor den Pissoiren kennt, weiß, warum ich das sage. Er ist meist kürzer, als die Leute denken.

Die Toilettentür klappte hörbar auf. Zwei Personen kamen herein. Offenbar wollten sie gar kein kleines Geschäft verrichten, sondern nur ein paar Worte miteinander wechseln, denn sie blieben direkt vor meiner Kabine stehen.

„Er ist also auch auf dem Schiff!", sagte jemand laut.

Ich erstarrte auf meinem Sitzplatz. Das war Pauls Stimme. Ich hätte sie unter tausend anderen Stimmen erkannt. Ich weiß nicht, weshalb. Er hatte schon an der Uni so eine typische Art zu sprechen.

„Aber allein", sagte der andere. Wer das sein mochte, blieb mir ein Rätsel.

„Ich bezahle Sie gut", fuhr Paul fort. „Behalten Sie ihn im Auge und berichten Sie mir, wenn er etwas anstellt. Ich halte es nicht für einen Zufall, dass er hier ist, wo auch ich bin."

„Denken Sie, er hat etwas vor? Ich meine, was Sie betrifft? Ich bin der Meinung, auf dem Schiff sind Sie sicher. Wenn er was von Ihnen will, dann höchstens bei einem der Landgänge. Und da werde ich in Ihrer Nähe sein."

„Ich werde das Gefühl nicht los, ich hätte ihr nichts von dem Geld erzählen sollen!"

„Machen Sie sich keinen Kopf", sagte der andere. „Ich bin doch da."

Ich räusperte mich laut. Drückte den Spülknopf. Es rauschte mächtig.

„Da ist jemand", zischte Paul. Eilige Schritte ertönten, die Tür draußen klappte auf und zu, und dann war ich wieder allein mit mir.

Als ich das „Ambassador" wieder betrat, schaute ich mich genauer im Saal um. Irgendwo konnte Paul sitzen. Doch ich sah ihn nicht. War er einfach nur im Schiff umher spaziert, um sich in dieser abgelegenen Toilette mit jemand zu treffen? Jedenfalls kam mir das Gespräch, das ich belauscht hatte, ziemlich spanisch vor. Hatte Paul

Angst vor jemandem? Wer mochte dieser Typ sein, der – wie der andere Mann gesagt hatte – auch mit an Bord war? Oder hatte er mich gemeint? Und was war das für Geld, von dem Paul gesprochen hatte?

„Sie sehen ja so nachdenklich aus", begrüßte mich Danielle bei meiner Rückkehr an den Tisch. „Das Dessert ist schon da. Einfach köstlich. Vor allem die Kirschen."

„Es ist nichts", wiegelte ich ab.

Aber da war was!

10. Zu Besuch bei Molly Malone

Zwei Tage später stand ich an der Reling meiner Balkonkabine, um auf den Hafen von Dublin zu schauen. Gestern war noch einmal ein Seetag gewesen, den ich vertrödelt hatte mit einem Kaviarfrühstück im Fischrestaurant, und weiteren Mahlzeiten anderswo. Mit einem Bummel durch die Einkaufspassage des Schiffes und einem Besuch der Ausflugspräsentation „Dublin" im Theater, mit Shuffleboard an Deck 5 und einer Rock-Show abends, wieder im Theater. Zwischendurch lag ich auf dem Balkon und genoss das Meeresrauschen, die Seeluft und die Sonne. Danielle hatte ich den ganzen Tag über nirgendwo auf dem Schiff entdecken können. Am frühen Nachmittag hatte ich an die Tür der Kabine 9105 geklopft, in der sie wohnte. Aber umsonst.

Und so stand ich jetzt hier und dachte über das Essen vorgestern nach. Der Abend mit Danielle war – so könnte man sagen – nett verlaufen. Mehr aber auch nicht. Sollte ich mir Hoffnungen gemacht haben, der Dame etwas näherzukommen, und so war das auch, dann hatte ich mich damit in den Finger geschnitten. Wir waren zwar nach dem Abendessen im „Ambassador" noch für eine halbe Stunde in der „Bella Bar" ein Deck höher gelandet und hatten dort sogar Brüderschaft getrunken, doch Danielle hielt mich sehr auf Distanz. Sie fragte mich über mein Leben und meine Tätigkeit als Reisejournalist aus und erzählte mir von ihrer Arbeit in ihrer PR-Agentur, blieb aber bei einem freundlichen, sachlichen Ton. Sie sah sehr attraktiv aus, so wie sie auf dem Barhocker saß, das Kleid etwas hochgerutscht, so dass ihre Schenkel in den schwarzen Strumpfhosen aufregend zur Geltung kamen. Ihr schönes Gesicht war von Wein, Sekt und dem vorangegangenen Essen leicht gerötet – sie wirkte plötzlich wie ein junges Mädchen. Gegen einundzwanzig Uhr blickte sie auf ihre silbern schimmernde Armbanduhr.

„Ich glaube, wir sollten gehen", sagte sie.

Als wohlerzogener Mann brachte ich sie noch nach Hause, nämlich zu ihrer Kabine, die übrigens auf demselben Deck lag wie meine eigene. Allerdings auf der Steuerbordseite, während ich backbords wohnte. Sie hatte die 9105, ziemlich weit vorn am Bug der „Bella Auranta". Wenn sie auf dem Balkon stand, konnte sie gewiss dem Kapitän auf der weit herausragenden Brücke zusehen.

„So, da sind wir", lächelte sie.

„Ja, da sind wir!", sagte ich unbeholfen. Wir standen beide da wie bestellt und nicht abgeholt.

Dann steckte sie ihre Keycard in den Öffner an ihrer Tür, wandte sich noch einmal zu mir und hauchte mir einen Kuss auf die Wange. „Danke für den schönen Abend!"

Ich stand mindestens noch drei Minuten vor ihrer geschlossenen Tür, ehe ich ging. Drinnen hörte ich sie mit irgendwelchen Gegenständen hantieren und die Badtür öffnen, und ich wäre gern bei ihr gewesen.

Was nicht ist, kann noch werden, dachte ich.

Und war heim ins Körbchen gegangen wie jeder brave Hund.

Nachdenklich nahm ich die Hände vom Balkongeländer. Mit Frauen hatte ich eh nie viel Freude gehabt. Einige hatte ich wirklich geliebt. Aber auch die waren nie bei mir geblieben. Die einen zu jung, die anderen zu untreu. Und ich mit meiner rastlosen Art, beruflich durch die Welt zu reisen, wahrlich unfähig, das große Glück festzuhalten, wenn es mir doch mal zulächelte.

Und jetzt Danielle! Hatte ich mich ein bisschen verliebt? Oder ein bisschen mehr?

Ich sollte die Finger von ihr lassen.

Aber das konnte ich einfach nicht, als ich sie zwei Stunden später im Shuttle-Bus sah, der die Passagiere der „Bella Auranta“ in Irland vom Liegeplatz Ocean Pier zum Merrion Square North in Dublin brachte. Im Doppeldecker waren in der oberen Hälfte noch einige Plätze frei, aber ich sah nur sie – Danielle. Sie saß ganz vorn, am Fenster, und die auf sie fallende Sonne verlieh ihrem Haar einen solchen Glanz, dass sie wie eine Heilige auf einem Kirchenbild wirkte.

Sie nickte nur, als ich fragte, ob ich mich zu ihr setzen dürfe.

„Bin ich zu aufdringlich?“, fragte ich, weil sie schweigend dasaß.

„Nein“, sagte sie. „Ich habe nur schlecht geschlafen, deshalb bin ich so maulfaul.“ Sie lächelte mich an, als wären wir alte Freunde. „War schön, vorgestern – dieser Abend!“

Da hüpfte mein Herz vor Freude. „Darf ich vorschlagen, ihn zu wiederholen?“

„Ich warte darauf“, sagte sie schelmisch und wirkte plötzlich nicht mehr so müde. „Sie können mich auch beim Stadtbummel begleiten. Ich gehe ungern allein durch die Gegend.“

„Sie?“ Ich runzelte die Stirn.

„Entschuldige, bitte“, sie legte mir die Hand auf den Arm. „Das war noch so in meinem Kopf eingespeichert. Natürlich „du“ – Tom!“ Sie sah mich mit einem Blick ihrer graugrünen Augen an, der mich schon wieder unruhig machte. Weiß Gott – ich hatte mich wieder mal verliebt. Der Bus holperte über eine Querrinne, und da stieß mein Knie versehentlich an das ihre. Da durchfuhr es meinen Körper wie bei einem elektrischen Schlag.

Der Bus brauchte etwa 45 Minuten, um eine Reihe von Verkehrsampeln und einige Baustellen zu bewältigen und dann gegenüber von einem Park anzuhalten, an dessen Umzäunung Künstler ihre Werke ausgestellt hatten.

Wir stiegen mit den anderen Fahrgästen aus, blieben aber erst einmal stehen, um uns zu orientieren. Der Busfahrer hatte Stadtpläne ausgegeben.

„Wollen Sie mitfahren?“ Eine junge Frau in weißem Shirt und kurzem blauen Rock deutete auf einen grünen Hop on–Hop off-Bus. Ich blicke Danielle an. Sie schüttelte stumm den Kopf.

„Nein, danke“, wehrte ich ab. Wir gingen die Merrion Square North entlang, nicht ohne aufmerksam die Plaketten an den Häusern zu betrachten, aus denen hervorging, dass hier früher bedeutende Persönlichkeiten gewohnt hatten.

„Schau mal – Oscar Wilde!“ Danielle zeigte auf eine runde Tafel zwischen Tür und Fenster des American College Dublin, die darauf hinwies, dass der Dichter einst hier lebte.

„Und da – ist das nicht schön?“ Sie zeigte auf eine der „Dublin Doors“, farbige Haustüren in den Backsteingebäuden. Die eine gelb, eine andere rot, eine dritte blau und so weiter. Ich machte mit meiner Nikon schon erste Fotos. Die Straße wechselte mehrmals ihren Namen, aber wir folgten ihr weiter geradeaus. Kamen an einer Vielzahl von

Geschäften vorbei, an einem kleinen Café und bei Kilkenny, wo eine Inschrift behauptete, dies sei der führende Geschenkstore für irisches Design. Wir blieben einen Augenblick stehen, um die Auslagen in den Schaufenstern zu betrachten.

Gegenüber auf der anderen Straßenseite befand sich das Trinity College und ich konnte nicht umhin, ein bisschen mit meinem Wissen bei Danielle etwas Eindruck zu schinden. „Das College ist schon 1592 gegründet worden", dozierte ich. „Aber Frauen wurden hier erst 1904 zugelassen."

„Können wir es besichtigen?"

„Auf dem Rückweg", versicherte ich, denn ich ahnte nicht, dass wir durch einen nicht vorhergesehenen Vorfall gar nicht mehr dazu kommen würden.

„Schau mal", rief Danielle aus. „Die schreiben das mit „e" – Whiskey". Wir kamen gerade am Irish Whiskey Museum vorbei. Das Eingangstor stand offen. Im Gang starrten aus der Wand übereinander und nebeneinander die Vorderteile zahlreicher Fässchen, auf denen Aufschriften von der Vielfalt des Whiskeyangebots in diesem Land zeugten. Jameson beispielsweise oder Slane, Bushmills, Dingle, Green Spot, Tullamore Drew und andere.

„Man schreibt es in Irland wirklich mit „e", es ist kein Fehler", erklärte ich. „Und im Gegensatz zum rauchig schmeckenden Whisky aus Schottland ist dieser hier milder."

Danielle blickte mich an. „Du weißt wohl alles?"

„Nein, nein", wiegelte ich ab, denn wer will schon als Klugscheißer vor der schönsten Frau der Welt dastehen. „Aber ich habe es mal irgendwo gelesen."

Wir fanden eine schmale Seitenstraße, die geradewegs auf einen Kirchturm zuführte, zur St. Andrew´s Kirche. Vor ihrer Fassade drängte sich eine Gruppe junger Leute, die irgendetwas eifrig fotografierten. Als wir näherkamen, sahen wir auch, was es war. Die Bronzestatue einer jungen Frau, die einen Karren mit sich schob. Ihre Brust glänzte von den vielen Berührungen unzähliger Touristen in heller goldener Farbe.

„Das muss ich auch fotografieren“, sagte ich und griff zum Schulterriemen meiner Nikon. Das Licht war ausgezeichnet; ich stellte mich seitlich zur Figur und nahm sie vor dem Hintergrund eines wunderschönen Eckhauses mit rotem Blumenschmuck mehrmals auf. Auch Danielle machte mit ihrem Handy einige Aufnahmen.

„Stell dich doch mal daneben“, schlug ich vor. „Das wird ein schönes Foto.“

Sie winkte ab. „Ich bin da komisch. Ich lasse mich nie fotografieren.“ Sie gab mir wieder einen Kuss auf die Wange, als sie mein enttäuschtes Gesicht sah. „Wer soll das sein?“, fragte sie mich dann und zeigte auf die Statue.

„Das ist Molly Malone“, sagte ich. „Eine junge Frau, die angeblich im 17. Jahrhundert gelebt haben und nicht nur Fische, sondern auch ihren Körper gegen Geld verkauft haben soll. Sie sei jung an Fieber gestorben, wird erzählt. Jeder Ire kennt diese Geschichte. Und es gibt sogar ein sehr populäres Lied über sie.“

„Wenn ich dich nicht hätte, Tom, würde ich dumm sterben“, witzelte Danielle, aber ich verstand es auch als Lob und wuchs unsichtbar wieder drei Zentimeter.

11. Der Vorfall

Wir schlugen uns dann anhand des Stadtplans durch zwei Seitenstraßen zur Grafton Street durch, einer Fußgängerzone und Einkaufsmeile. Hier wurde Danielle fündig. Ich hatte viel Mühe, sie immer wieder aus den Geschäften herauszubekommen, in denen sie ihren Kaufrausch austoben wollte. Beladen mit drei Tragetaschen zogen wir weiter. Bei St. Stephan's Green schauten wir uns die schönen umgebenden Häuser an, die mit Blumen und Efeu bewachsen waren. Mitten auf dem Platz hatte eine junge Frau in blauen Shorts und blau-weißem Polo-Shirt ein Mikrofon und etwas Technik aufgebaut, um zu ihrem Gitarrenspiel zu singen. An Publikum mangelte es ihr nicht. Auch wir hörten ihr zu und schauten über den Platz hinweg zum Grün des Parks gegenüber, den einst der Brauereikönig Sir Guinness den Einwohnern Dublins geschenkt hatte. Dann liefen wir mit Sack und Pack weiter, denn wir hatten noch vor, Dublin Castle zu besuchen und auch das Amüsierviertel Temple Bar. Wir schafften das auch, aber unsere Füße waren nun rechtschaffen müde und der Magen knurrte bei jedem von uns.

„Gehen wir hier rein", schlug ich vor, als wir in Temple Bar vor einem Pub namens „The Fiddler" standen. Danielle nickte. Ich hatte ihr gern geholfen, etwas von ihrem eingekauften Kram zu tragen, aber jetzt reichte es uns beiden.

Innen war der Pub ziemlich urig eingerichtet. Alles in dunklem Holz, gelbfunzelnde Lampen überall, keine Tischdecken. Bilder an den Wänden mit lauter Leuten darauf, die ich nicht kannte. Manche schüttelten sich die Hände. Andere hatten bloß in die Kamera geglotzt und sahen so dämlich aus wie Leute, die gerade fotografiert werden. Einige waren offenbar Sportler. Auch Fotos von Umzügen ortsansässiger Gruppen hingen da. Zwischendurch hier und dort grüne Schals, Wimpel und Fahnen mit eingestickten Aufschriften Es sah ein wenig aus wie im Vereinslokal meines Opas, nur eben irischer.

Hinter dem Tresen, der mit seiner dicken dunklen Holzplatte auf einer rohen Ziegelmauer ein Ding für sich war, stand ein stämmiger Mann im kurzärmeligen grauen Shirt, der sich mit einer Hand auf die Platte stützte und mit dem Ellenbogen des anderen Armes auf einen der vier blinkenden Zapfhähne . Hinter ihm hatten sich etwa vierzig Flaschen mit Alkoholika in zwei übereinander befindlichen Regalen versammelt und vor dem Tresen standen hochbeinige Hocker mit rotem Stoffbezug.

Wir steuerten auf ihn zu und fragten ihn, ob er etwas Warmes zu essen hätte. Er sagte, er könne uns ein Irish Breakfest anbieten, auch wenn es schon nach Zwölf war. Es wäre im Moment das Einzige, das sich machen ließe.

Wir nickten das ab und wandten uns nach links in den Raum, um uns einen Platz zu suchen. Danielle war verwundert, weil ich wie Lots Weib erstarrt stehen blieb.

„Ist was?“, sie zupfte mich am Ärmel. Beinahe wäre mir dabei die Kamera von der Schulter gefallen.

„Hallo, Tom!“, sagte jemand. Es war Paul. Er saß im Halbdunkel des Raumes an einem Tisch und stocherte in seinem Essen herum. Er war nicht die einzige Überraschung. Die zweite saß neben ihm. Es war der „Spanner“, der mich aus leicht zusammengekniffenen Augen musterte. Auch vor ihm standen ein Teller und ein Bierglas.

„Ein Bekannter?“, Danielle stieß mich leicht an. „Dann kannst du uns mal vorstellen.“

Ich ging mit ihr näher zum Tisch der beiden und zeigte dann auf sie. „Das ist Paul Schönlein, ein ehemaliger Studienkamerad von mir, und der andere – ja, der hat mich mal auf einem Friedhof fotografiert.“

„Vergessen Sie das!“, sagte der „Spanner“. „Paul wird es Ihnen irgendwann erklären.“

„Warum nicht gleich jetzt?“ Ich war richtig sauer, aber Danielle spürte das und legte mir ihre Hand beruhigend auf meinen Arm.

„Herr Lohmann ist Privatdetektiv“, erklärte Paul. „Und zugleich mein Bodyguard.“

So was Verrücktes hatte ich von ihm noch nie gehört, seit ich ihn kannte. Ob Stephanie recht hatte, dass er irgendwie ein Ding an der Waffel hatte?

„Wozu brauchst du einen Privatdetektiv?“, fuhr ich Paul an. „Oder einen Bodyguard? Bist du Filmstar geworden? Oder Dschungelkönig?“

„Nun beruhige dich mal“, Paul hielt abwehrend beide Hände hoch. „Muss ich es dir überhaupt erklären?“

„Natürlich!“

„Kannst du schweigen?“, fragte er.

„Ja!“, sagte ich.

„Siehst du! Ich auch!“

Ich war inzwischen stinksauer, stellte aber Danielle als Mitreisende vom Schiff vor und ließ mich von ihr zu einem der Nebentische bugsieren. „Lass doch die Typen“, wollte sie mich beruhigen. „Ärger geht nur auf den Magen“.

Trotzdem konnte ich nicht die Klappe halten. „Seid ihr ein Pärchen oder ist es was Ernstes, dass du diesen Typ mit dir herumschleppst?“, rief ich Paul zu.

„Ich erkläre es dir, sobald es Zeit ist“, beschwichtigte Paul. „Und jetzt mach mal Pause. Ich will noch etwas von meinem Besuch in Dublin haben. Weißt du, dass ich mal drei Wochen hier gewohnt habe? Nicht sehr komfortabel, aber es war wunderbar in dieser Stadt. Damals, als ich vor meiner Durststrecke noch finanziell etwas flüssig war. Ich will mir nachher mein altes Quartier noch mal ansehen, in dem ich gehaust habe. Mit zwei Weiblein und zwei Jungs in einer WG. Komm doch nachher mit, ich zeige es dir.“ Er sah friedfertig aus und da ich mich wieder beruhigt hatte, sagte ich ihm, ich würde das tun.

„Es ist dir doch recht?“, fragte ich Danielle.

„Klar, da gehen wir hin“, sagte sie. Irgendwie war sie unkompliziert.

Doch da kam schon das Irish Breakfest und wir zwei waren voll beschäftigt, all das zu vertilgen. Spiegelei, Würstchen, Pilze, Tomaten, Butter; Leberwurst, Marmelade und natürlich einige Scheiben Toast. Wir bestellten noch Bier dazu. Danielle ein leichtes Ale, ich mir Guinness.

Paul und dieser Lohmann warteten, bis wir aufgegessen, ausgetrunken und bezahlt hatten. Dann nahmen sie uns ins Schlepptau. Es ging quer durchs Temple Bar-Viertel bis zu einer schmalen Gasse und dort in einen Hinterhof. Wenn Paul hier drei Wochen Quartier bezogen hatte, dann war das nicht sehr komfortabel gewesen.

„Da oben, in der dritten Etage war es", Paul zeigte hoch. Das Haus war von einem Gerüst umgeben, an dem ein Lastenaufzug klebte, und ganz oben in der vierten Etage stand eine Schubkarre auf dicken Brettern.

Danielle und Lohmann waren ein paar Schritte zurückgegangen, um emporschauen zu können. Paul und ich standen direkt vor dem Gerüst.

„Vorsicht!", schrie plötzlich Danielle. Sie stürzte nach vorn, um mich wegzuziehen. Ich blickte hoch. Die Schubkarre war vom Gerüst gefallen und stürzte in die Tiefe – genau dahin, wo Paul und ich standen.

„Weg!", schrie ich und gab Paul einen mächtigen Stoß, so dass er nach vorn taumelte. Ich warf mich zurück. Die Karre knallte genau zwischen uns auf das Pflaster des Hinterhofes und erwischte Paul noch am Bein. Der brüllte laut vor Schmerz.

„Da oben ist einer", sagte Danielle ganz sachlich. Ich blickte empor und sah eine dunkle Gestalt über das Gerüst huschen. Sie verschwand in einem der Dachfenster.

„Den kriege ich", zischte ich und wollte die Leiter des Gerüstes besteigen.

„Lass den Quatsch“, sagte Danielle, „kümmere dich lieber um deinen Freund.“

Paul hatte sich erhoben, humpelte aber stark. Lohmann war herangeeilt und fasste seinen rechten Fuß an. „Gebrochen ist nichts“, sagte er daraufhin, „aber es ist eine böse Prellung. Ein kleines Stück weiter und es hätte ihn am Kopf erwischt. Gut, Herr Webb, dass Sie so schnell reagiert haben.“

„Ja, vielen Dank, Tom“, meldete sich auch Paul und rappelte sich auf. „Au! Ich kann nicht richtig laufen.“

„Kein Problem“, sagte Lohmann. „Wir haben alle Handys und werden ein Taxi rufen, das uns zum Schiff zurückbringt.“

Aus einem Fenster des Hinterhofs hing ein älterer Mann. „Ich habe das gesehen – es war Absicht, kein Zufall. Da oben ist irgendein Strolch am Werk gewesen. Ich habe schon die Garda angerufen. Sie sind gleich hier.“

„Nicht nötig, guter Mann“, rief Paul zurück. „Aber vielen Dank!“ Dann wandte er sich zu mir. „Sag mal, Tom – wem hat denn das gegolten? Dir oder mir?“

„Ich habe keine Feinde“, sagte ich. „Du etwa?“

Paul schwieg. „Vielleicht!“, sagte er dann.

Wir griffen ihm unter die Arme, als er aus dem Hof auf die Straße humpelte. Die Garda war eher da als das Taxi. Der weiße Wagen mit dem dicken gelben und den beiden dünnen blauen Balken stand schon vor dem Vorderhaus, als wir herauskamen. Auf dem Dach leuchtete das Blaulicht. Zwei Polizisten kamen auf uns zu und ließen sich erzählen, was passiert war.

„Die Hausdächer gehen hier alle ineinander über“, sagte der eine. „Da haben wir keine Chance, den Kerl zu erwischen. Sicher so ein kranker Typ, dem es Freude macht, Steine auf die Autobahn oder Gegenstände vom Dach zu schmeißen.“

Paul sagte, es gehe ihm gut, es sei nett, dass sie gekommen seien; sie machten auch keine Scherereien und fuhren wieder weg. Auch das Taxi kam gleich. Es war ein Van, in den wir alle hineinpassten. Eine Stunde später waren wir wieder am Liegeplatz beim Ocean Pier.

Ich blieb am Kai zurück, während die anderen schon die Gangway des Schiffes hinaufstiegen. Danielle drehte sich um. „Was ist mit dir?"

„Ich will diesen Poix anrufen – die Telefonnummer auf dem Zettel, den ich gefunden habe?"

„Dann mach mal und erzähle mir später, was dabei herausgekommen ist."

Die Nummer hatte ich mir gut eingeprägt. Ich benötigte nicht mal den Zettel. Nachdem ich gewählt hatte, bekam ich das Freizeichen. Es dauerte einige Sekunden, bis sich jemand meldete. Es war keine Frau.

„Ja?" Kein Name, nichts weiter als „ja".

„Webb", sagte ich. „Ich muss Sie morgen mal sprechen. Wie erreiche ich Sie?"

„Ich glaube, Sie sind falsch." Die Stimme klang rau und ärgerlich.

„Oh nein – ich bin schon richtig. „Poix", nicht wahr?" Der Mann am Telefon schwieg. Zu lange. Viel zu lange.

„Poix", wiederholte ich. Wieder eine Pause.

„Morgen ein Uhr mittags", sagte er dann nach gefühlten zwei Lichtjahren, als ich dachte, er hätte schon aufgelegt. „Beasson Street 15. Die Werkstatt. Im Hinterhof."

Und dann legte er wirklich auf.

Schon wieder ein Hinterhof. Ich hatte kein gutes Gefühl.

Aber Danielle würde mir schon sagen, ob ich hingehen sollte oder nicht.

„Hallo!", sagte jemand hinter mir. Ich drehte mich um. Blasius grinste mich aus seinen tausend Falten an und sah mich etwas einfältig an. Seine Frau stand neben ihm. Beide sahen wieder mal „hip“ aus – schreiend bunte Klamotten, die sechzehnjährigen Teens gut gestanden hätten, und dazu die steinalten Gesichter. Krass!

„Das Leben noch frisch?“, fragte Blasius.

„Noch!“, sagte ich nachdenklich.

12. Only you

Nach einem späten Abendessen, das ich nach einundzwanzig Uhr im „Dorfrestaurant“ eingenommen hatte, einem Buffetrestaurant, das bewusst ländlich ausgestattet worden war, klopfte Danielle an die Tür meiner Kabine. Ich ließ sie eintreten und sie schaute sich um.

„Für einen alleinstehenden Mann sieht es hier ganz ordentlich aus“, frozzelte sie. Ich schob unauffällig mit dem Fuß einen herumliegenden alten Slip unters Bett.

„Mann tut, was Mann kann“, entgegnete ich. Wir lachten beide. Dann schwiegen wir uns etwas verlegen an.

„Hast du diese oder diesen Poix ans Handy bekommen?“, fragte sie schließlich, um die Stille zwischen uns zu überbrücken.

„Es ist ein Mann. Ich treffe ihn morgen in Belfast. Beasson Street 15. Da muss eine Werkstatt sein.“

„Soll ich mitkommen?“

„Besser nicht. Ich weiß nicht, was uns da erwarten könnte. Immerhin ist die Sache ein bisschen makaber. Eine Telefonnummer, versteckt unter einer Schublade. Das könnte in einem Fernsehkrimi vorkommen“.

„Das Leben ist manchmal ein Fernsehkrimi“, sagte Danielle weise. „Na gut – dann geh eben allein hin. Aber sei vorsichtig. Nicht dass du wieder eins über den Kopf kriegst.“ Sie machte eine Pause, ehe sie fortfuhr. „Was hältst du übrigens von dem Vorfall gestern? Mit der Schubkarre?“ Sie sah mich fragend an.

„Tja, das könnte ein Idiot gewesen sein, der dem nächstbesten Vorbeikommenden das Ding auf den Schädel schmeißen wollte. Gibt's ja, solche Leute. Oder jemand wollte mich oder Schönlein aus dem Weg räumen."

„Gibt es bei dir einen Grund?"

„Ich wüsste nicht! Aber wenn es mir nicht galt, dann war das für Paul gedacht."

Danielle nickte. „Der ist mir ohnehin ein bisschen suspekt. Ein Mann, der sich mit einem Privatdetektiv als Bodyguard umgibt. Das muss Gründe haben. Kennst du ihn genau?"

Ich überlegte. „Seit unserer Studienzeit. Und ich habe ihn später einige Male mit seiner Frau und auch allein getroffen. Aber dann lange nicht mehr. Da könnte er natürlich inzwischen etwas verzapft haben, weswegen ihm jemand an den Kragen will." Ich überlegte, ob ich sagen sollte, dass Stephanie mich gebeten hatte, ein bisschen Kindermädchen zu spielen. Aber ich schwieg.

„Achte trotzdem auf dich", sagte sie, „ich möchte nicht, dass dir etwas geschieht. Und halte dich von diesem Paul fern. Es ist besser, denke ich."

„Ich passe schon auf mich auf. Sag lieber, was wir zwei jetzt miteinander anfangen." Meine Blicke glitten unauffällig an ihr auf und ab. Sie sah wieder blendend aus, fast ganz in Weiß. Zu den Hosen auch weiße Schuhe, wie es gerade modern war.

„Hast du dich satt gesehen?", lachte sie.

„Ich dachte, du merkst es nicht", sagte ich zerknirscht.

„Jede Frau merkt, wenn sie von einem Mann gescannt wird". Ihr Ton klang spöttisch. „Ihr habt ja nichts anderes im Kopf."

„Na, na, na!", protestierte ich. „Heute, wo die meisten Frauen emanzipiert sind..."

„Auch emanzipierte Frauen freuen sich, wenn man sie gutaussehend findet“, konterte sie. „Ich mag’s bloß nicht, wenn mich irgendwelche Kerle auf der Straße oder am Strand oder sonstwo mit ihren plötzlich zu engen Hosen taxieren wie eine Kuh, die gemolken werden soll. Und je älter die sind, umso schlimmer sind sie. Denen läuft ja manchmal regelrecht der Sabber aus dem Mund.“

Sie redete sich in Eifer und hörte damit genauso plötzlich auf, wie sie angefangen hatte. „Also, was machen wir jetzt miteinander?“

Ich hätte ja eine Idee gehabt. Aber das jetzt laut zu sagen, wäre nach dieser Strafpredigt pure Sünde gewesen. Stattdessen hatte ich einen Vorschlag. „Wie wäre es, wir gehen in eine der Bars und trinken etwas Schönes?“

Dagegen hatte sie nicht und so saßen wir zehn Minuten später auf Deck 4 in der „Bella Bar“, die wir schon von vorgestern Abend kannten, auf hohen Hockern an einem gerundeten Tresen. Jeder von uns hatte die Getränkekarte in der Hand, während der Barmixer noch andere Gäste bediente. Es gab da ein paar nette Drinks, die komische Namen hatten wie „Seeräuber“ oder „Kontiki“. Ich mag Cocktails nicht so sehr, deshalb bestellte ich mir dann beim Barmann einen Jim Beam und noch ein Radeberger dazu, obwohl ich nicht wusste, ob sich die beiden vertragen würden. Danielle entschied sich für einen Moonlight-Cocktail, in dem Rum, Cranberry und noch irgendetwas drin war.

„Puh – ist der stark“, sagte sie, nachdem sie an ihrem Glas genippt hatte.

Ich hob mein Whiskyglas und prostete ihr zu. Sie lachte und erzählte irgendwelche lustigen Stories aus ihrer frühen Jugend in Österreich, ich aus meiner Teeniezeit, und weil man auf einem Bein nicht stehen kann, bestellten wir fleißig nach. Es dauerte nicht ewig, bis wir beide einen in der

Krone hatten. Ich überlegte, ob es nicht besser sei zu gehen. Aber da setzte die Musik ein. Auf einem Podium hatten drei langhaarige Burschen in engen glitzernden Hosen mit ihren Instrumenten Platz genommen, denen eine gutaussehende Sängerin im kurzen knallroten Kleid optisch die Show stahl. Sie sah nicht nur toll aus, sondern konnte auch gut singen. Die Musik empfand ich als angenehm – manchmal spielen solche Leute auch ein Zeug, das so klingt, als würde man in einer Werkzeugfabrik den Fräsmaschinen zuhören. Ich weiß, die jetzige Generation ist ganz verrückt nach so einem Krawall. Ich nicht.

Auf der kleinen runden Tanzfläche bewegten sich zur Musik nicht allzu viele Paare, von denen einige so aussahen, als hätten sie ihre Tanzstundenschritte schmählich vergessen.

So blieben wir an der Bar sitzen. Ich hielt mich gerade am dritten Whisky fest, als die Sängerin zur Seite trat und einer der Boys anfing „Only you“ ins Mikrofon zu säuseln.

Irgendwie musste das Lied in Danielles Innersten einige Erinnerungen empor geweht haben. Sie griff nach meiner Hand. „Lass uns dazu bitte tanzen!“

Danielle schmiegte sich an mich, während die Ballade erklang, und sah mich mit verschleierten Blicken an. Den Text des Liedes kannte sie auswendig – sie sang die erste Strophe leise mit, und dann lächelte sie mich an und wir waren fast eins. Ich umschloss ihre Hand noch fester; sie antwortete auch mit einem Druck ihrer Hand. Ich weiß nicht, was es war. Der Alkohol? Die Musik? Es war plötzlich ein seltsames Einverständnis zwischen uns, als gehörten wir schon lange zusammen – ein magischer Augenblick.

Wir schwebten versunken mit leichten Schritten auf dem Parkett dahin, bis Leute lachten und einer “Aufwachen“ rief.

Wir wurden verlegen. Die Musik hatte längst aufgehört, aber wir hatten weiter getanzt.

Peinlich, dachte ich. Danielle kicherte wie ein Schulmädchen.

„Verziehen wir uns“, flüsterte sie mir zu. Und im Nu waren wir verschwunden. Die halbleeren Gläser hatten wir auf dem Tresen stehen gelassen.

Im Fahrstuhl umarmte mich Danielle. „Wohin gehen wir – zu dir oder zu mir?“, ihre Augen sahen mich fordernd an.

Es traf mich wie ein Blitz. Ich versuchte vernünftig zu bleiben. Aber es ging einfach nicht.

Ich drückte den Knopf für Deck Neun.

„Zu mir!“, sagte ich und küsste sie trotz der Videokamera im Lift.

13. Belfast – Versteckspiele

Ich erwachte erst gegen acht Uhr und langte mit der linken Hand hinüber zum Nebenbett. Aber ich griff ins Leere. Danielle lag nicht mehr neben mir. Langsam setzte ich mich auf. Auf der zurückgeschlagenen Bettdecke neben mir sah ich ein Stück Papier. Noch schlaftrunken, griff ich danach, um zu lesen, was darauf stand.

„Bis heute Abend – ich melde mich gegen Sechs bei dir in der Kabine.“ Daneben der rote Abdruck ihres Lippenstiftes. Ein zärtlicher Kuss.

Mir wurde warm ums Herz. Ich hatte mich wieder mal echt verknallt.

Warum aber war sie früh von mir weggegangen? Ah ja, fiel mir ein - sie hatte doch für heute einen siebenstündigen Landausflug gebucht, der schon zeitig am Morgen losging. Die „Games-of-Thrones-Tour“, die an der Küste entlang ging, bei der sie neben anderen beeindruckenden Landschaften auch die nordirischen Hauptdrehorte dieser Fernsehserie sehen würde. Unser Schiff hatte 7:30 Uhr angelegt. Da würden jetzt gleich die Busse für die Landausflügler schon am Liegeplatz stehen.

Ich rappelte mich auf und dachte an die vergangene Nacht. Danielle war zugleich anschmiegsam, zärtlich wie auch ganz wild beim Sex gewesen. Hinterher hatte sie mir erzählt, dass ihr Klassenlehrer der Erste bei ihr gewesen war. Wenn das herausgekommen wäre! Sie war damals gerade siebzehn gewesen.

Mein Magen knurrte – ein mächtiges Hungergefühl meldete sich an. So duschte ich rasch, rasierte mich nicht, zog mich an und flitzte dann zum nächsten Fahrstuhl, der mich zum „Sea Light Buffet“ bringen würde, in dem man drinnen und auch draußen auf dem Deck frühstücken konnte. Im Lift befanden sich schon zwei ältere Herrschaften, die gut gelaunt waren und grüßten. Wir kamen nicht ganz in einem Ruck hinauf bis auf Deck 11, sondern mussten noch einen Zwischenstopp machen, weil auf Deck 10 eine schick gekleidete junge Dame mit uns nach oben fahren wollte. Ihre Füße steckten in hochhackigen Schuhen und mit der Spitze des einen Absatzes blieb sie in der Ritze zwischen Fahrstuhlschacht und Lift stecken. Sie zerrte und zerrte und dann war sie wieder frei.

„Na, jetzt hätten Sie ja beinahe den Fahrstuhl kaputt gemacht“, witzelte der ältere Mitfahrer.

„Ein kaputter Schuh wäre schlimmer gewesen“, sagte die Frau etwas spitz.

Ohne weitere Zwischenfälle kamen wir oben an. Und ohne Besonderheiten verlief auch mein Frühstück. Hinterher ging ich in meine Kabine, tauschte die Euroscheine in meiner Brieftasche, die ich in Irland gebraucht hatte, wieder gegen Britische Pfund ein, nahm Rucksack und Kamera mit und vor allem den Zettel mit der von mir aufgeschriebenen Adresse, die mir Poix am Telefon durchgesagt hatte. Den Vormittag wollte ich in Belfast zum ausführlichen Stadtbummel nutzen, um dann Punkt dreizehn Uhr in der Beasson Street 15 aufzukreuzen.

Vom Liegeplatz aus fuhr ein Shuttle-Bus in regelmäßigen Abständen in das Stadtzentrum von Belfast. Ich stieg ein und kletterte die Stufen zum oberen Deck empor. Von dort aus hatte ich vor der Abfahrt einen guten Ausblick auf die „Bella Auranta", auf die Gangway, von der die Leute jetzt herabströmten, und auf die Fahrzeuge auf dem Kai. Ausflugsbusse standen dort, ein Polizeiwagen, Taxis und ein grauer PKW, an dem zwei Männer lehnten, die auch an diesem warmen Tag Jacken übergezogen hatten. Sie starrten auf den Shuttle und stiegen dann in ihr Auto, als wir losfuhren.

„Hallo!", sagte jemand und legte mir von hinten eine Hand auf die Schulter. Ich wandte mich um. Es war Hendrik Nimmer.

„Wo haben Sie denn Ihre Frau gelassen?", fragte ich erstaunt, weil er allein dasaß.

„Die macht die geführte Zwei-Stunden-Rundfahrt mit Fotostopps mit – ich hatte dazu keine Lust, weil man da zwar viel von der Stadt erfährt, aber fast immer nur im Bus herumhängt. Da kann man ja nicht mal auf die Toilette gehen, wenn man mal muss."

„Ich mag solche Stadtrundfahrten auch nicht", gab ich zu.

„Haben Sie eigentlich mal diese ominöse Telefonnummer angerufen, die unter ihrer Schublade geklebt hat?" Er lachte. „Entschuldigen Sie, dass ich so neugierig bin. Aber das ist schon eine seltsame Geschichte."

„Ich weiß, wem sie gehört. Ich treffe den Mann heute Mittag in der Beasson-Street 15. Mal sehen, was dahintersteckt. Wir Journalisten sind neugierig und wittern hinter allem eine Story."

„Also war es doch keine Frau?"

„Nein, derjenige, der vor mir irgendwann in der Kabine gewohnt hat, hatte keine geheimnisvolle Affäre", lachte ich. Überlegte aber dann doch. „Aber vielleicht war eine Frau mal in dieser Kabine. Und hat eine Beziehung zu diesem Poix gehabt, von der niemand etwas wissen sollte, weil sie verheiratet war."

Nimmer lachte laut auf. „Sie haben aber Fantasie!"

Der Shuttle-Bus stoppte am Donegall Square. Die Tür im unteren Deck ging hörbar auf.

„Also dann – viel Spaß!", wünschte mir Nimmer und ging vor mir her die Stufen hinab. Er verschwand auf der Straße so schnell in der Menge der Passanten, als wäre er nie dagewesen.

Genau gegenüber der Stelle, an der unser Bus angekommen war, befand sich die City Hall mit ihrer weißen Fassade und einer grünen Kuppel. Ich machte einige Fotos vom Rathaus, obwohl ein Lastwagen mit der Aufschrift „Traffic Management" und zwei Arbeiter in leuchtend gelben Anzügen am Gitter vor dem Gebäude ein perfektes Bild störten. Rechts am Platz entdeckte ich von weitem ein Schild an einem Lampenmast, an dem ein durchkreuztes Bierglas zu sehen war und die Worte „Alcohol Free Area". Bis zu 500 Pfund konnte ein Verstoß dagegen kosten, wie zu lesen war.

Ich machte mit der größtmöglichen Brennweite ein Bild von dem Schild, aber stutzte, als ich es mir ansah. Neben dem Mast stand einer der beiden Kerle in diesen warmen Jacken, die ich am Liegeplatz mit ihrem grauen Auto gesehen hatte. Er starrte zu mir und drehte sich schneller weg, als ich bis drei zählen konnte. Sofort erwachte in mir ein ungutes Gefühl. Ich weiß – ich bin ziemlich paranoid veranlagt. Das ist meistens Mist. Aber manchmal auch gut.

Mit gemischten Gefühlen lief ich zur linken Straßenecke und bog in eine der Haupteinkaufsstraßen ein. Ich machte an der Ecke noch ein Foto von einem schönen viktorianischen Haus, dessen Verzierungen mir auffielen, und spazierte dann langsam die große Straße mit ihren Läden und Kaufhäusern entlang. Es war angenehm, hier zu laufen, weil auf einer Straßenseite große Bäume Schatten spendeten. Pinkfarbene Doppelstockbusse des Stadtverkehrs ließen mich wieder zur Kamera greifen, weil die Straße im Bild dadurch farbenfroh und lebendig aussah. Ich schlenderte allmählich vor mich hin – dann machte ich plötzlich auf dem Absatz kehrt. Natürlich hatte mich mein Misstrauen nicht betrogen. Denn jetzt stand ich dem zweiten Mann vom Hafen in seiner grauen Jacke fast gegenüber. Er tat so, als wäre ich nicht da, und marschierte einfach an mir vorbei. Eigentlich hätte ihm klar werden müssen, dass er nun „verbrannt" war. Mal sehen, was er nun tun würde.

Ich hatte keine Ahnung, was das sollte. Irgendwelche Leute waren hinter mir her. Oder es handelte sich nur um harmlose, dumme Zufallsbegegnungen. Nun, das würde ich herausbekommen.

Ich spazierte nach meiner Kehrtwendung nun wieder auf die City Hall zu, auf den Ausgangspunkt meines Belfast-Besuchs. Meine Chance erkannte ich, als ich den Eingang des großen Kaufhauses Marks & Spencer bemerkte, durch den immer wieder Kauflustige herein und heraus strömten. Ich mischte mich unter sie und fuhr mit der Rolltreppe ins Untergeschoss zur Foodhall. Mit einem Einkaufskorb in der Hand, gut versteckt zwischen Lebensmittelregalen und Ständen, äugte ich zur Fahrtreppe. Vorerst sah ich nur viele Frauen, die ihren Einkauf machen wollten. Aber dann erschien Nummer Zwei in seiner warmen Jacke. Er erblickte mich nicht, weil ich mich zwischen Aufstellern und Warenregalen duckte und ihn dabei im Auge behalten konnte.

„Suchen Sie etwas, Sir?“, fragte eine Verkäuferin.

„Danke vielmals – aber ich glaube, ich habe es schon gefunden.“ Ich griff blindlings ins Regal und legte etwas in meinen Korb. Es war ein Produkt mit einem unaussprechlichen Namen auf der Verpackung und einem lachenden Mann mit Kochmütze auf dem Kopf. Als die Verkäuferin wieder weg war, legte ich es in die Reihe zurück.

Der Augenblick schien günstig. Mein Verfolger irrte bei den Rotweinen umher, immer suchenden Blickes. Ich lief los, nicht zu schnell, damit man mich nicht für einen Ladendieb halten würde – aber zügig. Im Nu stand ich wieder auf der Rolltreppe. Diesmal auf der nach oben.

Mein Pech war, dass Nummer Eins draußen vor dem Eingang stehen geblieben war. Er verdrückte sich zwar hinter einen Baumstamm, aber nicht schnell genug. Ich seufzte auf. Egal, was sie von mir wollten – ich hatte es nicht.

Sie begleiteten mich in großem Abstand bis ins Kathedralenviertel, in dessen Zentrum die St. Anne's Cathedral steht. Ich ging nicht hinein ins Gotteshaus, sondern bestaunte es von außen – vor allem die „Stricknadel“ auf dem Dach, eine 40 Meter hohe Stahlspitze namens „Spirit of hope“.

Meine Begleiter, ohnehin entdeckt, hatten sich die Straßenseiten aufgeteilt. Einer lief immer in großen Abstand hinter mir her. Der andere nahm die andere Straßenseite, um mich im Blick zu behalten. Sie mussten in ihren Jacken höllisch schwitzen. Es war mit inzwischen 28 Grad Celsius ein erfreulich warmer Tag geworden. Ich hatte ein Milano-Shirt an und lange Hosen aus leichtem Stoff und fühlte mich darin wohl. Die beiden Kumpel mussten sich wie in einer Sauna fühlen, aber ich hatte eine Vermutung, weshalb sie ihre Jacken nicht ablegten und über dem Arm trugen. Diese Vermutung machte mir Sorge.

So ließ ich sie büßen und schwitzen und schleppte sie kreuz und quer durch die Stadt. Zurück durch die Straße zum Arthur Square, dem Knotenpunkt der Fußgängerzone. Ich blieb auf dem Weg dorthin vor den Schaufenstern stehen. Tat so, als ob ich mich für Lushs handgemachte Kosmetik interessieren würde und für die Auslage unter den Werbebannern, auf denen „Card Land“ stand. Ein Bier-Bike mit singenden Angetrunkenen trieb uns Passanten näher an die Häuserwände.

Auf dem Platz angekommen, zückte ich meine Nikon, um die enorme Metallskulptur „Spirit of Belfast“ zu knipsen, die aufgrund ihres Aussehens von bösen einheimischen Zungen auch gelegentlich als „Zwiebelringe“ bezeichnet wird. Ich nahm sie mit dem Freimaurerhaus als Hintergrund auf, lief aber dann um die Skulptur herum und zielte mit dem Objektiv meiner Kamera auf die Straße, durch die ich soeben gekommen war. Meine beiden Freunde huschten zurück und drehten sich um, um nicht im Bild festgehalten zu werden. Ich grinste vergnügt vor mich hin und ließ sie mit mir dann noch das Victoria Shopping Center besuchen. Eigentlich wollte ich sie auch aufs Dach mitschleppen, aber die Glaskuppel mit der schönen Aussicht über Belfast war aus irgendeinem Grund heute geschlossen. So verließ ich mit meinem Tross das Einkaufszentrum durch den anderen Ausgang, was sich lohnte, weil ich noch ein Bild von Bittles Bar an der Upper Church Lane machen konnte, einem sehenswerten Eckgebäude mit dreieckigem Barraum, in dem man sich durch alle möglichen Sorten von Bier und Whiskey blau trinken kann.

Ich blickte auf meine Swatch. Elf Uhr dreißig. Noch viel Zeit bis zum Treffen mit Poix. Ich pendelte weiter durch die Stadt, in ruhigere Viertel, ließ die Albert Memorial Clock hinter mir, den „Schiefen Turm von Belfast", und tauchte in leerere schmale Straßen und Gassen ein. Wandgemälde, Graffitis, bunte und vor allem auch politische Bilder an den Hauswänden legten Zeugnis ab vom Leben und von vergangenen Kämpfen in Nordirland. Ich überzeugte mich, dass meine Verfolger immer noch auf müden Sohlen hinter mir herschlichen und verschwand in einem Schlauch von Gang, der zu alten Ziegelhäusern in einem Hof führten. Ich hatte mich schon im Eingang einer alten Bruchbude versteckt, als ich den ersten der beiden Männer in den Durchgang kommen hörte. Offensichtlich blieb einer draußen stehen. Vielleicht hatte er Sorge, ich könne durch einen Seitenausgang wieder auf die Straße verschwinden – jedenfalls bezog er vor dem Eingang Position. Der andere kam den Gang entlang zu mir, hatte mich aber noch nicht gesehen. Im Torbogen meines Verstecks lehnte ein schmales, verdrecktes Holzbrett an den Ziegeln – eigentlich mehr eine Latte. Ich griff nach ihr und nahm sie fest in beide Hände.

Suchend kam Nummer Eins an der Kante des Mauerwerks meiner Tür in Sicht. Ich hob die Latte und schlug sie ihm mit aller Kraft auf den Kopf. Er sagte nicht mal „piep", sondern sackte stumm in sich zusammen.

„Jetzt weißt du, wie es mir neulich ergangen ist", knurrte ich. Ich zerrte dem Liegenden die Jacke derart am Kragen hinten über den Körper herunter, dass er seine Arme nicht ohne weiteres bewegen konnte.

Natürlich hatte ich Recht gehabt, als ich ahnte, weshalb sie Jacken trugen. Darunter verbarg sich ein Schulterholster mit einer klobigen Pistole darin. Ich zerrte die Waffe heraus. Ich kannte den Typ nicht. Es war nicht das gängige

Schießeisen, das die Polizei trug. Made in Czech Republik stand auf dem Lauf.

Da der Bursche noch bewusstlos war, filzte ich seine Taschen. Ich fand nicht viel, nur eine Brieftasche, in der alle möglichen Kreditkarten steckten, eine internationale Fahrerlaubnis und ein amerikanischer Führerschein. Ein Ausweis mit einer Sozialversicherungsnummer. Und dann noch eine Plastikausweis mit Lichtbild mit einem Logo, das verdammt nach einer staatlichen US-Dienststelle aussah.

Natürlich hatte der Bursche einen Stöpsel im Ohr gehabt, aus dem es jetzt, nachdem er durch den Schlag herausgefallen war, leise quakte. Und ein kleines Mikro am Handgelenk war auch sichtbar geworden, dessen Kabel in den Jackenärmel führte.

Mir war klar, dass sein Kumpan kommen würde, weil er keine Antwort erhielt. Deshalb lud ich die Pistole durch und hielt sie schussbereit in der Hand.

Die Schuhe des anderen klackten nur leise auf dem Steinboden im Gang. Dann hörte das auf. Offenbar hatte er seinen Kollegen einige Meter weiter daliegen sehen.

„Ich ziele mit der Waffe Ihres Kumpels auf Sie. Also kommen Sie schon her“, rief ich, die Pistole mit beiden Händen umklammernd. „Lesen Sie ihn auf.“

„Machen Sie keinen Quatsch, Webb!“, hörte ich. „Ich komme ganz langsam zu Ihnen. Ich lege meine Kanone hier auf den Boden, sehen Sie?“

Ich wusste nicht, ob ich einen Blick riskieren sollte. Was war, wenn er log und schießen würde? Solche Typen ballern nicht daneben.

„Ok“, rief ich dann und trat mit gezückter Pistole aus meiner Deckung. Er hatte nicht gelogen. Sein Schießprügel lag einige Meter hinter ihm dicht an der Wand des Ganges.

Ich ging langsam, immer auf ihn zielend, auf ihn zu.

„Ich bleibe jetzt hier stehen“, sagte ich und drückte mich mit dem Rücken in eine Nische. „Gehen Sie an mir vorbei und zu ihrem Freund. Kümmern Sie sich um ihn, während ich mich verziehe.“

Wortlos presste er sich fast an die Wand und schob sich an mir vorbei. Sein Blick war nicht ängstlich. Eher wütend.

„Ich bin jetzt gleich weg“, sagte ich, als er fast den Daliegenden erreicht hatte, der allmählich wieder zu sich kam. „Sie lassen mich ziehen und folgen mir nicht mehr.“

Er nickte.

„Sagen Sie: Verstanden!“, forderte ich ihn auf.

„Verstanden!“, zischte er durch die Zähne und beugte sich zu seinem Mitkämpfer hinab.

Ich ging rückwärts aus dem Gang hinaus.

„Wir sehen uns!“, rief er mir in höhnischem Ton hinterher.

„Das wäre nicht gut für Sie!“, spottete ich. Dann hatte ich den Ausgang erreicht und gab draußen Fersengeld. Zwei Straßenecken weiter erwischte ich ein Taxi.

„Beasson Street 15“, sagte ich zum Fahrer, einem rothaarigen Mann um die Vierzig.

14. Poix

„Keine gute Gegend!“, meinte der Taxifahrer, als wir unser Ziel erreicht hatten und in der Beasson Street vor dem Haus Nummer 15 standen. Besser hätte ich es auch nicht sagen können.

Links sah ich die Ruine eines Abrisshauses hinter einem Absperrzaun, an dem ein großes Schild hing: „Danger – Exclusion Zone“. Rechts erhob sich eine große Giebelwand aus hellroten Ziegelsteinen, die von oben bis unten mit Szenen aus den Jahren der Auseinandersetzungen zwischen Katholiken und Protestanten bemalt war. Politische

Wandgemälde sind in Belfast vielfach zu sehen – je nachdem, in welches Viertel man kommt, zeigen sie die Geschichte Nordirlands aus irisch-republikanischer oder britisch-royalistischer Sicht. Hier war ich offensichtlich in der republikanischen Gegend gelandet, wo die Sinn Fein als Partei ihre Anhänger hat, denn auf dem Bild wurde die IRA verherrlicht.

Zwischen Ruine und Giebelwand befand sich die Werkstatt, die ich besuchen wollte. Ein Flachbau, der zwischen seinen zerklüfteten Nachbarn noch niedriger wirkte, als er wirklich war, mit Metalltüren und –fenstern und Glasscheiben in viereckigen Rahmen.

Ich bezahlte die Fahrt, stieg aus und das Taxi sauste davon. Sicher war der Fahrer, ein Pakistani, froh, hier wieder ungeschoren weggekommen zu sein.

Über der mittleren Tür der Werkstatt hing ein langes, breites Schild, auf dem in dicken, fetten Lettern stand: „Electronic – Computer. – Service“. Ein Mann im blauen Arbeitsoverall stand in der Tür, um zu schauen, wer da angekommen war. Er blickte mich misstrauisch an. Neben ihm im Türrahmen lehnte ein Baseball-Schläger. Man mochte hier offenbar keine ungebetenen Gäste.

„Sind Sie der Typ, den der Chef erwartet?“, der Bursche trat auf mich zu. „Die Arme ausbreiten!“ Er tastete mich ab und wurde fündig. „Die bekommen Sie nachher wieder“, sagte er, während er mir die tschechische Pistole aus dem Hosenbund zog.

Er durchsuchte dann noch meinen Rucksack, dann durfte ich die Arme herab nehmen, um ihm ins Innere des Gebäudes zu folgen. In der Werkstatt saßen zwei weitere Männer in leichter Kleidung, bedruckten Shirts und Jeans, die an Tischen vor Laptops hockten, an denen sie herumbastelten. Es gab Regale mit technischem Krimskrams, und an den Wänden hingen große Poster mit den üblichen nacktbusigen Damen in verlockenden Verrenkungen.

„Hier hinein", sagte mein Begleiter. Er zog eine Schiebtür auf, die in den nächsten Raum führte, der viel größer als der erste war. An dessen linker Seite hingen Flachbildschirme, auf denen die Straße vor der Werkstatt sowie auch deren Eingang und Inneres mit den beiden Mitarbeitern an ihren Laptops zu sehen waren. Die perfekte Videoüberwachung. Ich hatte die Kameras draußen gar nicht gesehen. Ansonsten stapelten sich rechts überall Kästen und Kartons. Die meisten trugen Aufschriften, aus denen hervorging, was sie beherbergten. Computer, Laptops, TV-Technik wie Fernseher, Satelliten-Receiver, Festplattenrecorder, Bildschirme. Sie sahen noch originalverpackt aus und verkörperten – alles zusammen – eine schöne Stange Geld.

Mir war klar, was hier los war. Geklautes Zeug.

„Alles von irgendwelchen LKWs gefallen?", sagte ich ironisch zu dem einzelnen Mann auf einem Stuhl, der vor einen Tisch mit Papieren in der Mitte des Raumes saß und mich neugierig ansah, als wäre ich ein seltenes Insekt.

„Nicht so frech, Jungchen", mein Begleiter gab mir einen Stups. Und zu seinem Chef: „Das hier hatte er bei sich!" Er legte die Pistole auf den Tisch.

„Sieh an – Czeská zbrojovka", der Boss sah mich an. „Eine CZ 75 B. Na, schön! Lass mich mit ihm allein."

„Jawoll, Chef!", sagte der andere respektvoll. Die Schiebetür klappte auf und zu, dann waren wir nur zu zweit.

„Nehmen Sie Platz", der Chef angelte mit dem Fuß nach einem zweiten Stuhl und winkte mir. Ich setzte mich ihm gegenüber. Die Pistole lag dicht vor ihm, so dass ich mich nicht ganz wohl fühlte. Ich musterte mein Gegenüber. Eisengraues Haar, ein nicht sehr sympathisch wirkendes breites Gesicht mit einer Boxernase, auf die er mal viel draufbekommen haben musste, und scharfe graue Augen, die mich zu durchbohren schienen. Weißes Muskelshirt. Graue Flanellhose.

„Wer sind Sie und weshalb haben Sie mich angerufen?“, er lispelte ein bisschen. Seine Stimme klang neutral. Kein drohender Ton. Aber auch kein freundlicher.

„Ich heiße Webb. Thomas Webb“, sagte ich. „Und wer sind Sie?“

„Mein Name ist O’Sullivan“, entgegnete er. Also nicht Poix. Was bedeutete das Wort dann?

Wir schwiegen uns eine Weile an. Dann angelte ich den Zettel mit der Telefonnummer aus meinem Rucksack und schob ihn über den Tisch. O’Sullivan nahm ihn in die Hand und starrte mit geweiteten Augen so interessiert darauf, als hätte ich ihm ein pornografisches Foto gegeben.

„Ja!“, sagte er dann und gab ihn mir zurück. „Das ist Wilkins Schrift. Der Kringel über dem „i“-Punkt ist typisch für ihn und auch die Art, wie er die Ziffern geschrieben hat.“

Natürlich hatte ich keine Ahnung, wer Wilkins war, aber ich hielt es für das Beste, ein Pokergesicht aufzusetzen. Wenn man schweigt, redet meistens der andere weiter.

Er tat es auch. „Dann wissen Sie sicher auch von dem Video, das Wilkins heimlich in Poix aufgenommen hat.“ Ich zuckte leicht zusammen. Poix. Kein Name. Ein Ort. Ich würde das googeln müssen.

Der Mann lachte auf. „Er war mit einem Betamax-Band vor unendlich vielen Jahren zu mir gekommen, weil ich die notwendige Technik hatte. Ich dachte zuerst, er hätte irgendwelche Ferkeleien darauf, weil er darauf bestand, allein zu sein, während er es auf VHS überspielte.“

„Aber es waren keine Weiber darauf und auch kein Sex mit Tieren“, sagte ich in einer Art, als wüsste ich, was auf dem Band gewesen war.

„Er hat gesagt, es wäre brisanter politischer Kram, der sich damals in Poix abgespielt hatte. Aber dann hat er sich geärgert, dass er das überhaupt erzählt hat. Ich möge das gleich wieder vergessen, hat er gesagt." Er schnaufte und lehnte sich zurück. „Und was haben Sie damit zu tun?"

„Ich will das Video kaufen!", etwas anderes fiel mir nicht ein. „Ich biete eine gute Summe dafür."

„Da hätten Sie eher kommen müssen. Wilkins war vor kurzem wieder bei mir. Nach langer Zeit. Ich hatte ihn schon vergessen. Er hatte das VHS-Band bei mir deponiert, sicher in einer Kassette verschlossen, und wollte es jetzt wiederhaben."

„Da hat er aber viel Vertrauen zu Ihnen gehabt. Verspürten Sie nicht manchmal etwas Lust, es sich anzuschauen?"

„In unserem Kreisen vertraut man sich ohne wenn und aber", sagte mein Gegenüber. „Ich habe die Kassette nie geöffnet. Wilkins war ein alter Kumpel von mir. Er wusste, dass das Material hier sicher ist."

„Woher kennen Sie Wilkins?", wollte ich wissen.

„Wir waren mal beide an einer Hilfsaktion in Afrika beteiligt. In den 70er Jahren. Das ist Lichtjahre her. Ich war damals gerade Zweiundzwanzig. Es ging darum, humanitäre Hilfe für die Leute dort zu leisten. Wir begleiteten einen Konvoi mit Medikamenten für einheimische Ärzte, die das Zeug dringend brauchten. Ich war als Fahrer dabei, Wilkins als Mitarbeiter eines privaten Sicherheitsunternehmens. Ich gab ihm meine Adresse, falls er mal in Belfast vorbeikommt. Ja, und eines Tages stand er dann eben in den 80er Jahren mit dem Band vor meiner Tür, weil er irgendwie erfahren hatte, dass ich eine Bude für Fernsehtechnik aufgemacht hatte."

„Eine gute Tarnung für solche Geschäfte", ich wies mit der rechten Hand auf die Kartons mit den Geräten, die sich an der Wand stapelten.

„Lassen Sie doch diese Spielchen“, jetzt war er verärgert. Ich hob abwehrend die Hände und da sprach er weiter. „Ich hatte mitbekommen, dass er bei einem der US-Geheimdienste gewesen war, wahrscheinlich schon in Afrika, und habe ihm gezeigt, wie man so was überspielt. Ich selbst verzog mich so lange aus dem Raum. Wir haben dann das Betamax-Band auf dem Hof mit Benzin verbrannt und ich habe die Kopie aufbewahrt.“

Ich seufzte auf. Die ganze Geschichte ging mich offenbar nichts an. Aber aus journalistischer Sicht schien sie interessant zu sein. Ein Videoband mit brisantem politischem Inhalt. Vielleicht Schnee von gestern. Vielleicht auch heute noch interessant. So interessant, dass mich jemand bewusstlos geschlagen hatte, weil er nach dem Zettel suchte.

„Er wollte das Band an die Amis verkaufen oder an die Russen. Gehören Sie zu den meistbietenden Kaufwilligen?“ O'Sullivan taxierte mich gründlich. „Ehrlich, wie Geheimdienst sehen Sie nicht aus!“

„Täuschen Sie sich nicht!“, sagte ich. Und wünschte, ich könnte mich unsichtbar machen oder mich einfach von hier wegbeamen lassen.

„Egal, wen Sie vertreten. Ich habe das Video nicht und Wilkins hat es auch nicht von mir bekommen. Als mir vor fünf Jahren ein Polizeibeamter steckte, in meiner Werkstatt würde eine Durchsuchung nach gestohlener Ware stattfinden, habe ich alles verschwinden lassen. Alles woanders versteckt. Die Kisten und Kartons mit der heißen Ware und letztlich auch Wilkins' Band. Ich habe die Stahlkassette mit dem Video an einen alten Kumpel in Glasgow geschickt. Wilkins war ein bisschen angefressen, als er das bei seinem Besuch vor kurzem hörte. Aber immerhin befand sich das Band in Sicherheit.“

„Die Adresse, wo es hingekommen ist", fragte ich. „Kann ich sie haben?"

„Sinnlos!", meinte O'Sullivan. „Wilkins wird schon längst dort gewesen sein."

„Trotzdem!", bockte ich.

Wir schwiegen uns an. Er packte nicht damit aus, und eigentlich war alles gesagt. Ich hatte viel erfahren, aber nur an der Oberfläche der Tatsachen gekratzt. Was mochte auf diesem brisanten politischen Band zu sehen sein? Wieso wollte es dieser Wilkins, egal, wer das sein mochte, an irgendwelche Geheimdienste verkaufen?

Ich ließ meine Blicke noch einmal durch den Raum schweifen. Zuerst über die Kisten. Dann über die Bildschirme an der Wand, die plötzlich mit viel Leben erfüllt waren.

„Danke für Ihren Besuch", sagte O'Sullivan sarkastisch und deutete auf die CZ, die vor ihm lag. „Die können Sie wieder mitnehmen."

Ich grinste. „Wahrscheinlich brauchen Sie die Kanone dringender als ich." Mit der linken Hand zeigte ich auf die Bildschirme an der Wand.

„Oh – Scheiße, Mann!" Mein Gegenüber sprang auf, wie von der Tarantel gestochen, und griff tatsächlich nach der Handfeuerwaffe. Die Kamera vor dem Gebäude hatte einen Wagen erfasst, aus dem jetzt zwei Männer sprangen und zum Eingang der Werkstatt spurteten. In den Händen hielten sie Schusswaffen. Ich erkannte sie. Es waren die Beiden, die ich abgeschüttelt hatte. Woher hatten sie diese Adresse? Nur ich kannte sie und Danielle. Und natürlich Nimmer. Der einfältige Blasius und der „Loser" hatten nur die Telefonnummer neulich beim Abendessen flüchtig mitbekommen. Natürlich kann man durch so was auch eine Anschrift ermitteln. Aber die Beiden waren harmlos. Allerdings war mein Handy eingeschaltet. Wer mich orten wollte, hätte hergefunden. Sinnlos, sich Gedanken darüber zu machen. Jedenfalls im Moment. Denn hier brannte die Luft.

Der Türhüter, der mich eingelassen hatte, flüchtete ins Innere und machte mit heftigen Handbewegungen die zwei Männer vor ihren Laptops mobil. Das Überwachungssystem hatte keinen Ton, doch ich hörte ihn im Geiste laut rufen.

„Bleiben Sie hier!", rief O'Sullivan, sprang auf und stürmte zur Tür, die in den vorderen Raum führte. Auch er tauchte irgendwann auf dem zweiten LCD-Schirm mit den Bildern von innen auf, wie er sich zu seinen Männern gesellte, die sich hinter Möbelstücken verbarrikadiert hatten und offensichtlich auch bewaffnet waren.

Aber das war noch nicht alles. Die Überwachungskamera außen erfasste noch ein zweites Auto, aus dem weitere drei Männer sprangen. Auch sie waren bewaffnet und auch sie stürmten in die Werkstatt. Offenbar handelte es sich nicht gerade um die besten Freunde der zuerst Angekommenen, denn jetzt richteten alle ihre Pistolen gegenseitig aufeinander. Und O'Sullivans Leute waren unzweifelhaft in der Minderzahl.

Was waren das nun wieder für Typen im zweiten Wagen? Wieso gerieten hier alle aneinander? Auseinandersetzungen zwischen Kriminellen? Aber welche Rolle spielten dabei die beiden Amerikaner? In mir kroch kalte Furcht den Körper hinauf. Das sah alles nicht gut aus. Und vor allem nicht für mich.

Die verschiedenen Eindringlinge blieben stehen und redeten vermutlich aufeinander und auf die Leute in der Werkstatt ein. Die Pantomime endete, als einer von ihnen versehentlich an ein Rohr stieß, dass an der Fensterwand lehnte. Es wackelte und fiel um. Wahrscheinlich stürzte es mit einem lauten Knall zu Boden, der von einem der Beteiligten für einen Schuss gehalten wurde. Jedenfalls sah ich auf den Bildschirmen, dass sofort eine wilde Schießerei im Gange war. Es war wie abends daheim, wenn ich auf der Couch lag und mir einen Thriller im Fernsehen anschaute. In Farbe. Leider ein Stummfilm. Aber ich hörte die Schüsse aus dem Nebenraum. Ich hoffte, die Eindringlinge würden mich hier nicht finden. Meine Hände waren eiskalt geworden; mein Herz schlug schneller.

Dann öffnete sich die Tür. Ich zuckte zusammen und hielt Ausschau nach irgendeiner Stelle, an der ich mich verstecken konnte. Doch es war O'Sullivan. Er steckte den Kopf herein und brüllte mir etwas zu, was vom Lärm der Schüsse übertönt wurde.

„Was?", rief ich.

„Ich hab's mir überlegt. Wer weiß, wie das hier ausgeht", schrie er mir zu. „Da sage ich es Ihnen lieber…die Kassette…gehen Sie mittags in Glasgow in den „Black Swan". Den finden Sie in Finniston, und fragen Sie nach dem blinden Sean. Der wird Ihnen weiterhelfen."

„Sie haben Humor!", brüllte ich zurück. „Wie soll ich denn hier rauskommen?"

Er wedelte mit der Hand, in der er die Pistole hielt, und zeigte nach hinten. „Der Kartonstapel ganz links – schmeißen Sie ihn einfach um." Ein Querschläger zischte zur Tür herein, prallte an die Wand und fiel herunter. O'Sullivans Kopf verschwand. Die Tür ging wieder zu.

Ich blickte auf die Kästen und Kartons drüben auf der anderen Seite. Sie sahen alle ähnlich aus und waren nur jeweils anders beschriftet. Langsam ging ich zu ihnen hinüber. Da würde vielleicht einiges kaputtgehen, wenn ich O'Sullivans Rat folgen würde. Aber ich musste hier raus.

Auf den Bildschirmen war nicht mehr viel Bewegung. Drei Leute lagen auf dem Fußboden. Angeschossen. Oder tot. Ab und zu knallte noch ein einzelner Schuss. Irgendwie hatte sich die Situation festgefahren zu einem Patt.

Mit beiden Händen warf ich die ersten beiden Kartons von Stapel. Und staunte. Sie waren leer. Deshalb räumte ich auch die anderen weg. Eine Reihe weiter befand sich aber offenbar die heiße Ware. Denn da waren in den Behältnissen offenbar wirklich große Bildschirme fabrikneu verpackt enthalten. Ich merkte es am Gewicht.

Die zwei Reihen leerer Kartons hatten aber auch genügt. Sie lagen jetzt verstreut vor den vollen Verpackungen. Da, wo sie sich zuvor befunden hatten, konnte ich nun eine schmale Tür sehen. Ich drückte die Klinke hinunter. Hinter der Tür befand sich ein enger Gang, der ins Dunkel führte. Ich leide nicht unter Platzangst, aber ging trotzdem nur ungern hinein. Der Gedanke an die Schießerei vorn in der Werkstatt bewirkte, dass ich alle Hemmungen überwand und mich mit beiden Händen an den Gangwänden vorwärts tastete, weil ich nicht viel sehen konnte. Es waren etwa zwanzig Meter, bis ich an die nächste Tür kam. Sie war verschlossen. Ich stieß einen Fluch aus, den Gott nicht würde gern hören wollen, und befingerte mit der rechten Hand das unerwartete Hindernis.

Ah ja – da war ein Riegel.

Ich schob ihn zurück, drückte gegen die Tür und sie ging nach außen auf, so wie in einer Kneipe. Unwillkürlich musste ich die Augen schließen angesichts des Tageslichts, das mir ins Gesicht schien. Vorsichtig blickte ich nach draußen. Nichts. Niemand. Nur ein paar heruntergekommene Häuser in einer Gasse, die nach rechts und links führte. Schüsse konnte ich nicht mehr hören. Dafür aber lautes Sirenengeheul.

Bedächtig drückte ich mich an der Häuserwand entlang bis zur nächsten Kreuzung. Ich blieb in Deckung und äugte um die Ecke. Polizeiwagen flitzten vorbei, kleine weiße Transporter, die unten mit zwei Reihen abwechselnd gelber und blauer Rechtecke versehen waren. Sie sahen aus, als ob sie eine leichte Panzerung besaßen – sehr stabil mit zwei schießschartenähnlichen Luken in Weiß und Schutzgittern vor dem Kühler sowie an den Seiten. Die Rundumleuchten auf dem Dach flackerten. An den Wagen stand seitlich „Police" und „Crimestoppers 0800 555111". Darunter „Anonymous".

Vermutlich hatte jemand in dieser tristen Umgebung das Letztere wörtlich genommen und die Bullen angerufen, als die Schießerei losging, ohne natürlich seinen Namen zu nennen. Hatte höchstens auf die Frage, wer am Telefon sei, „ein Freund" gesagt.

Es war Zeit, so schnell wie möglich aus der Gegend zu verschwinden. Ich hatte für heute genug erlebt, machte kehrt und lief hastig in die andere Richtung. Immer noch raste mein Puls. Aber die große Angst, die mich vorhin zeitweilig überfallen hatte, schwand allmählich. Ich versuchte klar zu denken und mich in dieser üblen Gegend einigermaßen zu orientieren. Nach fünf Gassen und acht Straßen fand ich einen Pub, dessen Besitzer mir erlaubte, sein Telefon zu benutzen. Mein Handy hatte ich noch am geheimen Ausgang der Werkstatt ausgeschaltet. Ich bestellte mir ein Taxi, das auch nach etwa zehn Minuten kam und mich zum Donegall Square zurückbrachte. Andere Passagiere warteten schon auf den Shuttle. Ich stellte mich zu einer jungen Frau, die in ihrem längsgestreiften Kleid wie ein Zebra aussah und plauderte mit ihr, bis der Bus kam. Dann stiegen wir ein.

Der Fahrer wollte schon die Türen schließen, als noch Paul und sein Schatten angehetzt kamen. Da nahm er sie auch noch mit und Paul setzte sich zu mir. Lohmann nahm weiter hinten Platz.

„Schleppst du diesen Typ tatsächlich auf Schritt und Tritt mit dir herum?“, ich deutete mit einer Kopfbewegung auf den Privatdetektiv.

„Du wirst es nicht verstehen, aber ich brauche ihn“, entgegnete Paul. Er sah verschwitzt aus vom schnellen Laufen und seine Stimme klang ein bisschen unfreundlich.

„Mensch, Paul – wir kennen uns doch schon eine Ewigkeit. Da kannst du mir doch sagen, was los ist oder wovor du Angst hast und warum du dir einen Leibwächter zugelegt hast.“

Ärgerlich blickte er mich an. „Natürlich – denkst du, ich erzähle das im Bus vor allen Leuten?“

Danach wechselten wir kein Wort mehr miteinander, bis wir am Liegeplatz Stormont Warf angekommen waren. Ich war auch noch damit beschäftigt, was ich in Belfast erlebt hatte. Verarbeitet hatte ich es noch nicht.

„Mach doch aus deinem Herzen keine Mördergrube“, lenkte ich mich ab, indem ich noch einmal Paul ansprach, während wir zur Gangway liefen, die auf Deck 2 in den Eingang B führte.

„Ich kann nicht!“, er klopfte mir auf die Schulter. „Es ist alles zu kompliziert und neu für mich. Es gibt Dinge, die mich verwirren und verängstigen. Ich kann mit niemand darüber sprechen.“

„Auch nicht mit Stephanie?“

„Auch nicht mit ihr!“ Er zeigte seine Bordkarte schon vor, ehe ich meine zur Hand hatte, und entschwand im Schiff, während ich noch in meinem Rucksack kramte. Als ich zur Sicherheitskontrolle kam, war er längst weg. Ich zuckte die Schultern. Sollte er doch tun, was er wollte. Auch wenn Stephanie gern gesehen hätte, dass ich Babysitter für ihn spielen würde – verdummen lassen musste ich mich nicht!

Ich duschte in meiner Kabine, dieselte mich mit Deospray ein und machte mich ein bisschen hübsch. Kurz nach sechs klopfte Danielle an die Tür, um mich zum Abendessen abzuholen. Sie hatte ihre Haare hochgesteckt und sah dadurch ganz anders aus. Anders schön! Natürlich hatte sie sich ein bisschen aufgebrezelt, um mir zu gefallen – roter dünner Pulli mit sehenswertem Ausschnitt, enge blaue Hosen, schicke weiße Schuhe mit einem Glitzermuster.

Im Buffetrestaurant hatten wir eine reichliche Auswahl. Ich holte mir Lammragout mit Spargel und Kartoffelbrei, Danielle entschied sich für Mung Dai mit Rotkraut und Samoas. Hinterher konnte ich noch ein Dessert nehmen – vielleicht Halbgefrorenes mit Sahne oder Aprikosenmousse oder Quark mit Johannisbeeren. Da würde meine Begleiterin zuschauen müssen, denn sie achte – so hatte sie gesagt – streng auf ihre gute französische Linie.

Nachdem ich Bier für mich und Wein für sie geholt hatte, wechselten wir während des Essens einige Worte.

„Wie war denn dein Ausflug?", wollte ich wissen.

Sie legte das Besteck zur Seite und strahlte mich an. „Fantastisch! Wir haben die Drehorte der Fernsehsaga südlich von Belfast besucht. Sind mit der Fähre von Portoferry nach Strangford und Winterfell Castle gefahren. Ganz irre – in der Inch Abbey in Downpatrick hielten wir für einen Fotostopp, bei dem wir mit Stark-Umhängen, Schwertern und einer Art Fahnen exakt dort geknipst wurden, wo dieser Robb zum König im Norden gemacht wurde…" Sie plapperte und plapperte ganz begeistert, bis ich sie darauf aufmerksam machte, dass ihr Essen kalt wurde.

Da griff sie wieder zu Messer und Gabel, fragte aber doch zwischendurch mit vollem Mund: „Und wie war's bei dir? Bei Poix?"

Ich verzog missmutig den Mund und sagte dann: „Heftig – sehr heftig! Aber das erzähle ich dir heute Abend im Bett“.

„Was denn – schon wieder?“, fragte sie schelmisch.

„Warum nicht?“, sagte ich.

„Träume weiter“, lachte sie.

15. Der blinde Sean

Im Bett erzähle ich manchmal ziemlich viel. Vor allem, wenn ich nach den Freuden der Liebe noch etwas wach und nachdenklich daliege. Danielle lag in meinem Arm, während ich ihr berichtete, was ich in Belfast erlebt und erfahren hatte. Sie unterbrach mich nur selten, aber ich hatte den Eindruck, dass sie sehr aufmerksam zuhörte. Es war ja auch interessant, dass mich dieser kleine Zettel aus meiner Kabine in eine etwas abenteuerlich klingende Geschichte hinein katapultiert hatte. Ein Geheimagent oder ehemaliger Agent namens Wilkins. Ein heimlich aufgenommenes brisantes Video, hinter dem jetzt offenbar sowohl die Amerikaner wie auch die Russen hinterher waren. Die Tatsache, dass ich verfolgt worden war. Die Schießerei in der Werkstatt, bei der ich leicht hätte Schaden nehmen können.

„Jetzt hast du Blut geleckt. Gib es zu!“, sagte Danielle. „Du witterst eine heiße Story, über die du als Journalist gestolpert bist. Etwas, das dir keine Ruhe lässt, ehe du nicht herausbekommen hast, was dahintersteckt.“

„Ach, Quatsch!“, sagte ich und tätschelte ihren Po.

Aber im Grunde genommen hatte sie es erfasst. Morgen, an Land, hätte ich WLAN und da würde ich mal bei Tante Google nachschauen, wo sich dieser Ort Poix befand. Und ob sich in ihm irgendwann im vorigen Jahrhundert etwas Bemerkenswertes ereignet hatte. Und was das Video betraf

– ich könnte doch mal, wenn wir morgen ohnehin Glasgow waren, diesen Blinden…

„Gib zu, du hast vor, morgen diesen blinden Sean aufzusuchen, um noch ein bisschen weiter in dieser seltsamen Geschichte herumzustochern?“, sagte da auch schon Danielle und schob meine Hand weg.

„Hm!“, brummte ich. „Vielleicht, vielleicht auch nicht! Lass uns schlafen.“ So gesehen war es kein Wunder, dass Danielle am nächsten Morgen nach dem Frühstück fragte, ob ich sie zu diesem Blinden mitnehmen könnte. „Denn du gehst ja doch zu ihm.“

„Ich würde dir davon abraten“, entgegnete ich. „Das kann eventuell gefährlich werden. Wer weiß, in welchen Schlamassel du dann mit hineingeraten würdest.“

„Ich liebe Schlamassel!“ Sie verzog ihren hübschen Mund zu einem Lächeln und da bildeten sich rechts und links von ihm diese niedlichen Fältchen, die ich inzwischen an ihr so liebte.

„Na gut – komm mit“, gab ich nach, „aber beschwere dich nicht, wenn es auch in Glasgow nicht allzu friedlich zugeht.“ Und nach einer kleinen Pause. „Ich bin nun mal von Berufs wegen neugierig. Da lasse ich doch eine solche spannende Sache nicht einfach links liegen.“

„Du bist nicht nur neugierig, sondern sehr leichtsinnig. Du spielst mit deinem Leben, denn du hast ja gemerkt, dass hier Profis am Werk sind.“ Danielle schüttelte den Kopf. „Vielleicht solltest du doch die Finger davonlassen. Sieh dich heute in Glasgow nach den Sehenswürdigkeiten der Stadt um und den vergiss den Blinden. Die restliche Zeit kannst du dir ein paar schöne Stunden mit mir an Bord machen.“

„Nein, nein – ich habe das Gefühl, dass ich hier etwas entdeckt habe, was sich gut in jeder Zeitschrift machen würde. Vielleicht bekomme ich sogar einen Medienpreis dafür. Es steckt doch alles darin: Politik, schlimme Typen, ein brisantes politisches Geheimnis, über das es ein Video gibt. Ich bin nämlich nicht nur neugierig und leichtsinnig, sondern auch ehrgeizig bis zum Geht-nicht-mehr!" Ich grinste Danielle an.

„Ich merke schon, dass ich ins Leere rede", gab sie auf. „Aber ich komme mit. Und das ist mein letztes Wort."

So kam es, dass wir kurz nach 9 Uhr beide im Schweinsgalopp auf dem Weg zum Bahnhof durch das Städtchen Greenock eilten. Die „Bella Auranta" hatte am Ocean Terminal angelegt und uns bis 18:30 Uhr eine Menge freie Zeit spendiert, um Schottland einen Besuch abzustatten. Das einstige Fischerdorf hatte sich gut entwickelt – es gab hier auch einen berühmten Sohn der Stadt, der daran beteiligt war: James Watt, der Erfinder der Dampfmaschine. Wir sahen Gebäude, die seinen Namen trugen, und eine Statue, die ihn verherrlichte. Zeit, uns all das gründlich anzuschauen, hatten wir nicht. Etwa zwanzig nach Neun sollte der Zug nach Glasgow abfahren. Es fehlten dann auch nur noch drei, vier Minuten, als wir das kleine Bahnhofshäuschen von Greenock Central erreichten, in dem wir unsere Fahrkarten kaufen wollten. Unruhig trampelten wir von einem Bein aufs andere, während die Bahnangestellte hinter ihrem Schalter gelassen die Tickets für die Hin- und Rückfahrt ausdruckte. Wir bezahlten, eilten hinüber auf den Bahnsteig und da kam auch schon der blaugelbe Zug aus einem Tunnel gefahren. Oben links, über einem der beiden Fenster des Zugführers, war „Glasgow Central" zu lesen. Genau an dieser Endstation stiegen wir exakt eine Stunde und sechs Minuten später wieder aus.

„Ich möchte aber noch etwas von Glasgow sehen, ehe wir den Blinden aufsuchen", maulte Danielle, als ich voreilig den nächsten Taxistand anpeilte. Ich seufzte auf, aber fügte mich. Nahe am Hauptbahnhof gelangten wir zum

George Square mit den City Chambers, dem Rathaus. Wir spazierten kreuz und quer ohne Stadtplan durch Glasgow, weil auf dem Schiff nur Hafeninformationen über Greenock, nicht aber über Glasgow ausgelegt worden waren. Trotzdem entdeckten wir einige interessante Ecken. Die Buchanan Street, eine Haupteinkaufsstraße zwischen zwei großen Shoppingzentren, in der ich Danielle immer wieder von den Auslagen der Läden wegziehen musste. Wir kamen auch an der Gallery of Modern Art vorbei, in der sich Kunst und Kultur über drei Etagen verteilten. Danielle machte den Vorschlag, das Café oben mit dem Blick über die Dächer der Stadt zu besuchen, um etwas zu trinken, aber ich redete es ihr aus. Wir hatten immerhin ein Ziel. Eile war geboten. So widmeten wir nur dem Reiterdenkmal des Herzogs von Wellington vor dem imposanten Gebäude einen Blick.

Und mussten lachen. Jemand hatte – wie wir von Passanten erfuhren – irgendwann heimlich über Nacht dem Adligen ein rot-weißes Verkehrshütchen auf den Kopf gestülpt. Was bei uns zu Hause unmöglich wäre – die Stadtväter hier hatten das so gelassen.

Auch die Glasgow Cathedral sahen wir noch, die auf dem Grab des ersten Bischofs von Glasgow errichtet worden ist. Einst war sie Sitz der Erzbischöfe von Glasgow, doch heute gebührt diese Ehre der St. Andrew's Kathedrale.

„Machen wir Schluss und sehen uns heute Nachmittag noch etwas an", sagte ich nach einem Blick auf meine Armbanduhr. „Es ist bald Mittag – der blinde Sean wird gleich im „Black Swan" aufkreuzen."

Danielle zog einen Flunsch. „Na, schön – da vorn kommt ja auch schon ein Taxi. Wo müssen wir hin, ins Viertel Finnieston?"

Ich nickte und winkte dem Taxifahrer. Er bremste scharf und hielt an. Der Wagen sah sehr britisch aus. Es war einer dieser Wagentypen, wie man sie fast nur in Großbritannien sieht. Ein Black Cab, wie in London.

„Der „Black Swan"? Kenne ich!", sagte der schnauzbärtige Mann hinter dem Lenkrad, das sich meinem Gefühl nach auf der falschen Seite befand. Ich könnte hier nie Auto fahren, sondern würde immer mal wieder auf die andere Straßenseite hinüberziehen, weil ich es von zu Hause so gewöhnt bin.

Finnieston lag offenbar weiter draußen, denn die Fahrt dauerte und dauerte. Ich saß etwas nervös im Fond des Wagens, weil ich an die bevorstehende Begegnung mit dem Blinden dachte und nicht wusste, was sie bringen würde. Danielle spürte das offenbar, denn sie griff nach meiner Hand und fasste sie an. Ich küsste sie auf die Wange.

Die Straße, die wir immer geradeaus entlangfuhren, hieß St. Vincent-Street, wie ich einem Schild an einer Kreuzung entnahm. Wir kamen am Hilton Glasgow, an einem Steak House und – oho – an einem Bavaria Brauhaus vorbei und überquerten die M8, um endlich in eine Straße zu gelangen, die sich Argyle Street nannte. Hier hielt der Taxifahrer an, der auf der ganzen Fahrt kein Wort gesprochen hatte, und dreht sich zu uns um: „Finnieston! Das ganze Viertel ist hipp. Pubs, Restaurants, Cafès – hier ist alles trendy und angesagt." Er lachte, dass sein Schnauzbart bebte. „Auch der „Black Swan" befindet sich hier am „strip" – da drüben ist es." Er deutete auf die andere Straßenseite, wo über dem Restaurant mit großen schwarzen Buchstaben der Name des Lokals stand und auf einem Schild ein schwarzer Schwan zu sehen war. Im Schaufenster hingen Tafeln, auf denen heftig Werbung für alles Essbare gemacht wurde. „Great Offers", „20% off Lunch", „15% off Dinner".

Ich bezahlte die Fahrt, und weil es ohnehin fast so teuer geworden war, als wolle ich das Auto kaufen, gab ich noch etwas Trinkgeld dazu, denn es spielte keine Rolle mehr. Dann wünschte uns der Fahrer einen schönen Tag, warf noch einen wohlgefälligen Blick auf Danielle, und wir stiegen aus, um hinüber auf die andere Straßenseite zu gehen und den schwarzen Schwan von innen zu besehen.

Der „Black Swan“ war in Rot und Schwarz gehalten, etwas plüschig und zu dieser Mittagsstunde ziemlich voll. Nachgemachte Kronleuchter an der Decke und überall gelblich funzelnde Wandlampen schufen eine beinahe gemütliche Atmosphäre. Es duftete nach gutem Essen. Nichts hasse ich mehr, als wenn ich irgendwo in einem Lokal sitze, in dem es nach altem Bratfett stinkt.

„Hast du nicht auch Hunger?“, fragte Danielle.

„Nachher!“, sagte ich und ging voran zu einem Tisch in einer Nische. Wir setzten uns und bestellten zwei Tassen Kaffee und die Speisekarte, nachdem der Kellner erschien. Er war ein schlanker Bursche von etwa fünfundzwanzig, lächelte wie ein Honigkuchenpferd, und ich gab ihm ein Zeichen, dass ich mit ihm etwas Vertrauliches bereden wollte. Er war nicht dumm, sondern verstand es sofort, trat näher und beugte sich zu mir nieder.

„Ich muss den blinden Sean sprechen – es ist wichtig, Wo finde ich ihn?“

Das Gesicht des Kellners verfärbte sich. „Ich kenne niemand, der so heißt“.

„Unsinn!“, sagte ich scharf. „Er ist hier. Welcher ist es?“

„Ich weiß wirklich nicht, von wem Sie sprechen“, der junge Mann richtete sich auf. „Zwei Kaffee und die Speisekarte.“ Er ging und schlängelte sich zwischen den Tischen hindurch zu einem grauhaarigen Mann im Tweed-Sakko, der wie ein harmloser Rentner aussah und genussvoll mit seiner Mahlzeit beschäftigt war. Der Kellner sagte etwas zu ihm, worauf der Ältere kurz beim Essen innehielt, um zu uns zu schauen.

Auch Danielle hatte es bemerkt. Sie stupste mich an. „Der da drüben?", flüsterte sie

„Unmöglich", sagte ich leise „Der ist nicht blind. Wahrscheinlich sind seine Augen besser als meine."

Der Kellner, nicht mehr ganz so freundlich lächelnd, brachte den Kaffee. Außerdem knallte er uns die Karte auf den Tisch. Als er verschwand, nickte Danielle mir verschwörerisch zu. „Der Alte muss der Blinde sein!"

Auch ich hatte so eine Vermutung. Aber warum wurde er der blinde Sean genannt? Er hatte Augen wie ein Luchs, wenn er ab und an zu uns herüber starrte. In Schottland war offenbar manches merkwürdig, nicht nur, dass viele Männer Röcke trugen. Manche Frauen munkelten, die Herren hätten nichts darunter. Ich fragte meine Begleiterin, was ihre Meinung sei.

„Die einen sagen so – die anderen so!", brummelte sie und blätterte in der Speisekarte. Sie hielt sie mir so hin, dass auch ich hineinsehen konnte. Der Bengel hätte zwei bringen können. Aber wir waren hier wohl nicht so gern gesehen. Hoffentlich spuckte uns der Koch nicht ins Essen.

Vorn in der Speisekarte wurde das Frühstück offeriert. Auf den nächsten Seiten eine Reihe von Working Lunches. Dann Essen á la Carte und hinten die Desserts und Käsesorten. Das Angebot war wesentlich besser als der Ruf, den die schottische und die englische Küche im Allgemeinen haben.

Als der Kellner nach einer gefühlten Stunde wiederkam, bestellten wir beide das Gleiche, einen hausgemachten Chicken Burger mit Caesar-Dressing und Salat. Das würde wahrscheinlich am schnellsten gehen.

Während wir warteten, blickten wir immer wieder hinüber zu diesem rüstigen Rentner, den wir verdächtigten, der blinde Sean zu sein. Er hatte sich Nachtisch bestellt und aß genussvoll davon ein Löffelchen nach dem anderen. Er blieb auch noch sitzen, als er fertig war und unser Essen kam, und blätterte in einer Zeitung. Dann winkte er dem Kellner und bezahlte. Er stand auf, um zu gehen. Doch in unserer Höhe machte er seitlich kehrt und kam auf unseren Tisch zu.

„Ich darf mich doch zu Ihnen setzen“, sagte er. Es war keine Frage. Sondern eine Feststellung. Ohne eine Antwort abzuwarten, nahm er uns gegenüber auf dem dritten Stuhl Platz und schlug ein Bein über das andere, wobei er darauf achtete, dass die Bügelfalten seiner Hose keinen Schaden nahmen. Die Zeitung, die er zusammengelegt mitgebracht hatte, ließ er achtlos auf den Tisch fallen.

„Möchten Sie nicht erst fragen, ob noch ein Platz frei ist?“, fragte ich sarkastisch.

Er lächelte sanft. „Sie haben nach mir gefragt! Jetzt bin ich hier!“

Intensiv musterte er uns von oben bis unten. „Deutsche? Nicht wahr?“ Er wartete unsere Antwort nicht ab und er hatte sie auch nicht erwartet.

Weder Danielle noch ich verzogen das Gesicht. Ich beugte mich vor, wobei ich darauf achtete, dass ich meinen Ellenbogen nicht mit den Resten des Caesar-Dressings auf dem Teller vor mir beschmierte. „Wieso laufen Sie nicht mit einem weißen Stock und einer Binde am Arm durch die Gegend?“

„Oh!“, grinste der rüstige Rentner. „Das will mancher wissen. Natürlich bin ich blind. Blind für die Umwelt. Die Polizei hat mich mindestens hundertmal vernommen, wenn es um so delikate Sachen wie Einbrüche, Schlägereien oder sogar Mord ging. Ich sei doch dabei Zeuge gewesen. Wenn nicht sogar Mittäter. Aber man hat nie dafür Beweise auf den Tisch legen können. Und ich habe jedes Mal beschworen, dass ich nichts von all dem gesehen habe. Als wäre ich blind.“ Er lachte. „Ja, so bin ich zu meinem Namen gekommen – der blinde Sean.“

Er lehnte sich zurück und schien zwanzig Zentimeter größer und zehn Jahre jünger zu werden. „Wussten Sie, dass Glasgow lange Zeit die Stadt mit den meisten Morden in Großbritannien und die gefährlichste Stadt Schottlands gewesen ist? Da überlebt man im Milieu nur, wenn man seine Augen verschließen kann. Wenn man für bestimmte Dinge blind ist.“

„Ich darf Ihnen schöne Grüße von O'Sullivan aus Belfast übermitteln“, sagte ich, weil ich einen Einstieg brauchte.

„Er ist gestern angeschossen und ins Hospital gebracht worden. Die schnelle Post unter uns bösen Jungs hat es schon verbreitet“, unser neuer Freund wackelte bedauernd mit Kopf. „Haben Sie vor dem kleinen Unfall oder hinterher mit ihm gesprochen?“

Er glaubte mir nicht. So warf ich ihm ein paar Brocken hin. „Ich war gestern dabei, als die Schießerei losging. Wollte ihn sprechen wegen des Videos, das er Ihnen vor Jahren in einer Kassette geschickt hat. Wegen Poix und – wie heißt er gleich? Ja, wegen dieses Wilkins.“

Der freundliche Rentner guckte mich jetzt wie ein Geier an, der seine Beute am Erdboden liegen sieht. „Haben Sie ein gutes Gedächtnis?“, fragte er.

Ich sagte ihm, dass ich so was besäße.

Da betete er eine Autonummer herunter. „Der Wagen steht eine Straße weiter an der Ecke. Aber warten Sie noch fünf Minuten, ehe Sie nachkommen.“

Danielles Handy gab einen Piepton von sich. Sie hatte es wieder eingeschaltet, seit wir vom Schiff heruntergekommen waren. Jetzt schaute sie aufs Display.

„Nichts von Bedeutung", sagte sie und steckte es wieder ein.

„Ich warte zehn Minuten. Dann bin ich weg", meinte der blinde Sean. Er erhob sich etwas ächzend, weil er ja auch nicht mehr der Jüngste war, verbeugte sich vor Danielle und trabte dann zum Ausgang.

„Warum sollen wir warten?", fragte ich.

„Ich wette, er will jemanden anrufen, ohne dass wir dabei sind", gab Danielle zum Besten. Vermutlich hatte sie damit Recht.

Ich rief laut durch den Raum nach dem Kellner. Er kam natürlich nicht. Schnell überschlug ich, was unser Essen gekostet haben könnte. Ich hatte vorhin in der Speisekarte nachgesehen. Acht fünfundzwanzig ein Burger? Zwei zehn je Kaffee Americano?

Ich legte fünfundzwanzig Pfund auf die Tischdecke, einen Schein mit Queen Elizabeth und mehrere Münzen. Blickte auf die Armbanduhr. Es waren vier Minuten und vierzig Sekunden vergangen, seit der blinde Sean gegangen war. Ich erhob mich. Zog Danielle hoch. „Komm – er wartet nicht lange…"

Das Letzte, was ich sah, als wir den Schwan verließen, war das ausdruckslose Gesicht unseres Kellners, der langsam zu unserem Tisch ging, um sein Geld einzusammeln.

Ich hätte gern gewusst, was in seinem Kopf vorging!

16. Ein turbulenter Nachmittag

Seans nachtblauer Jaguar XE S war leicht zu finden. Die rechte Hintertür stand auf und der Motor lief schon. Unser blinder Freund saß rechts am Steuer. Er nickte, als wir einstiegen und uns auf den ockerfarbigen Ledersitzen niederließen – Danielle links, ich rechts hinten. Alles im Auto strahlte perfektes Design aus. Selbst die Kopfstützen waren aus genarbtem Leder.

„Was kostet so ein Schlitten?“, fragte ich neugierig.

„Bei euch müsstest ihr eine schöne Stange Euro auf den Tisch legen“, sagte Sean und fügte stolz hinzu: „Er macht lässig 228 km/h. Aber das könnte ich höchstens in Deutschland auf der Autobahn ausfahren. Hier darf ich nicht so schnell unterwegs sein.“

Er beugte sich vor, um etwas aus einem Fach unter dem Sitz zu entnehmen. Dann reichte er es uns nach hinten. „Bitte schalten Sie Ihre Handys aus und geben Sie die Telefone mir nach vorn. Und dann legen Sie das hier an.“ Es waren zwei schwarze Schlafmasken, wie sie pingelige Leute im Bett tragen, weil sie sonst nicht einnicken können.

Was sollte es! Wir wollten etwas von ihm und mussten tun, was er verlangte. Minuten später saßen wir auf den Rücksitzen – die blinde Danielle und der blinde Tom. Wir hörten, wie er losfuhr und lehnten im Fond des Jaguars, ohne auch nur einen Blick erhaschen zu können, wohin es ging. Obwohl es heute Nachmittag inzwischen ziemlich heiß geworden war, wärmer als sonst hier üblich, saßen wir angenehm auf luftgekühlten Sitzen und sanft umwedelt von der Klimaanlage des teuren Wagens.

Zwischen Danielle und mir befand sich noch der Mittelsitz, doch wir konnten uns mit ausgestreckten Armen an den Händen halten. Ich spürte Danielles dezentes Parfüm und ich hatte plötzlich das Bedürfnis, sie zu küssen. Ließ es aber natürlich sein. Der blinde Sean, misstrauisch wie er war, hätte es als Bedrohung seiner Person auffassen können. Ich selbst hatte ein komisches Gefühl im Bauch – ein Mittelding zwischen Erwartung und ein bisschen Furcht.

Wie es Danielle ging, wusste ich nicht. Sie saß ruhig und fast bewegungslos neben mir.

Wir mussten allmählich schon fast eine Stunde unterwegs sein. Der Verkehrslärm der Großstadt Glasgow, den wir leise noch eine Weile gehört hatten, war ländlicher Stille gewichen. Einmal hupte ein Auto. Irgendwo erklang das Läuten einer Kirchenglocke. Dann einmal das Wiehern von Pferden. Ich wartete darauf, dass auch noch ein Hahn krähen würde, aber da waren wir schon am Ziel. Kies knirschte unter den Reifen des Wagens. Das Geräusch des Motors erlosch.

„Sie können die Dinger jetzt absetzen", sagte Sean, der unterwegs kein Wort gesprochen hatte. Genau wie wir. Ich zerrte mir die Maske vom Gesicht und blinzelte.

„Es werde Licht!", verkündete Danielle. Sie ordnete ihre zerzauste Frisur, mit der sie eigentlich ganz niedlich aussah, und fragte dann: „Wie weiter?"

„Warten Sie es ab!", sagte Sean. „Jetzt steigen Sie erst mal aus."

Wir befanden uns auf einem kleinen Landsitz, wie er in den Fernsehfilmen von Rosamunde Pilcher daheim zu sehen ist, falls man eine Vorliebe für Herz-Schmerz-Geschichten hat. Der Jaguar stand auf der Auffahrt eines Herrenhauses, das garantiert schon einige Jahrzehnte auf dem Buckel hatte. Hinter uns erstreckten sich ein gepflegter Rasen, auf dem sich Wassersprenger drehten und der mit Blumenbeeten umrahmt war, sowie dahinter ein kleiner Park. Wenn das hier eine Mietwohnung war, dann würde die Miete noch die Preise in München und Berlin weit übertreffen.

Hinter dem Haus bellte ein Hund laut und scharf.

„Hübsche Gegend", sagte ich, um überhaupt etwas zu sagen.

Der blinde Sean sah mich scharf an. Er wirkte jetzt auch nicht mehr wie der rüstige Rentner, der im Tweed-Jackett durch die Gegend spazierte, sondern eher wie einer, dem man besser aus dem Weg gehen sollte. Garantiert konnte er mit Einbruchswerkzeug und Pistole besser umgehen als viele andere Leute – daran würde sich auch nichts ändern, wenn er noch älter werden und mit dem Rollator durch die Gegend schlurfen würde.

Unser Begleiter läutete nicht an der Tür, sondern stellte sich unter eine Videokamera, die direkt daneben an der Wand angebracht war. Es dauerte keine zwei Minuten, bis der Türsummer ertönte.

„Nach Ihnen“, sagte Sean, vorsichtig, wie er war.

Wir betraten eine kleine Vorhalle, die mit alten Möbeln, einem tiefhängenden Kronleuchter, einem Spiegel und einem abgetretenen Teppich ausgestattet war.

„Wie geht es weiter?“, fragte Danielle, der ich den Vortritt gelassen hatte.

„Links hinein!“, befahl Sean.

Sie drückte die Klinke einer hohen Tür hinunter, die von geschnitzten Ornamenten nur so strotzte. Ich ließ ihr als Dame den Vortritt. Der Raum, in den wir kamen, sah aus wie eine kleine Bibliothek. Bücher überall an den Wänden in Regalen bis hinauf an die Decke. Eine Couch, ein runder Tisch, drei Sessel – alles ein bisschen vom Zahn der Zeit angenagt, aber genau das, was heute wieder bei vielen Leuten angesagt ist. Zwei Fenster mit Stores und Vorhängen. Auch Danielle sah sich genau wie ich gründlich um, bis uns ein Geräusch hinter uns zusammenfahren ließ. Das Geräusch, das entsteht, wenn jemand einen Schlüssel in einem Türschloss umdreht. Der blinde Sean hatte sich verdrückt und uns eingesperrt.

Ich ging zur Tür zurück. Drückte die Klinke. Nichts. Es war zu. Wir waren gefangen, und das gefiel mir nicht. Mein

Bauchgefühl meldete sich wieder. Hätten wir die Finger von dieser Sache lassen sollen?

„Vielleicht können wir zu einem der Fenster hinaus“, dachte ich laut. Wir zogen die Vorhänge ganz zurück und machten lange Gesichter. Draußen alles vergittert.

Danielle zuckte die Schultern. „Was machen wir nun?“

„Wir vertreiben uns die Zeit!“, sagte ich und zeigte auf die Couch. „Lass uns etwas Liebe machen!“

„Das würde ich besser bleiben lassen“, lachte sie. „Du willst doch keinen Porno drehen?“ Sie wies mit dem Finger auf die zwei Ecken des Raumes, in denen Überwachungskameras auf uns herab glotzten.

„Na, dann setzen wir uns eben nur und lesen ein bisschen in einem Buch – genug Literatur haben wir hier ja.“ Ich zeigte auf die Bücherwände.

„Gut, dass wir schon gegessen haben – ich glaube nicht, dass wir hier etwas angeboten bekommen“, scherzte Danielle, während wir uns in die alten, aber bequemen Sessel fallen ließen. „Quatschen wir ein bisschen miteinander – da vergeht die Zeit. Er kann uns ja auch nicht endlos hier eingesperrt lassen.“

Das aber war ein Irrtum, wie wir allmählich im Laufe der nächsten Stunde bemerkten. Unsere Handys waren auch weg. Wir konnten niemand um Hilfe rufen, beispielsweise die Polizei. Und die Tür sah so stabil aus, dass wir sie nicht mal mit einer Brechstange aufbekommen hätten. Abgesehen davon, dass wir sowas gar nicht zur Hand hatten.

„Erzähle mal einen Schlag aus deinem Leben“, schlug Danielle vor. „Ich weiß gar nicht viel von dir, außer dass du zwei verkorkste Ehen hattest und an so einer Journalistenfakultät studiert hast.“

„Ach, was gibt’s da schon. Meine Eltern sind zeitig gestorben – beide gemeinsam bei einem Autounfall. Deshalb bin ich bei meinem Großvater aufgezogen worden, der zuerst der Nazipartei, der NSDAP, dann der SPD und schließlich der kommunistischen SED angehört hat. Er ist sehr alt geworden und als er tot war, habe ich ihn sehr vermisst. Ich bin in Leipzig groß geworden, lebe aber seit einer gefühlten Ewigkeit in Berlin…" Ich glaube, ich redete wie ein Wasserfall. Aber manchmal hat man das Gefühl etwas loszuwerden und so erzählte ich auch, wie ich in Finnland einen alten Freund und Studienkameraden erschossen aufgefunden hatte und was danach alles passiert war. Und dass mich ein eifersüchtiger Ehemann, ein psychopathischer Mörder, der alle ehemaligen Liebhaber seiner Frau töten wollte, in Leipzig umbringen wollte. Dass ich dort in der Stadt eine rothaarige Polizistin getroffen hatte, nach der ich mich noch heute manchmal sehne, erzählte ich ihr nicht. Frauen mögen nicht, wenn man im Herzen noch das Bild einer anderen Dame aufbewahrt.

Danielle war eine ausgezeichnete Zuhörerin. Sie unterbrach mich kaum, stellte nur wenige Fragen und sah mich mit Blicken an, die von Zuneigung, aber an manchen Stellen meiner Erzählung auch von Mitgefühl sprachen.

„Jetzt musst du aber auch einmal…", setzte ich schließlich an, aber da wurde die Tür aufgeschlossen und wir sprangen auf.

Der blinde Sean trat ein und hinter ihm ein Mann, der wie ein großer Teddybär aussah. Knuffig. Riesig, Breit. Und weichlich. Er steckte in einem taubengrauen Anzug, der in einem Laden für Übergrößen gekauft worden war, trug eine Weste und ein rosa Oberhemd.

Hinter ihm kamen zwei Männer ins Zimmer, die im Gegensatz zu ihm ziemlich harte Kerle waren. Mitte vierzig. Salopp gekleidet. Mit Pistolen in den Händen. Ich sah, dass sie mit der Heckler& Koch P7 ausgerüstet waren – mit einer Kanone, mit der sie sofort losschießen konnten, ein Ding ohne einen Sicherungshebel. Die P7 besitzt einen

Spanngriff, mit dem der Angreifer durch das Schließen der Hand die Waffe schussbereit macht. Deshalb kann die Pistole durchgeladen durch die Gegend getragen werden, ohne dass etwas passieren kann. Wir hatten also sehr schlechte Karten.

Der große Teddybär ließ sich in einen der Sessel fallen, der schmerzlich aufquietschte. Die beiden Männer blieben im Raum stehen. Der blinde Sean lehnte sich an eine Bücherwand.

„Gräfenberg", stellte sich der große Dicke vor. „Und Sie sind?"

„Ach nee – Gräfenberg?", sagte Danielle etwas spöttisch. „Ist das nicht der, der den G-Punkt entdeckt hat?" Sie grinste, obwohl die Situation nicht zum Spaßen war. Mir beispielsweise rutschte gerade das Herz in die Hose angesichts der Streitmacht, die gegen uns aufgefahren war.

„Nix mit G-Punkt", grinste der Dicke. „Den muss ich auch nicht suchen. Ich bin schwul. Und das ist ok!"

„Na, los – stellt euch mal fix vor", zischte Sean. „Ich würde auch gern wissen, was ihr eigentlich für Vögel seid."

„Also, wenn ich so freundlich gefragt werde, tue ich das gern. Dürfen wir uns zu ihnen setzen?"

„Soweit kommt's noch", sagte das Weichei, das den harten Max spielte. Der Kerl war mir äußerst unsympathisch. Nicht weil er schwul war – ich habe selbst gute Freunde, die es sind, und bin der Meinung, dass daran nichts auszusetzen ist, wenn ein Mann eben Männer liebt. Sondern weil er so fies wirkte.

Jedenfalls standen wir in der guten Stube herum wie bestellt und nicht abgeholt. Danielle lehnte am Tisch und stützte sich auf dessen Platte. Ich machte Männchen vor dem Weichei, und die beiden Pistolenfritzen blieben in etwas Abstand so stehen, dass sie uns alle gut im Blick hatten.

„Na schön!“, sagte ich. „mein Name ist Thomas Webb und ich bin Journalist“

„Ein Zeitungsschmierer!“, höhnte der Mann im Sessel. „Ich habe gehört, Sie stecken Ihre Nase in Angelegenheiten, die Sie nichts angehen.“

„Das kommt bei mir manchmal vor“, entgegnete ich. „Das ist eine Berufskrankheit.“

„Manche Krankheiten gehen tödlich aus – wussten Sie das nicht?“ Der Dicke rutschte im Sessel hin und her. Irgendwie war der zu eng für ihn. Aber aufstehen wollte er auch nicht.

„Und was ist die Tussi? Auch bei der Presse?“ Er zeigte mit einem Wurstfinger auf Danielle.

„Sie ist eine Freundin von mir und hat mich nur begleitet.“

„Das hätte sie besser nicht tun sollen“, Weichei schüttelte den Kopf. „Na ja – egal. Erzählen Sie mir mal ein bisschen, welcher Wind Sie zu mir geweht hat…“

„O.k.“, sagte ich und begann mit dem Schlag auf meinen Kopf auf der „Bella Auranta“, dem Zettel an der Unterseite meiner Kabinenschublade und endete mit meinem Besuch bei O'Sullivan, dem Mann, der mich zum blinden Sean weitergeschickt hatte.

Nachdem ich fertig war, knetete Gräfenberg nachdenklich an seinen Fingern herum, die dabei hörbar knackten. Schließlich blickte er mir direkt in die Augen.

„Ich glaube nicht, dass ich Sie beide wieder gehen lassen sollte“, er zuckte bedauernd die Achseln. „Es wäre zu riskant für mich und für andere.“

Kaum hatte er das gesagt, da fiel Danielle auf die Knie und heulte los. „Bitte – tun Sie uns nichts. Wir verraten auch kein Wort von dem, was wir erlebt haben.“

„Bring die Tussi zur Ruhe“, zischte Gräfenberg einen der beiden Männer an. Der ging auf sie zu. Ich hob abwehrend die Arme, woraufhin sich der zweite Mann direkt vor mir aufbaute.

„Man schlägt keine Frau!", brüllte ich.

Es interessierte niemand.

Der Kerl stellte sich vor der weinenden Danielle auf, legte seine Waffe auf den Tisch und wollte meine Begleiterin an ihren Haaren gewaltsam hochziehen.

Es war unglaublich, was ich im nächsten Moment sah.

Danielle holte mit den Fäusten aus und schlug mit aller Kraft dem Mann zwischen die Beine, was für sie aus ihrer knienden Stellung besonders effektiv war. Ihr Gegenüber schrie auf, beugte sich vor Schmerz nach vorn und bekam von ihr, die jetzt aufgesprungen war, einen enormen Hieb mit der Handkante ins Genick. Er stolperte, richtete sich halb auf, aber Danielle tänzelte vor ihm hin und her und kickte ihm mit dem rechten Bein mit aller Kraft gegen den Brustkorb.

Während Gräfenberg im Sessel sitzen blieb und sich die Szene anschaute, als wäre er im Kino, stürzten der blinde Sean und der zweite Mann zu Danielle hinüber. Ich hatte keine Zeit mehr, zu beobachten, was sie mit ihrem Angreifer anstellte, sondern stellte Sean ein Bein, als er an mir vorbeirannte. Er fiel etwas unglücklich gegen die Tischkante und war dadurch vorerst außer Gefecht gesetzt.

Dann widmete ich mich dem zweiten Mann, der jetzt mit gezogener Waffe auf Danielle zustürzte. Ich ging ihn von hinten an und zog ihm, während er taumelte, mit meinem rechten Fuß das linke Bein weg. Er wäre beinahe gestürzt, aber konnte sich gerade noch abfangen. Wütend drehte er sich um.

„Ich puste dir das Gehirn aus dem Kopf", schrie er und hob die P7, die er in der Hand hielt. Siedend heiß wurde mir, als ich das typische Knacken hörte, mit dem er durch das Schließen seiner Hand um den Spanngriff seine Pistole schussfertig machte. Ich hob die Hände, aber das würde mich nicht mehr retten. Wenn behauptet wird, kurz vor dem Tod läuft das Leben noch einmal wie ein Film vor einem ab, dann ist das absoluter Humbug. Denn noch niemand hat einen Gestorbenen danach fragen können. Und so einen blöden Film, wie den über mein Leben, möchte ich auch nicht als Letztes sehen.

Der Schuss klang laut. Ein zweiter Schuss folgte. Irgendwas surrte an mir vorbei und klatschte in die Bücherwand.

Ich blickte auf mein Shirt. Fuhr mit der Hand übers Gesicht. Nirgendwo Blut.

Dann sah ich Danielle. Sie hielt die Waffe des von ihr niedergeschlagenen Gegners in der Hand und ließ sie sinken. Aus der Mündung kam ein dünner Rauchfaden.

„Ich dachte schon, es geht schief", sagte sie leise. „Als er getroffen war und im Fallen doch noch abdrückte. Das Geschoss ist haarscharf an dir vorbei gesaust."

„Ich glaube, ich muss mich setzen", sagte ich. Und nahm neben Gräfenberg im Nachbarsessel Platz. Das Weichei hing kreidebleich in den Polstern und sah zu, wie Danielle die Vorhänge an den Fenstern herunterriss, um mit den dazugehörigen Schnüren die daliegenden Männer fachgerecht zu fesseln. Als sie damit fertig war, beugte sie sich über die Liegenden.

„Zwei leben", sie zeigte auf den blinden Sean und den Mann, der sie angegriffen hatte.

„Und der ist tot!", eine Handbewegung zu meinem Angreifer. „Der wird nicht wieder!" Es klang ziemlich kalt und gleichgültig. Mich berührte schon heftig, dass wegen mir jemand gestorben war. Na gut, er hatte mich erschießen wollen. Aber wie konnte sie das so cool verkraften?

„Danke, dass du mir das Leben gerettet hast", murmelte ich.

„Schon gut", sagte sie. „Mach dir keinen Kopf, dass er dabei draufgegangen ist." Ich zuckte zusammen, wie ungerührt sie das sagte. Hatte sie einen Schock? Oder war sie so? Ich sah sie plötzlich mit anderen Augen an. Aber sie drückte mich fest an sich und blickte mir offen in die Augen. „Ich konnte doch nicht zulassen, dass er dich umbringt."

Gräfenberg blickte finster zu uns. Erst zu mir und dann zu ihr.

„Was nun?", fragte ich Danielle.

17. Unter Druck

„Und wenn Sie mich totschlagen – von mir erfahren Sie gar nichts!", stieß Gräfenberg hervor. Er presste die Lippen fest aufeinander und fuhr sich mit dem Zeigefinger quer darüber, um uns zu bedeuten: Mein Mund ist und bleibt verschlossen.

Wir hatten den Raum gewechselt und uns mit ihm in ein wohnlicheres Zimmer begeben. Die beiden Gefesselten auf dem Fußboden der Bibliothek mussten nicht alles mithören, was jetzt besprochen wurde. Besonders die Auskünfte, die wir vom Weichei erfahren wollten, waren nicht für ihre Ohren bestimmt. Vor ihnen würde er keinesfalls etwas sagen.

Wir hatten Gräfenberg in einem Fernsehsessel verstaut, der supermodern aussah und an den Lehnen Tasten besaß, mit denen sich der darin Sitzende bis in die Rückenlage und zurück hin und her fahren lassen konnte. Unser Gefangener – denn das war er mehr oder weniger – hatte ein bisschen an den Knöpfen herumgespielt, bis es für ihn bequem war. Jetzt saß er da und blickte uns trotzig an.

„Kein Wort bekommen Sie aus mir heraus!" Er starrte auf den großen leeren Bildschirm ihm gegenüber an der

Wand, der sicher eine Stange Geld gekostet haben mochte. Geld spielte hier offenbar überhaupt keine Rolle, denn das Wohnzimmer war äußerst komfortabel eingerichtet. Da gab es einen Kamin, in dem Holzscheite herum lagen. Einen Esstisch aus Opas Zeiten mit vier Stühlen, auch nicht billig erworben. Eine Kredenz, kunstvoll beschnitzt, auf der Kristallflaschen standen, voll mit Whisky, Cognac und anderen Köstlichkeiten, mit denen man sich die Nase begießen konnte.

Die Wand war bepflastert mit Gemälden. Vor allem waren es Landschaften, aber zwischen ihnen hingen zwei große Porträts von Leuten, die ich absolut scheußlich fand. Nicht, dass sie schlecht gemalt worden waren – nein, die Abgebildeten sahen einfach gruselig aus. Ein älterer Mann mit hervorstehenden Augen, Wabbelbäckchen und einem Mund, wie ich ihn niemals bekommen möchte, auch nicht im Alter. Die Dame, die daneben hing, war nicht viel schöner. Sie hatte ein Dreifachkinn und einen sehr bösartigen Zug im Gesicht, der alles über sie besagte.

„Wer sind diese furchtbaren Leute dort auf den Bildern?“, fragte ich Gräfenberg, denn das wollte ich unbedingt wissen.

„Furchtbar?“ Er rollte vor Ärger mit den Augen. „Das sind meine Eltern. Meine Familie ist vor langer Zeit aus Schweden hierhergekommen. Leider sind beide längst tot.“

„Hm!“, sagte ich. „Sie sind einem guten Maler in die Hände gefallen. Lebensecht getroffen.“

„Tom – lass den Blödsinn“, mischte sich Danielle ein. Und zu Gräfenberg gewandt: „Sie werden uns jetzt sagen, was mit der Kassette und dem darin befindlichen Video ist, das Ihnen der blinde Sean übergeben hat. Wo ist das Zeug?“

„Nichts sage ich!“, grinste der Dicke. Er markierte wieder den harten Max. „Wie wollen Sie mich dazu zwingen?“

Danielle blickte mich an. „Tom – geh mal raus! Sieh dich ein bisschen im Haus um und komm in fünf Minuten wieder."

„Haha!", lachte der Dicke. „Auch auf die nette weiche Tour bekommen Sie aus mir nichts heraus, meine Dame."

Ich hörte ihn noch unendlich lachen, als ich schon im Vorraum stand und mich dann zur Treppe hinaufbegab, um zu schauen, wie sich Gräfenberg da oben eingerichtet hatte. Es gab da alles Mögliche, vor allem ein pompös eingerichtetes Schlafzimmer und zwei einfache Zimmer mit Betten, letztere wahrscheinlich für die beiden Bodyguards, von denen jetzt einer gut verschnürt im Erdgeschoss lag und der andere zu früh von uns gegangen war. Ich hatte genug gesehen und ging wieder nach unten, zum Wohnzimmer.

Schon als ich die Tür öffnete, hörte ich, dass Gräfenberg wie ein Buch redete.

„…er heißt Michael Kowalski. War vor einer Unendlichkeit gemeinsam mit George Wilkins an einer Aktion der CIA in einem Nest namens Poix in Belgien beteiligt. Etwa 1975 oder so. Da ging es irgendwie darum, einen wichtigen sowjetischen Politiker umzudrehen – er sollte als „Maulwurf" für die Amis gewonnen werden. Wilkins war dafür verantwortlich, dass die Bude, in der die Anwerbung stattfinden sollte, sauber – also nicht verwanzt war. Doch der gute George witterte Morgenluft und hat selbst eine kleine Kamera genau in jenem Zimmer installiert, in dem das Gespräch stattfinden sollte. Kowalski hat ihm dabei geholfen…"

Ich trat ein. Danielle warf mir einen unzufriedenen Blick zu. Ich störte.

Gräfenberg stockte. Er sah kreideweiß aus, als hätte er furchtbare Angst. Dann redete er weiter. „Das Video von Wilkins landete letztendlich, wie Sie wissen, bei mir. Doch vor einiger Zeit tauchte Kowalski auf und verlangte die Kassette. Er brach sie auf, nahm das Video heraus und überspielte es auf meinem Recorder auf eine DVD. Er hatte mit den Russen Kontakt aufgenommen, mit jemand vom SWR, den er von früher aus dessen KGB-Zeiten kannte. Geheimdienste sind ja immer wie große Familien. Dem hat er angeboten, ihm eine heiße Ware zu verkaufen, die für die Russen brennend interessant wäre. Dann hat er das brisante Video gelöscht, indem er es mit „American Beauty", das gerade im TV kam, überspielte – er hatte immer schon einen seltsamen Humor."

„Und Sie haben ihn nicht daran gehindert?" fragte ich.

„Sie kennen Kowalski nicht. Ich war froh noch zu leben, als er ging." Gräfenberg schüttelte sich in Erinnerung an diese Begegnung. „Ich habe versucht, nicht mehr an diesen Besuch zu denken."

„Bis dieser Wilkins kam – vor ein paar Wochen?", fragte Danielle.

„Ja – da kam alles wieder hoch. Wilkins tobte und ging auf mich los. Er hätte mich vor Wut beinahe erwürgt. Schließlich hat er gesagt, er würde Kowalski schon irgendwie kriegen, dann stieg er in seinen Mietwagen und fuhr weg."

„Haben Sie sich das Video angeschaut? Oder die DVD?", wollte Danielle wissen.

„Um Gotteswillen – Wilkins wie auch Kowalski hatten doch erwähnt, es ginge um eine ganz heiße Sache. Tödlich für jeden, der davon wissen würde. Ich wollte da nicht mit hineingezogen werden. Nein, Kowalski hat die Überspielung gemacht, während ich draußen im Park mit dem Hund spazieren gegangen bin." Er seufzte. „Lassen Sie mich leben?"

Danielle winkte mich zur Tür hinaus. Draußen flüsterte sie: „Ich glaube, wir können ihn laufen lassen. Er wird seine Kumpane befreien, aber mehr nicht. Den Toten werden sie irgendwie entsorgen. Weder Gräfenberg noch seine Leute rufen die Polizei. Dafür haben sie selbst zuviel Dreck am Stecken."

Wir gingen wieder hinein. „Schauen Sie auf die Uhr über der Kredenz", sagte ich. „Sie bleiben exakt eine halbe Stunde brav sitzen. Wir sehen uns noch ein bisschen auf dem Gelände um und wenn wir auch nur Ihre Nase sehen, pusten wir Sie um." Danielle nickte und zog die P7 hinten aus ihrem Hosenbund, um damit hin und her zu wedeln. Dann steckte sie die Pistole wieder weg.

„Ich tue, was Sie wollen!" Der Dicke war kurz davor zu weinen. Er hatte wahrscheinlich erwartet, aus seinem Dilemma nicht lebendig heraus zu kommen.

„Die Uhr – blicken Sie genau hin!"

Er schnaufte vor sich hin, als wir hinter ihm die Tür zuschlossen. Besser ist besser. Auch den Schlüssel der Bibliothekstür drehten wir um. Irgendwie würden die Kerle alle schon wieder ins Freie kommen.

„Unsere Rucksäcke!" Danielle schrie leicht auf. Wir hatten sie in der Bibliothek vergessen, wo wir sie abgelegt hatten, als man uns einsperrte. Wir gingen also noch einmal in den Raum hinein, wo wir von den hasserfüllten Blicken der beiden gut verschnürten Daliegenden verfolgt wurden, und holten uns unser Gepäck. Dann schlossen wir von außen wieder ab.

„Die Pistole!", sagte Danielle. Sie zog die P7 aus ihrem Hosenbund und hielt sie unschlüssig in der Hand.

„Hier hast du was, um deine Fingerabdrücke abzuwischen", sagte ich und reichte ihr mein Fläschchen mit Desinfektionsmittel aus dem Rucksack und ein Taschentuch. Sie rieb alle Spuren von der Waffe ab, die sie dann draußen in einem der steinernen Blumenkübel versenkte. Dann begaben wir uns zum Jaguar des blinden Sean.

„Vorsicht, Tom!“, rief Danielle aus.

Ich zuckte zusammen und blickte um mich herum. Blieb sofort stehen. Aber da war nichts.

„Der arme schwarze Käfer dort“, sie zeigte auf ein winziges Tier, das auf dem Weg lag. „Er ist auf den Rücken gefallen und kann nicht weiter. Beinahe wärst du auf ihn getreten.“ Sie bückte sich, nahm einen Zweig in die Hand und richtete den Käfer wieder auf. Er krabbelte sofort davon.

„Du hast aber ein gutes Herz“, sagte ich anerkennend. Dann liefen wir noch einige Schritte. Die Wagentüren des Jaguars waren offen. Der Autoschlüssel steckte. Unsere Handys befanden sich im Handschuhfach. Alles war so, wie es ist, wenn man anständige, ehrliche Leute besucht. Ich setzte mich hinters Lenkrad und startete mit einem Knopfdruck den Motor.

„Deine Show war übrigens großartig – wie du losgeweint hast und gejammert“, sagte ich.

„Anders hätte es nicht funktioniert, den Kerl so dicht zu mir zu locken. Nur dadurch konnte ich ihn fertigmachen“, erklärte Danielle. „Was ich da mit ihm getan habe, wurde mir mal in einem Abendskurs für Frauen beigebracht. Wie sie sich bei einem Überfall wehren können.“ Sie machte eine Pause, um über etwas nachzudenken. „Weißt du überhaupt, wo wir sind?“

„Null Ahnung“, sagte ich. „Aber in der Karre ist ein Navi eingebaut. Damit werden wir nach Glasgow zurückfinden.“ Ich fummelte an dem Gerät herum, kam aber damit nicht zurecht.

„Lass mich mal“, schlug meine Begleiterin vor. Nach etwa fünf Minuten hatte sie das Ding eingerichtet und „Glasgow Central Station – Gordon Street“ eingegeben.

„Du kannst!“, lachte sie.

Der Motor des Jaguars schnurrte leise. Ich betätigte die Automatik und wir fuhren vom Hofe. Draußen starrte ich abwechselnd auf die Straße und das Navi, in dem eine Frauenstimme englisch plapperte, und versuchte auf der richtigen Fahrspur zu bleiben.

„Sag mal“, wollte ich wissen, „wie hast du denn den Dicken dazu gekriegt, dass er schließlich doch wie ein Wasserfall geplaudert hat?“

Sie lachte. „Das willst du lieber besser nicht wissen.“

„Oh doch!“, sagte ich. „Es war eine Meisterleistung.“

„War es nicht“, sagte sie. „Ich habe ihm gedroht, in die Küche zu gehen. Ein Messer zu holen. Ihm den Bauch aufzuschneiden. Die Gedärme herauszuziehen. Und dann den Hund von draußen reinzuholen. Da wurde er sofort gesprächig.“

Ich schrak zusammen. „Das hättest du doch nicht wirklich getan. Das ist doch ekelhaft.“

„Warum nicht?“, verteidigte sich Danielle. Ich blickte rasch zu ihr hinüber. Sie sah nett und unschuldig aus. Wie konnte sie auf solche Ideen kommen? Ich musste daran denken, wie lieb sie eben noch zu diesem kleinen schwarzen Käfer gewesen war. Steckten in ihr eine helle und eine dunkle Seite zugleich?

„Aber du hast es doch nicht ernst gemeint?“, zweifelte ich.

„Natürlich nicht!“, bestätigte sie mir. „Es war halt nur eine Drohung und die hat gewirkt. Er hat beinahe in die Hosen gemacht.“ Aber sie sah so drein, als wären es nicht nur leere Worte gewesen.

Ich schwieg. Ich konnte nicht fassen, dass sie das getan hatte. So kannte ich sie gar nicht. Auch dass sie einen Menschen erschossen hatte, schien sie nicht zu berühren.

„Siehst du – ich hätte es für mich behalten sollen“, sie legte ihre Hand auf meinen Oberschenkel. Ich schob sie nicht weg, aber diesmal war es mir etwas unangenehm.

„Bist du nun zufrieden, dass du erfahren hast, was mit dem Video geschehen ist?“, fragte sie schließlich nach einer längeren Pause.

„Ja!“, gab ich zu. „Und damit ist mein Interesse an dieser Geschichte erloschen. Diesen Kowalski werden wir nie finden und die DVD auch nicht. Ich schlage mir also aus dem Kopf, aus dieser brisanten Geschichte eine heiße Story zu stricken, die ich an ein Magazin verkaufen und dadurch einen Journalistenpreis bekommen kann.“ Ich lachte. Eigentlich hatte der Schlag auf meinen Kopf das Interesse an der ganzen Sache ausgelöst. Egal – vorbei. Ich würde nicht mehr im Sand buddeln, um dieser Sache auf den Grund zu gehen.

Dann lehnte sie sich in das genarbte Leder der Rückenlehne zurück und schloss die Augen. Minuten später hörte ich sie leise atmen. Die Frau hatte Nerven! Nach allem, was wir heute erlebt hatten, im Auto einfach einzuschlafen. Sie wachte erst wieder auf, als ich unterwegs scharf bremste.

„Was ist?“, wollte sie wissen. „Werden wir verfolgt?“

„Nein!“, sagte ich. „Ich muss bloß mal nachdenken. Was mag denn bloß auf diesem verdammten Video drauf sein, dass alle so scharf hinter ihm her sind? Wer Kennedy wirklich ermordet hat, kann es nicht sein. Das war viel früher. Dass die Mondlandung gefakt sein könnte, sicherlich auch nicht. Lenins einbalsamierter Körper im Kreml – eine vertauschte Leiche? Kaum! Geheime Absprachen zwischen den vier Großmächten über Westberlin? Niemals. Oder doch? Zum Teufel! Was ist im belgischen Poix geschehen? Bloß die Anwerbung eines Spions? Nein, da muss etwas Besonderes gewesen sein, was nicht herauskommen soll.

Sonst wären die Amis und die Russen nicht so aufgescheucht!“

„Jetzt höre mal auf, im politischen Kaffeesatz zu lesen“, spöttelte Danielle. „Fahr mal weiter – sonst verpassen wir Zug und Schiff.“

Ich gehorchte und legte den Gang wieder ein. Ein Blick auf meine Armbanduhr besagte, dass ich die zulässige Höchstgeschwindigkeit überschreiten müsste. Gottlob gab es unterwegs keine Polizeikontrolle. Mit kreischenden Reifen fuhr ich vor der Glasgow Central Station vor.

„Wie spät ist es?“, fragte Danielle, wartete die Antwort aber gar nicht ab, sondern schaute auch auf ihre Armbanduhr.

„Zu spät!“, sagte ich. „Wenn wir den nächsten Zug nicht kriegen, dann können wir unserer schönen Kreuzfahrt für immer Tschüss sagen.“

Hastig stiegen wir aus.

„Hier können Sie den Wagen nicht stehen lassen“, schimpfte ein Mann mit einer orangefarbenen Warnweste.

„Fahren Sie ihn weg!“, rief ich und warf ihm die Autoschlüssel zu. Er fing sie mit der rechten Hand auf und starrte uns nur an, folgte uns aber nicht, als wir in die Bahnhofshalle stürzten. Wir rannten wie die Verrückten zur Anzeigentafel, auf der die Abfahrten der nächsten Züge in Leuchtbuchstaben zu sehen waren. Kein „Greenock“ zu lesen.

„Vor den Bahnsteigen sind noch mehr Leuchttafeln“, Danielle zeigte nach rechts. Wir bogen ab und rannten dorthin. Drei Bahnsteige – nichts. Vor dem vierten dann das, was wir suchten. „17:07 – Platform 15“. Der Zug nach Gourock, zu dem alle Stationen angezeigt wurden, an denen er hielt. Die zwölfte war Greenock Central.

Der Zeiger der großen Bahnhofsuhr über unseren Köpfen bewegte sich auf Fünf nach Fünf. Wir liefen zum

Bahnsteig 15, holten unsere Rückfahrttickets aus den Rucksäcken und schoben sie in den Automaten an der Sperre.

Ein Blick auf meine Armbanduhr. 17:06 Uhr. Ich zerrte Danielle am linken Arm hinter mir her. Der blaugelbe Zug stand noch auf dem Gleis. Die Türen waren noch offen.

Wir sprangen in den letzten Wagen.

17:07 Uhr – da bewegte sich auch schon der Zug.

Atemlos ließen wir uns in die blauen, gemusterten Polster fallen. „Das war knapp“, sagte Danielle keuchend.

„Es ist trotzdem nicht gesagt, dass wir bis 18:30 Uhr unser Schiff noch bekommen“, meinte ich leicht pessimistisch. „Wir fahren über eine Stunde. Dann müssen wir noch etwa zwanzig Minuten durch die Stadt laufen, ehe wir am Greenock Ocean Terminal sind. Wahrscheinlich ist die Gangway dann schon eingezogen, wenn wir auf der Pier stehen.“

„Wenn du denkst, es geht nicht mehr, kommt irgendwo ein Lichtlein her“, versuchte Danielle mich zu beruhigen.

Wir hatten WLAN im Zug. Danielle googelte „Poix“. Sie nickte mir zu. „Den Ort gibt’s zweimal in Europa. Einmal in Belgien und einmal in Frankreich. Beides kleine Nester, keine großen Städte.“

„Vielleicht haben sich Fuchs und Hase dort „Gute Nacht“ gesagt“, murmelte ich müde. Ich ahnte nicht, wie nahe ich damit der Wahrheit kam.

Wir kamen eine Viertelstunde zu spät an. Das Zeltdach, unter dem sich vor dem Schiff das kontrollierende Personal vor Wind und Wetter schützte, war schon abgebaut. Aber die beiden Crewmitglieder standen noch da, um unsere Bordkarten zu kontrollieren, und die Gangway war auch noch da.

„Uns fehlt noch eine Person!“, sagte einer der Kontrolleure. „Auf sie warten wir immer noch. Es kann natürlich sein, irgendwie ist sie oben beim Checken der Bordkarte nicht richtig erfasst worden, irgendwie durchgerutscht, und sitzt jetzt schon an einer Bar oder in der Kabine."

Tatsächlich war man sich auf dem Schiff nicht ganz sicher, ob der Fehlende nun noch an Land oder an Bord war. Denn mehrmals hörten wir in den nächsten zehn Minuten die Durchsage, Herr Sowieso solle sich unbedingt dringend an der Rezeption melden. Ich weiß nicht, ob sie ihn gefunden oder abgeschrieben haben – jedenfalls legten wir mit Verspätung ab.

Danielle und ich wollten uns zum Abendessen wieder beim „Ambassador" treffen.

Oben in der Kabine warf ich den Rucksack ab und warf mich aufs Bett. Ehrlich – ich war fix und fertig und durcheinander.

Auf dem Weg zum Hauptrestaurant begegnete ich den Nimmers. Sie turtelten wie üblich heftig miteinander und irgendwie ging mir das allmählich auf die Nerven.

„Na, wie war der Glasgow-Ausflug?", wollte Silvana Nimmer-Oede wissen.

„Schön!", sagte ich einsilbig. „Und was gibt's Neues an Bord?"

„Zwei steinalte Rentner haben sich heute blutig gekloppt, weil sie sich um dieselbe Liege auf dem Pooldeck gestritten haben – gleich heute früh war dieser Showdown, ehe auch wir in die Stadt sind", erzählte Hendrik Nimmer.

„Wer hat gewonnen?", fragte ich.

„Bella Cruises!", sagte Nimmer. „Man hat die Opas samt ihren Frauen vom Schiff geworfen. Jetzt müssen beide Ehepaare sehen, wie sie heimkommen."

„Jaja", sinnierte ich. „Übermut tut selten gut!"

Wir wechselten noch einige belanglose Worte miteinander, ehe sich unsere Wege trennten. Ihrer führte hinauf ins

Buffetrestaurant, meiner hinab ins „Ambassador". Wie schon einmal, wartete ich vor dem Eingang auf Danielle.

Und da kam sie schon. Frisch, munter, lächelnd. Keine Spur mehr von den Strapazen des Tages. Gut geschminkt. Wieder auf schicken Absatzschuhen.

Sie warf mir einen verführerischen Blick zu.

Da wurde ich ganz happy und vergaß, wie sie Gräfenberg eingeheizt hatte. Jeder Mensch hat eben zwei Seiten! Eine helle und eine dunkle!

18. Der neunte Tag

Ich wachte am übernächsten Tag ziemlich spät auf. Jedenfalls spät für meine Begriffe – 8:20 Uhr. Es war gestern, am dritten Seetag, noch lange geworden. Danielle und ich hatten uns abends in der Nachtbar am Heck der „Bella Auranta" getroffen, nachdem am Tag jeder sein Ding gemacht hatte, dort wenig getrunken, aber viel getanzt. Sie hatten dort eine gute Drei-Mann-Band, die nicht nur gestrigen Schrott für die Älteren an Bord, sondern auch immer wieder dazwischen die neuesten Hits spielte. Gegen halb Elf hatten wir uns untergehakt und waren in Richtung Bett verschwunden. Jeder in seines diesmal. So gab ich Danielle vor ihrer Kabine rasch noch einen Kuss und verdrückte mich dann in meine Bude. Danielle wollte ja auch sehr zeitig aufstehen, weil sie sich für eine Rundfahrt durch die weitläufige Landschaft der Orkney Inseln angemeldet hatte, zu irgendwelchen bedeutenden archäologischen Stätten, die es da gab. Sie hatten beispielsweise einen prähistorischen Steinkreis, der „Ring of Brodgar" hieß, und lauter solche Sachen, für die ich mich nun mal wieder überhaupt nicht interessierte. Danielle jedenfalls war ganz scharf darauf, das alte Zeug zu sehen.

Wahrscheinlich befand sie sich schon in einem der Ausflugsbusse, als ich im Buffetrestaurant „Perle“ aufkreuzte. Hier musste man sich beim Essen auf hochbeinige Hocker setzen, was offensichtlich nicht jedermanns Sache war. Denn im Gegensatz beispielsweise zum “Vista Bellissima“ gab es hier kein Gedränge und Geschubse vor den Buffets oder in den Gängen.

Allerdings hatte sich auch hier heute Gottes großer Zoo versammelt. Hinten im Raum, zwischen Blumenschmuck und Pfeilern, sah ich an einem Tisch die Turteltauben der Nation frühstücken, die Nimmers. Und Blasius schob sich gerade an der Station für Spiegeleier vorbei, den Teller krampfhaft in seinen etwas zitternden Händen haltend. Paul und sein wachsamer Herr Lohmann waren nicht zu sehen, aber dafür der „Loser“. Er saß etwa vier Tische entfernt von meinem ausgewählten Platz und gab wieder mal eine Extravorstellung. Denn er hatte es geschafft, die weiße Bluse seiner Tischnachbarin beim Hinsetzen mit Senf zu bekleckern und wischte jetzt mit einem blitzartig hervorgeholten Taschentuch an den Brüsten der Dame herum. Der Lärm, den die Frau und ihr Ehemann darauf hin veranstalteten, zog nicht nur alle Aufmerksamkeit der Frühstückenden im Raum auf sich. Er rief auch das Personal auf den Plan, das mit dem „Loser“ diskutierte. Wütend eilte Herr Ungeschick an mir vorbei und suchte sich einen anderen Platz. Dort warf er zweimal beim Gang zum Buffet seinen hochbeinigen Stuhl um, weil er mit dem Schuhabsatz am Stuhlbein hängen blieb – ringsum brandete jedes Mal Gelächter auf. Verärgert ließ er sein Essen stehen und eilte wahrscheinlich in ein anderes Restaurant, wo er weiß Gott was wieder anstellen würde. Er konnte nichts dafür – er war so!

Ich holte mir Nürnberger Würstchen, gut gebraten, Käse, Butter und Brot und genoss den Blick aus den Fenstern hinaus auf die Gegend, in der wir geankert hatten.

Eine Stunde später war ich auch unterwegs. Wir hatten am neunten Tag unserer Reise, die Abfahrt in Hamburg mitgerechnet, am Hatson Cruise Ship Berth in Kirkwall angelegt, vier Kilometer entfernt von der Hauptstadt der Orkney Inseln. Die Stadt hat eine uralte Geschichte – sie soll im Jahr 1046 schon in einer Saga erwähnt worden sein. Heute wohnen hier etwa 8.500 Einwohner. Zu den Kreuzfahrt-Passagieren ist man nett – der Shuttlebus-Service vom Liegeplatz in die Stadt ist kostenlos und die Busse fahren oft. Ich nutzte diese Gelegenheit und gelangte so zum Kirkwall Travel Centre, wo mir ein junger Angestellter zu einem Stadtplan verhalf, auf dem alle Sehenswürdigkeiten, Straßen, Geschäfte, Geldautomaten und Toiletten aufgeführt waren.

Derart ausgerüstet stiefelte ich los, die Stadt zu erkunden. Schon an der Ecke Castle Street erblickte ich die St. Magnus Cathedral, die sich mit ihrem wuchtigen sandsteinroten Bau und ihrem hohen, spitzen Turm über mich erhob. Wie andere Passagiere spaziere ich auch in die Kirche hinein und sah voller Überraschung mitten im Kirchenschiff meinen alten Studienkameraden Paul stehen. Ohne seinen Beschützer Lohmann.

Er war in Gedanken versunken und zuckte zusammen, als ich ihm auf die Schulter tippte.

„Ach, du…“, sagte er dann.

„Wer sonst?“, entgegnete ich.

Wir schwiegen eine Runde gemeinsam. Dann sah er mich an. „Ist doch beeindruckend hier!“ Ich nickte. „Weißt du“, fuhr er fort, „dass der Heilige Magnus im 12. Jahrhundert von seinem eigenen Vetter umgebracht worden ist? Das heißt, der hat es nicht selbst getan, sondern den betenden Magnus durch seinen Koch mit einem Axthieb auf den Kopf töten lassen."

„Das ist aber nicht die feine englische Art", schüttelte ich den Kopf.

„Nach seinem Tod rankten sich um sein Grab in Birsay viele Wunder, und seine Gebeine wurden später nach Kirkwall gebracht. Sie liegen in den Säulen des Chors dieser Kathedrale."

„Paul – du bist ja ein Ausbund von Wissen", staunte ich.

Er verbarg eine kleine Broschüre in seiner rechten Hand hinter dem Rücken.

„Na ja – man ist ja nicht doof!"

So war er schon an der Universität gewesen – ein großer Bluffer, und damit war er gut durchs Studium gekommen. Er hatte es sogar geschafft, seinen Eintritt in die SED immer wieder mit fadenscheinigen Begründungen hinzuschieben, aber dann musste er diesen Schritt doch tun, wenn er an dieser Fakultät für künftige Parteijournalisten keinen Ärger bekommen wollte. Ich musste unwillkürlich an meine Zeit in Leipzig denken. Die Fakultät für Journalistik war eine politische Betonfabrik gewesen. Ich wundere mich bis heute, dass man uns das Diplom nach Wende und Einheit nicht aberkannt hatte.

„Gut, dass wir uns treffen", meinte Paul. „Ich würde gern mit dir über einige Dinge reden, die mir auf der Seele lasten".

Na, endlich!, dachte ich.

„Aber nicht hier", sagte er. „Vielleicht können wir draußen ein bisschen spazieren gehen."

Ich fand seinen Vorschlag gut und so bogen wir drei Minuten später vor der Kirche in die Palace Road ein. Die Straße heißt so, weil hier The Bishop's Palace und The Earl's Palace auf der rechten Seite stehen. Das sind ein

Stadthaus aus dem 12. Jahrhundert und ein Palast des 17. Jahrhunderts.

„Beeindruckend – immer noch!“, Paul zeigte auf den Earl’s Palace, der zwar auch schon vom Zahn der Zeit angenagt worden war, aber immer noch mit seinen Erkern mit hohen Fenstern und den übrig gebliebenen Resten der oberen Giebelwände ein interessantes Fotoobjekt gewesen wäre, wenn ich den Apparat mitgehabt hätte. Ich machte ein Bild mit dem Smartphone – das konnte ich daheim auch auf den Computer laden.

„Sieht nachts bestimmt spooky aus“, lachte Paul. Dann wurde er ernst. „Ich will dir sagen, weshalb ich diesen Lohmann mit herumschleppe. Ich habe in der letzten Zeit in Berlin ein paar Dinge erlebt, durch die ich etwas paranoid geworden bin. Vor einem Monat bin ich auf einem U-Bahnhof abends überfallen worden. Nur weil Leute kamen, haben die drei Burschen von mir abgelassen.“

„Mann – Paul! Das galt doch nicht dir persönlich! Die wollten irgendeinen platt machen, so ist das. In Berlin kommt das doch abends oder nachts immer wieder vor. Wollten deine Brieftasche. Oder dein Handy. Oder beides. Oder sich nur einen Kick verschaffen.“

Er schüttelte energisch den Kopf. „Eine Woche darauf versuchte mich nachts ein Auto ohne Licht in meiner Straße über den Haufen zu fahren. Der Kerl ist extra auf den Fußweg rauf, um mich zu erwischen. Ich konnte mich gerade noch in einen Hauseingang retten.“

„Einer, der unter Drogen stand! Vielleicht auch ein Besoffener!“ Ich konnte mir nicht vorstellen, dass jemand meinem alten Kumpel an den Kragen wollte. Er war doch harmloser als harmlos.

„Hast du die Frau eines anderen beschlafen?“, fragte ich trotzdem. „Oder mit jemand Streit gehabt?“

Paul schüttelte den Kopf. Er druckste hin und her. „Ich will mich von Stephanie trennen. Weil sie einen anderen hat. Deshalb habe ich auch Lohmann engagiert. Er sollte sie beschatten. Sie und ihren neuen Freund."

„Wo hast du denn Lohmann her?"

„Aus dem Internet. Habe Privatdetektive gegoogelt."

„Und ist er gut?", wollte ich wissen. „Hat er etwas herausgefunden?"

„Und ob!", nickte Paul bedeutungsschwer. „Sie hat einen Lover. Eine Affäre, die scheinbar schon länger geht."

„Hast du ihr schon gesagt, dass du die Scheidung einreichen willst?"

„Habe ich nicht!", Paul zog die Stirn kraus. „Aber ich bin fest entschlossen." Er schritt langsam neben mir her. Wir waren die Watergate Road entlanggelaufen und bogen jetzt in die Victoria Road ein, um wieder auf unseren Ausgangspunkt zurück zu kommen. Links waren kleine Häuser, rechts hinter einer Mauer aus Feldsteinen ein großer Garten, der in viele Parzellen eingeteilt worden war. Ich rieb mir nachdenklich die Stirn.

„Wenn sie es nicht weiß, dann hat sie auch keinen Grund, dich umzubringen", sagte ich weise. „Und warum gleich eine Scheidung? Irgendwann hat man den anderen satt, aber…"

Ich unterbrach mich, weil die Nimmers aus einer kleinen Gasse zwischen niedrigen Steinmauern und winzigen Häuschen anspaziert kamen und uns freudig entgegen winkten.

„Da gibt's noch eine andere Sache. Mist, dass die jetzt kommen. Naja, ein andermal mehr!", sagte Paul. Er biss verärgert wegen der Störung die Zähne zusammen, dass es nur so knirschte, und setzte dann ein hocherfreutes Gesicht auf, um die Beiden herzlich zu begrüßen. So was kann er!

„Wir haben uns ja schon einige Male auf dem Schiff aus der Ferne gesehen. Schön, dass wir uns jetzt näher kennen lernen“, strahlte Silvana Nimmer-Oede meinen alten Studienkameraden an. „Wollen wir gemeinsam etwas essen gehen? Ins St. Magnus Cafe? Das ist einige hundert Meter weiter da vorn in der Hauptstraße.“

Uns fiel keine Ausrede ein, und Kirkwall ist klein, da wären wir uns irgendwo gleich wieder begegnet. Daher saßen wir etwas später auf Holzstühlen in diesem Café unter den anderen Gästen, vorwiegend älteren Semesters, blickten ab und zu hoch auf den Flachbildschirm an der Decke, auf dem Werbung für Hotels auf Orkney lief, kauten einheimische Kost, tranken dazu Kaffee und machten das, was man „vom Pferd reden“ nennt.

Wir wurden die Nimmers nicht mehr los. Jeder Versuch schlug fehl. Sie klebten wie Fliegendreck an uns. Auch im Shuttle setzten sie sich auf die Sitze auf der anderen Seite neben uns und redeten belangloses Zeug. Ich war froh, als wir auf dem Schiff zurück waren. Erst als wir sagten, wir würden die Treppe nehmen, wurden wir die Störenfriede los. Sie stiegen in den Lift. Wir warteten. Dann nahmen wir den nächsten Fahrstuhl.

„Heute Abend suchen wir uns ein ruhiges Plätzchen, wo wir ungestört miteinander reden können“, Paul seufzte auf. „Da gibt es nämlich sehr viel, was mir auf der Seele liegt.“

„Ruf mich an, wenn du Zeit hast“, sagte ich. „9272 – wie die Kabine.“ Er nickte.

Ich stieg in der Neun aus, er fuhr zur Zehn weiter. Ich ging in meinen Bau und machte mich frisch.

Und marschierte zum Mittagessen.

Auf so einem Kreuzfahrtschiff hangelt man sich von einem Essen zum anderen. Man nimmt unweigerlich zu, ob man will oder nicht. So aß ich auch diesmal mehr, als ich wollte. Hinterher war ich etwas müde und legte mich auf der Balkonliege ein Stündchen aufs Ohr. Aus dem Stündchen wurde eine Stunde, und auch als ich wieder aufwachte, blieb ich liegen und sonnte mich ausgiebig.

Drinnen in der Kabine läutete das Telefon.

Danielle, dachte ich.

Aber es war Paul an der Strippe.

„Hast du Lust, auf ein Schwätzchen mit an die „Bella Bar“ zu kommen?“, fragte er. Ich überlegte nicht lange, sondern sagte zu. Ich machte mich noch fertig – zog eine Jeans an und das blaue Shirt mit der weißen Aufschrift „Ocean Front“, dann machte ich mich auf den Weg.

Paul hatte nicht auf einem der Barhocker am Rondell des Tresens Platz genommen, sondern sich einen der Tische an der Fensterfront des Schiffes ausgesucht. Er winkte mir schon, als ich aus dem Gang vom Lift herkam. Ich setzte mich zu ihm.

„Ich nehme an, du willst es endlich ausspucken!“, sagte ich. „Was dich so bedrückt und dir auf der Seele liegt.“

„Ja, ich glaube, es ist Zeit dafür. Aber versprich mir, dass du jedes Wort für dich behältst.“

Ich hob zwei Finger der rechten Hand zum Schwur empor. „Großes Pionierehrenwort!“, sagte ich wie als Kind in der DDR. Da musste sogar Paul lächeln.

Unglücklicherweise tauchte sein Privatdetektiv Lohmann in der nächsten Minute auf. In beiden Händen hielt er volle Gläser.

„Ich habe Ihnen einen Drink des Tages mitgebracht“, sagte er und stellte eines der Gläser vor Paul auf dem Tisch ab. „Mit Wodka, einem Pfirsich, buntem Obstsaft, Sahne und Eis.“ Er wollte sich zu uns setzen, aber mein alter Studienkamerad meinte, das wäre keine gute Idee, weil wir gerade etwas Vertrauliches besprechen wollten. Da zog Lohmann mit seinem Glas weiter zu einem der Tische in der hinteren Reihe und setzte sich dorthin, um an seinem Getränk zu schlürfen.

„Also – das ist so!“, begann Paul. „Eigentlich geht es um zwei grundverschiedene Angelegenheiten. Spielst du eigentlich Lotto, Tom?“

Ich nickte und gab zu, regelmäßig mein Geld auf diese Weise zu verdummen. „Aber es ist vier Monate her, dass ich mal was gewonnen habe“, sagte ich. „Hatte einen Dreier. Neun Euro Fünfzig…“

Ich wurde unterbrochen, weil jemand fragte: „Störe ich? Können wir mal ein paar Worte miteinander wechseln, Herr Schönlein?“

Wir blickten auf. Es war der Sicherheitsoffizier, den ich nach dem Überfall auf mich in der Kabine kennen gelernt hatte. Er warf mir nur ein Kopfnicken zu und baute sich vor Paul auf.

„Wenn es sein muss!“ Mein alter Freund klang leicht genervt. Er stand auf und ging mit dem Offizier einige Schritte vom Tisch weg, um zu hören, was der Mann von ihm wollte. Einige Wortfetzen drangen bis an meine Ohren.

Offenbar hatte die Überwachungskamera, die unter der Brücke angebracht war, Paul aufgenommen, als er sich mehrmals sehr weit aus dem Balkon seiner Kabine auf Deck 10 herausgehangen hatte, um mit dem Handy Fotos zu machen.

„Wie haben Sie das eigentlich geschafft, sich mit dem ganzen Oberkörper über die Brüstung zu beugen?“, fragte der Mann in der weißen Uniform soeben.

„Ich bin auf den kleinen Tisch auf dem Balkon geklettert“, erklärte Paul und lief etwas rot im Gesicht an.

„Sie gefährden sich! Wenn Sie das noch einmal machen, setzen wir Sie im nächsten Hafen raus! So wie es eine andere Kreuzfahrtgesellschaft mit jener Frau gemacht hat, die für ein Selfie über die Balkonbrüstung ihrer Kabine geklettert ist. Sie hat lebenslanges Kreuzfahrtverbot bekommen."

„Ich – äh, ja, eigentlich…", stammelte Paul.

Aber wie das Gespräch weiter ging, erfuhr ich nicht, denn Blasius schlurfte vorbei und blieb an unserem Tisch stehen. Ich erhob mich, um ihn zu begrüßen.

„Viel gesehen, heute in Kirkwall?", fragte er und beugte sich vor, um Pauls Drink zu betrachten. Er fuhr mit abwesender Miene spielerisch mit einem Zeigefinger auf dem Rand des Glases entlang. Ich hoffte, dass er zuvor nicht gerade in der Nase gebohrt hatte. Da ich befürchtete, dass er eventuell noch seinen Finger in den Wodka tauchen würde, um das Getränk zu probieren, nahm ich ihm das Glas weg.

„Ich trinke ja auch gern mal was", sagte er und flüsterte mir ins Ohr: „Der Arzt hat es mir freilich verboten. Aber wenn meine Frau nicht dabei ist, gehe ich hier auch mal an die Bar." Er lachte und hauchte mir seinen Gebissgeruch ins Gesicht.

Ich prallte zurück, um seinem Odem zu entgehen. Er nahm das wahrscheinlich als Verabschiedung und zog weiter, Richtung Tresen. Gerade wollte ich mich wieder setzen, als eine Frauenstimme zu hören war.

„Ah – Herr Webb! Auch ein Gläschen in Ehren?" Silvana Nimmer-Oede! Sie trug eine Art sommerlichen Strampelanzug in allen Regenbogenfarben, der ihre Figur betonte und sie hip und top aussehen ließ.

„Was haben Sie denn da Schönes?" Sie griff, ohne zu fragen, nach Pauls Glas und drehte es hin und her, um es schließlich gegen das Fenster zu halten. „Sieht lecker aus", verkündete sie. Dann stellte sie ihre Beute wieder dorthin, wo sie vor meinem Zugriff gewesen war und entschwand mit einem Lächeln auf den rot geschminkten Lippen.

Paul diskutierte immer noch mit dem Sicherheitsoffizier. Ich erhob mich, weil ich ihn erlösen wollte. Aber als ich bei beiden ankam, waren sie gerade miteinander fertig. Ich klopfte Paul auf die Schulter. „Gehen wir wieder zum Tisch…"

Dort aber stand der „Loser" und wischte mit einer Serviette etwas auf.

„Tut mir Leid", sagte er zerknirscht, als wir nähertraten. „Ich bin beim Vorbeigehen an den Tisch gestoßen und da wäre das Glas beinahe umgefallen." Er sah untröstlich aus. Wir versicherten ihm, dass das kein Beinbruch gewesen sei und alles wäre in Ordnung.

„Jetzt will ich aber erst mal davon trinken", sagte Paul, als wir wieder saßen. „Das Eis ist ja schon geschmolzen."

„Worum ging es eben?" fragte ich, während er einen großen Schluck nahm.

„Ach, die haben mich verwarnt. Ich soll nicht so unvorsichtig sein, sonst könnte ich über das Geländer fallen." Er trank noch einmal in großen Zügen, bis das Glas halb leer war.

„Na ja, ich möchte auch nicht ins Meer fallen. Das Wasser ist kalt und ehe die einen herausfischen, ist man schnell abgenippelt", sagte ich.

„Ich kann von Deck 10 nicht ins Meer fallen – das ist etwas zurückgesetzt wie deine Neun und ich würde wahrscheinlich auf den Rundgang oder auf einen Balkon in der Acht knallen." Er schüttelte sich. „Unangenehme Vorstellung."

Ich hatte das Gefühl, dass er etwas lallte. So stark konnte der Drink doch gar nicht sein. Paul lehnte sich auf seinem Stuhl zurück und stierte mich an. Seine Pupillen sahen mit einem Mal unnatürlich groß aus. Er wollte mir etwas sagen, aber brachte es offensichtlich nicht heraus. Sein Mund klappte auf und zu. Dann verdrehten sich seine Augen und er kippte vom Stuhl.

Erschrocken sprang ich auf, um mich über ihn zu beugen. Sein Atem klang komisch. Ich fühlte den Puls am Hals. Er raste wie verrückt.

„Einen Arzt!“, schrie ich. „Schnell einen Arzt!“

Ein Kellner in der Nähe lief hastig zum Tresen, rief etwas und zeigte auf uns. Der Barmixer ließ alles stehen und liegen und eilte zu einem Telefon an der hinteren Wand seines Bereichs.

Lohmann kam angefegt. Er hatte die Szene von seinem Tisch weiter hinten gesehen. Jetzt kniete er neben Paul nieder und drehte ihn in die stabile Seitenlage. Er war nicht der Einzige, der alles beobachtet hatte. Auch andere Passagiere kamen herbei. Die einen um zu gaffen. Andere stellten Mutmaßungen an, was passiert sein könnte. Keiner holte sein Smartphone heraus, um zu fotografieren. Das war gut so, denn ich hätte jedem Gaffer eins auf die Nase gegeben.

Sie kamen aus dem Hospital mit allem, was sie hatten – genau wie bei mir. Defibrillator, Sauerstoffflasche und -maske, Rollstuhl. Die Ärztin kannte ich schon – ihr Krankenpfleger oder Rettungssanitäter, egal wie er sich nannte, setzte mit einem Kellner gemeinsam Paul in den Rolli. Dann verpassten sie ihm die Sauerstoffmaske und schlossen sie an die Stahlflasche an.

„Wie ist das passiert?“, fragte die Ärztin und blickte mich an.

Ich zuckte die Schultern.

„Keine Ahnung!“, sagte ich. „Er hat den Drink des Tages in sich hineingegossen und dann ist er glatt umgekippt.“

„Sehr eigenartig!“, meinte die Ärztin, während sie ihrem Assistenten einen Wink gab, Paul schon weg ins Hospital zu bringen. „Hat er Allergien? Es sieht aus wie ein Schock!“

„Keine Ahnung“, entgegnete ich. „Er hat aus seinem Glas getrunken – dann bekam er plötzlich einen komischen Gesichtsausdruck und Pupillen, so groß wie beim Hund im „Tapferen Zinnsoldaten“. Gleich darauf fiel er um wie ein Kegel.“

„Hat er ausgetrunken?“

„Nein – nur einen ordentlichen Schluck davon genommen. Da muss noch was drin sein.“

„Dann sollten wir das Glas sicherstellen, um herauszufinden, was da drin war“, die Ärztin blickte mich ernst an. „Holen Sie es bitte her?“

Ich nickte und quetschte mich durch die Reihe der umherstehenden Neugierigen, die diesem Event zusehen wollten, als gäbe es an Bord nicht ohnehin genug Unterhaltung.

Ich blickte auf den Tisch, an dem wir gesessen hatten.

Und stutzte.

Das Glas war weg!

19. Langley, Virginia

„Ich habe vorhin ein Gespräch mit dem DCIA geführt, der von meinem alten Wissen über eine französische Quelle etwas abschöpfen wollte“, lachte das Urgestein. „Und weil ich nun schon einmal im Hause bin, wollte ich Sie auch gleich besuchen. Wollte mich über die neuesten Entwicklungen in unserer Sache informieren“.

Bride erhob sich. Der Raum war zweckmäßig, aber nicht sehr komfortabel eingerichtet. Der Chef des Directorate of Operations winkte ab, als der Alte sich setzen wollte.

„Wir machen eine kleine Spazierfahrt", sagte Bride. „Selbst in meinem Büro bin ich nicht sicher, ob die Wände Ohren haben."

Zwanzig Minuten später hatten sie den Dienstsitz der CIA in Brides dunklem Ford verlassen. Der Wagen fuhr durch Straßen, die hier keinen Namen trugen, und beide Männer schwiegen. Bride lenkte das Auto schließlich auf einen freien Platz abseits der Fahrbahn und hielt an.

„Also – Belfast war eine einzige Pleite. Ich hatte das lokale Team angesetzt, aber dieser Webb ist cleverer als ich dachte. Aber auch ohne ihn haben wir die Spur von Wilkins bis zu einer Werkstatt in einem ziemlich übel beleumundeten Viertel der Stadt verfolgen können. Aber dort hörte unser Glück endgültig auf. Denn dort spuckten uns drei Russen in die Suppe. Es gab eine mächtige Ballerei, bei welcher der vermutliche Kontaktmann von Wilkins angeschossen, auch zwei Mitarbeiter der Werkstatt, ein Russe und beide von uns verletzt wurden. Mit Mühe und Not konnten sich alle noch in Sicherheit bringen, ehe die Polizei auftauchte. Es wäre fatal gewesen, wenn sie unsere Leute erwischt hätten. Ein politisches Debakel. Wahrscheinlich aber denken die Bullen, dass es sich um eine Schießerei zwischen rivalisierenden Banden gehandelt hat."

„Die Russen sind jetzt auch mit im Spiel? Mist!", sagte das Urgestein. „Und wie weiter?"

„Turner hält uns auf dem Laufenden. Wir bleiben am Ball. Trotzdem habe ich eine Frage?"

„Schießen Sie los!"

„Der Direktor weiß immer noch nichts von unserer Aktion?" Bride blickte das Urgestein fragend an. „Das kann mal in die Hose gehen."

„Er ist ahnungslos wie ein Kind", sagte der. „Wissen Sie, wir Fünf, die das damals mit Poix eingerührt hatten, haben auch nicht den damaligen CIA-Chef und auch nicht den

Präsidenten der USA eingeweiht. CIA-Direktoren kommen und gehen. Präsidenten sind schwatzhaft, weil sie sich gern reden hören. Wenn sie nicht wiedergewählt werden, schreiben sie Memoiren. Und dann sind auch noch die Geheimdienstausschüsse, die immer alles erfahren und öffentlich machen möchten. Nein, auf diesem heißen Topf haben wir bis heute den Deckel zugehalten. Nur dieser Wilkins hat jetzt alles wieder hochkochen lassen. Dumm nur, dass er tot ist und wir sein Video nicht haben. Es darf nicht in falsche Hände geraten."

„Das ist es leider schon. Sagt Ihnen der Name Michael Kowalski etwas?" Bride blickte seinen Mitfahrer an.

Das Urgestein winkte ab. „Der ist seit fast dreißig Jahren tot. Als klar war, dass unser sowjetischer Freund in Moskau mit an den Schalthebeln der Macht herumspielen würde, haben wir Kowalski genauso wie alle anderen unwichtigen Mitbeteiligten des Poix-Einsatzes eliminieren lassen. Kowalski ist von einem Truck breitgefahren worden. In Montana. Ein Verkehrsunfall."

„Das ist damals ein Fake gewesen", sagte Bride. „Weiß der Teufel, wer bei dem Unfall Kowalskis Sozialversicherungskarte und Ausweise in der Tasche hatte – der echte Kowalski war es jedenfalls nicht. Denn der hat jetzt Wilkins Video in seinem Besitz. Er will es möglicherweise an die Russen verticken." Er erzählte, was er inzwischen von Turner erfahren hatte.

Das Urgestein schlug wütend mit der Faust aufs Armaturenbrett des Wagens. „Das darf auf keinen Fall passieren. Damit bekämen die Russen etwas gegen uns in die Hand. Und wer weiß, ob sie damit nicht in die Öffentlichkeit gehen. Zuzutrauen ist es ihnen."

„Die Spur führte nach Glasgow. Aber da lief auch nicht alles so, wie es sollte. Das fing schon damit an, dass Adler und Barclay den Zug in Greenock nicht mehr bekommen haben. Sie haben gerade noch sein Schlusslicht gesehen." Bride hob die Hand, als der Alte etwas sagen wollte. „Aber Turner konnte am Ball bleiben. Hat auch die Situation im Griff gehabt. Sie hat mir über ihr verschlüsseltes Handy erzählt, was sie und dieser Webb in Glasgow erlebt haben."

„Hätte man die Beiden nicht über eine Drohne oder einen Satelliten oder eine der Abhörstationen die ganze Zeit beobachten lassen können?"

„Wie hätte ich denn so einen Aufwand begründen können? Das Ganze ist doch inoffiziell. Da müssten wir ja Gott und die Welt einweihen. Das ist hier geheimer als geheim. Und da geht es eben nur so, wie wir es jetzt machen." Er schnaufte. „Außerdem ist dieser ganze Schnickschnack, den man in den Kinofilmen sieht, meist gar nicht möglich. Riesige Bildwände, auf den denen man die Beobachteten überall in der Welt verfolgen kann. Technik, mit denen man ihren aktuellen Standort markiert. Agenten, die jeden Schritt und Tritt der Verfolgten sekundenschnell ihrem Chef melden. Mein Gott, das ist großes Kino. Abgesehen davon – wir sind nicht die NSA, die jede perfekte Beobachtungstechnik einsetzt und auf diese Weise alles ausschnüffelt, was andere tun. Wir sind die CIA und arbeiten vorwiegend mit Man Power. Aber das wissen Sie ja selbst."

„Entschuldigung!", sagte das Urgestein. „Ich wollte Ihnen nicht zu nahetreten. Dann erzählen Sie mir mal, was Sie wissen."

Er unterbrach Bride nicht ein einziges Mal, als dieser berichtete, was er von Turner erfahren hatte.

„Turner hat mich gebeten, sie und Barclay sowie Adler über alle Kontakte zu informieren, die Kowalski in England haben könnte. Über eventuelle ehemalige Freunde. Und über die lokalen Büros von uns, mit denen er verkehrt hat. Und wenn es geht, wo er sein Bier getrunken, sich seine Klamotten gekauft und welche Freundinnen er gebumst hat, wenn er in Großbritannien weilte. Das wird wie die Suche nach der Nadel im Heuhaufen", sagte Bride. „Na gut, vielleicht bekomme ich wenigstens ein paar Dinge heraus. Ich rufe Turner an, sobald ich mehr weiß."

„Vergessen Sie nicht, dass sie heute ihr Handy ausgeschaltet hat, weil sie auf See sind und alle Anrufe schweineteuer sind und über Satellit gehen. Also auch abgehört werden können. Durch unsere Brüder von der NSA. Und von den Russen. Morgen nach Zehn wird sie wieder an Land sein und Empfang mit ihrem verschlüsselten Handy haben."

„Ich gebe mir alle Mühe, bis dahin etwas über Kowalskis Background ausgegraben zu haben. Sobald ich wieder in der Zentrale bin, mache ich mich daran." Er sah seinen Sitznachbarn bittend an. „Aber vielleicht erzählen Sie mir noch etwas mehr über Ihren „Maulwurf" in Moskau und die Sache in Poix, als ich schon weiß. Ich habe ja nur erfahren, dass dort ein wichtiger sowjetischer Funktionär umgedreht worden ist."

„Ah ja – Sie sollten es wahrscheinlich wissen", meinte das Urgestein nachdenklich. „Der Russe war noch jung, gerade mal dreißig. Er hatte trotzdem schon eine beachtliche Karriere in der Partei, der KPdSU, gemacht. Sein Name?" Er beugte sich zu Bride hinüber und flüsterte etwas in dessen Ohr.

Bride pfiff laut durch die Zähne. „Beachtlich!", entfuhr ihm.

„Ob er vom Kommunismus überzeugt war?", fuhr das Urgestein fort. „Am Anfang sicher. Das änderte sich aber, als entfernte Verwandte von ihm wegen irgendwelchem politischen Kleinkram in den Gulag, ins Lager, eingesperrt wurden. Da legte sich in seinem Kopf ein Schalter um. Er sprach bei einem Handelsempfang in Moskau, zu dem er geladen war, einen Mitarbeiter unserer Botschaft an. Der war offiziell Handelsattaché, aber in Wirklichkeit unser Resident in der Vertretung. Er meldete Langley, dass er einen potentiellen „Maulwurf“ im Parteiapparat gefunden hätte, und wir behielten den Burschen im Auge.“

„Das hätte für den Russen böse ausgehen können, wenn es der KGB entdeckt hätte.“

„Genau! Aber sie kamen nicht dahinter, dass er einen losen Faden zu uns gesponnen hatte. Und so durfte er sogar in den Westen reisen. 1978 kam er mit einer sowjetischen Delegation nach Belgien. Er war sogar Delegationsleiter. Es ging da um irgendeinen Wirtschaftsaustausch zwischen beiden Ländern. Wir hatten mitbekommen, dass unser Freund einen scheinbar unaufhaltsamen Aufstieg in der KPdSU vor sich hatte, und der damalige Deputy Director für Operations schickte mich mit einem Team hin. Er hat das so heimlich gemacht, dass es darüber keinerlei Aufzeichnungen gibt. Er wollte ganz sicher gehen und den dicken Fisch allein für sich behalten. Vor allem wollte er ihn schützen. Damals munkelte man, es gäbe auch russische Spione in unseren Reihen. Die sollten nichts erfahren von dem neuen Fang, den wir gemacht hatten. Wir befanden uns mitten im Kalten Krieg und waren ziemlich paranoid.“

„Wie haben Sie ihn aus dem Hotel bekommen? Die Russen sind doch misstrauische Leute. Sicher hatten sie auch einen oder mehrere KGB-Bewacher mitgeschickt“, wollte Bride wissen.

„Ach, ihn aus dem Hotel zu bekommen, war gar nicht so schwer. Das eigentliche Problem bestand darin, dass wir mit ihm irgendwo verhandeln mussten, wo wir ungestört waren.“

„Und er hat sich nicht geziert?“

„Er war sofort einverstanden, mit uns zusammen zu arbeiten. Breshnew war 1977 an die Macht gekommen. Dessen Politik im Hardliner-Stil mochte er gar nicht. Wir versprachen ihm, ihn über Jahrzehnte hinweg nicht mehr zu kontaktieren, aber er sollte politisch Einfluss nehmen auf die Entwicklung in der Sowjetunion, sobald er weiter nach oben aufgestiegen war. Wir gaben ihm den Decknamen „Molotok" – der Hammer. Denn er sollte die UdSSR von innen zerschlagen helfen. Alles andere kennen Sie ja schon!"

Bride hatte schweigend zugehört. „Ja, „Molotok" ist im Laufe der Jahre tatsächlich am politischen Himmel der Sowjetunion hoch emporgekommen. Er hat als einer der Berater Kyrilins seinem Herrn und Gebieter sicher viel ins Ohr geflüstert, was den Sowjets geschadet und uns genutzt hat. Wahrscheinlich ist eine Menge von dem, was Kyrilin gemacht hat, von ihm ausgeheckt worden."

„Ich schätze, dass die Stunden in Poix zum Anfang vom Ende des kommunistischen Lagers und der Sowjetunion beigetragen haben", nickte das Urgestein. „Und wenn Wilkins heimlich aufgenommenes Video von dieser Anwerbung jetzt bekannt werden würde, wüssten alle, dass nicht Kyrilin die große Lichtgestalt des vergangenen Jahrhunderts gewesen ist, sondern eine verschworene kleine Gruppe amerikanischer Geheimdienstler an den Strippen des sowjetischen Marionettentheaters im Kreml gezogen hat."

„Nicht zu glauben, dass uns das jetzt nach all den Jahren plötzlich auf die Füße fällt", schimpfte Bride. „Kyrilin am Rockzipfel der CIA. Kein Wunder, dass es dann zum Sturz der Kommunisten in den Ostblockstaaten kam. Kein Wunder, dass die Sowjetunion unter Kyrilin kaputt ging und dass sie ihre Großmachtstellung verloren hat. Wahrlich – „Molotok“ hat den Generalsekretär ganz in unserem Sinne beraten. Wenn das herauskäme – nicht zu denken.“

„Wie sind die Chancen, Kowalski zu finden und das Video in unsere Hände zu bekommen?“

„Nicht ganz unmöglich“, sagte Bride. „Ich setze jetzt Himmel und Hölle in Bewegung, um herauszufinden, mit wem Kowalski irgendwelche Kontakte aufgenommen hat. Wo er in England Freunde gehabt hat oder alte Kumpel aus seiner CIA-Zeit.“

„Setzen Sie alles in Bewegung. Die Uhr tickt. Denn morgen müssen unsere Leute auf dem Schiff informiert werden, wie es weitergeht.“

„Wenn Gott will, schießt ein Besen!“, sagte Bride.

Und er hoffte, dass das stimmt.

20. Kein sanfter Tod

Ein Kreuzfahrtschiff ist ein schwimmendes Hotel. Gegenüber den Herbergen an Land muss man seinen Koffer nicht immer wieder ein- und auspacken, wenn man die nächsten fremden Orte besuchen will, sondern für den Tagesausflug braucht man nur die Kabine zu verlassen und kann abends wieder in dasselbe Zimmerchen an Bord zurückkehren. Auf so einem Schiff ist für die Unterhaltung der Passagiere gut gesorgt, so dass es auch an Seetagen nicht langweilig wird. Es gibt ein umfangreiches Freizeitprogramm, das Wellness- und Sportmöglichkeiten ebenso beinhaltet wie auch Vorträge, Musikveranstaltungen, Kurse und ein tolles Abendprogramm. Wer eine Balkonkabine gebucht hat, kann sich auf einer Liege in die Sonne legen und die Reisenden aus den Außen- und Innenkabinen lassen sich auf dem Pooldeck knusprig braun braten.

Ich hatte am zehnten Tag der Kreuzfahrt, an wieder einem reinen Seetag, nichts weiter vor, als mal so richtig zu faulenzen. Da wir jede Spur zu Wilkins verloren hatten, würde ich mich wieder voll und ganz den vielen schönen Augenblicken mit Danielle widmen können. Sie hatte sich heute Morgen nur kurz beim Frühstück sehen lassen und trainierte jetzt beim Kurs „Bauch, Beine, Po“ eine gute Stunde lang in der Wellness Oase auf Deck 11. Ich fand, dass sie sich diesen anstrengenden Spaß hätte sparen können, denn alle drei Körperteile waren bei ihr so in Ordnung, dass andere nur davon träumen konnten. Aber jedem Tierchen sein Pläsierchen, wie meine Oma immer gesagt hatte – sollte sie weiter an sich arbeiten, wenn es ihr Spaß machte.

Gegen Zehn rief ich im Hospital an, um zu erfahren, wie es Paul ging. Eine jugendliche Frauenstimme teilte mir mit, dass Herr Schönlein heute Morgen wieder einigermaßen zu sich gefunden und darauf bestanden hatte, auf eigenes Risiko entlassen zu werden. Ihrem Ton nach fand das die Mitarbeiterin etwas leichtsinnig und ich musste ihr Recht geben. Jedenfalls war Paul jetzt wieder auf eigenen Füßen unterwegs.

Es war mir völlig rätselhaft, was gestern mit ihm passiert war. Die Ärztin hatte vermutet, dass ihm jemand etwas in den Cocktail geschüttet hatte – k.o.-Tropfen oder eine Droge. Aber das Glas mit dem Rest des Getränks war weggetragen worden, während sich alle um Paul kümmerten. Wer das getan hatte, bekamen wir nicht heraus. Niemand wollte es gewesen sein. Ich hatte die Ärztin gefragt, ob sie meinem Studienkameraden nicht ein wenig Blut abzapfen könnte, um es nach verdächtigen Substanzen zu untersuchen. Sie sagte, für so etwas sei ihr kleines Labor unten nicht eingerichtet. Aber die ganze Sache gefiel ihr nicht. Das sah ich ihr an. Auch der Sicherheitsoffizier und sein Kollege waren sehr schnell wieder am Ort des Geschehens gewesen. Ihre Gesichter sprachen für sich. Man würde den Vorfall gern unter den Teppich kehren. Bei einer Kreuzfahrt waren nur Jubel, Trubel und Heiterkeit angesagt. Mit einem Wort: Fun! Störende Zwischenfälle hatte es nicht zu geben!

Grübelnd fragte ich mich, wer in der Lage gewesen sein könnte, Paul etwas in den Drink zu tun. Natürlich, einige Personen waren ja um unseren Tisch umher gewuselt. Blasius? Der Alte war manchmal ziemlich konfus, aber harmlos. Der „Loser“? Der war nur dumm und ungeschickt. Silvana Nimmer? Was sollte die mit Paul zu tun haben?

Einen Augenblick lang dachte ich an Lohmann. Der hatte die Drinks von der Bar geholt. Aber gerade er schied aus, war er ja dafür da, um auf Paul aufzupassen. Ich hatte Danielle von diesem Zwischenfall erzählt, aber sie sagte, ich solle mir nicht unnötig einen Kopf über andere Leute machen.

Tatsächlich hatten noch ein paar andere Leute den Tisch mit dem Glas passiert. Es schien daher sinnlos, sich den Kopf zu zerbrechen, wer das getan haben könnte. Und die Frage war ja auch, warum und wieso? Ach, Hauptsache, dass Paul jetzt wieder einigermaßen in Schuss war.

Aber es kommt ja immer anders, als man denkt.

Neun Uhr siebenundzwanzig hatte er sich heute selbst aus dem Hospital entlassen.

Gegen elf Uhr war er an der Rezeption gesehen worden, erfuhr ich später. Um Post abzugeben.

Elf Uhr zweiundvierzig stürzte er sich über die Brüstung seines Balkons zu Tode.

Ich hatte zuerst davon nicht viel mitbekommen, weil ich ein kleines Nickerchen auf der Liege gemacht hatte. Der Lärm auf Deck 8 weckte mich auf. Jemand schrie wie am Spieß. Ich erhob mich und schaute von meinem Balkon aus hinab. Leute umringten eine seltsam verkrümmte Gestalt, die zwischen den Kabinen da unten und der Reling des Schiffes quer auf dem Parcour lag. Ich wusste sofort, dass es Paul sein musste, denn ich erkannte seine seltsam bunt gemusterten Sneakers, die er auch gestern getragen hatte.

Eine unsichtbare Hand umkrampfte mein Herz.

Ich stürzte in die Kabine, zog mir ein Oberhemd über und lange Hosen an, denn ich hatte mich nur in einer Badehose draußen gesonnt. Dann schnappte ich mir meine Bordkarte, rannte zur Tür hinaus und den Gang zu den Lifts entlang. Natürlich waren alle Fahrstühle sonstwo, nur nicht in der Neun. Ich nahm immer zwei Stufen, als ich die Treppe hinab eilte, suchte die Tür zum Außendeck 8 und sah draußen mehrere Männer in weißen Schiffsuniformen, die sich über Paul beugten. Er lag da so da, dass Arme und Beine in alle möglichen verschiedenen Richtungen zeigten. Ich sah eine Blutlache. Sein Gesicht war mir zugewandt. Es hatte einen erstaunten Ausdruck angenommen. Wahrscheinlich war er gerade im Jenseits angekommen und sah Dinge, die wir alle erst viel später erfahren würden. Vielleicht stand er auch gerade vor Gott, der mit dem Finger drohte und sagte: „Was hast du jetzt wieder für Mist gemacht!"

Dasselbe würden die PR-Leute in der Werbeabteilung von Bella Cruises denken. So was ist nie gut für das Image einer Kreuzfahrtlinie. Egal, ob Unfall oder Suizid. Von einem klitzekleinen Mord gar nicht erst zu sprechen. Hier sah es nach Unfall durch Leichtsinn aus.

Die Schiffsoffiziere richteten sich auf. Einer telefonierte mit seinem Handy, während die anderen die Gaffer in Schach hielten und zurückdrängten. Ein anderer lief zu einem der Liegestühle, die hier unten in Reih und Glied standen und jetzt natürlich verlassen worden waren, weil die Sonnenhungrigen auf ihnen durch den Vorfall aufgeschreckt oder neugierig geworden waren. Natürlich hatten einige von ihnen auch schon wieder ihr Handy in den Händen. Instagram, Facebook und Youtube würden in Sekunden verkünden, dass es auf der „Bella Auranta“ einen interessanten Todesfall gegeben hatte – Pauls Leiche würde zahlreiche Likes bringen. Der Offizier an den Liegen machte dem Unfug ein Ende, indem er ein großes gelbes Poolhandtuch von einem der Stühle wegnahm und damit Gesicht und Körper des Verunglückten zudeckte. Daraus schloss ich, dass Paul tot war.

Benommen drückte ich mich in der Nähe herum, während die Ärztin wieder einmal mit ihrem kompletten Equipment eintraf. Sie betrachtete und betastete ihren leblosen Patienten und äußerte dann gerade noch so laut, dass ich es auch hören konnte: „Letale Kopfwunde!“ Es hätte mich auch sehr gewundert, wenn sie gesagt hätte, der Daliegende sei bei bester Gesundheit.

Lohmann kam angehetzt, als sei der Teufel hinter ihm her, und rief: „Ich habe ihn doch nur drei, vier Minuten aus den Augen gelassen!“ Die Ärztin sprach mit ihm, aber ich konnte nur verstehen, dass sie ihn bat, auf die beiden Sicherheitsoffiziere des Schiffes zu warten.

Die waren auch schnell da und scheuchten uns erst einmal alle energisch weg, ehe sich der eine dem Toten und der andere Lohmann zuwandte. Bedrückt verzog ich mich wieder in meine Kabine und sah, ebenso wie andere Frauen und Männer in den anderen Balkonen, von oben zu, was weiter geschah. Crewmitglieder mit einer Tragbahre tauchten auf. Paul wurde daraufgelegt, und dann verschwanden alle miteinander im Bauch des Schiffes. Wahrscheinlich brachten sie ihn erst einmal in die Drei, zum Hospital, um seinen Körper gründlich in Augenschein zu nehmen. Wieder ein ehemaliger Studienkamerad, der gestorben war. Wie schon einige von uns. Allerdings hatten sich die anderen keinen so spektakulären Abgang verschafft wie Paul. Nun ja – vielleicht Sighard Höhne auch!

Verstehen konnte ich nicht, dass sich Paul wieder einmal unverantwortlich weit über seine Balkonbrüstung gelehnt hatte. Wahrscheinlich hatte er sich dabei auch erneut auf seinen kleinen Tisch gestellt. Vielleicht war er auch noch benommen gewesen von den Nachwirkungen des gestrigen Drinks. Sei es, wie es sei – Lohmann hätte wirklich besser auf ihn aufpassen können nach dem Vorfall vor nicht einmal vierundzwanzig Stunden.

„Ich habe ihn doch nur drei, vier Minuten aus den Augen gelassen", hatte der
Privatdetektiv vorhin gesagt. Also war er doch mit ihm zusammen gewesen. Und hatte doch nicht richtig die Augen offengehalten. Hatte er ihn allein draußen auf dem Balkon herumklettern lassen?

Ich nahm mir vor, Lohmann bei nächster Gelegenheit abzupassen und auszufragen. Er hatte die Kabine direkt neben Paul und ich wusste, wo das war. Also würde ich ihn am Nachmittag aufsuchen, falls er mir nicht schon eher über den Weg laufen würde.

War es überhaupt ein Unfall gewesen?

Oder hatte Paul seinem Leben selbst ein Ende setzen wollen?

Nein, lebensmüde war er nicht gewesen, auch wenn seine Frau mir gegenüber einige Befürchtungen in dieser Richtung geäußert hatte. Ratlos, unschlüssig, mit irgendwelchen Problemen beladen, von denen er nicht wusste, wie er sie lösen sollte – ja. Aber Selbstmord? Das konnte nicht sein.

Also doch ein Unfall, weil er wieder einmal unvorsichtig gewesen war.

Ich seufzte auf. Und dachte an die Stunden, die wir gemeinsam in Hörsälen und Seminarräumen an der Leipziger

Uni gemeinsam verbracht hatten. Er war ein angenehmer Studienkamerad gewesen. Kein verbohrter Genosse, wie so mancher andere.

Nun endete er in einem der Leichensäcke, von denen auf jedem Kreuzfahrtschiff immer eine ausreichende Anzahl mitgeführt wurde. Denn jede Menge Passagiere sind auf solchen Schiffen schon im Alter zwischen Siebzig und Scheintot. Sie sind am anfälligsten für plötzliche Todesfälle, sterben unterwegs an Herzinfarkten, unerwarteten Erkrankungen oder dummen Unfällen und landen dann letztendlich unten in einem speziell dafür eingerichteten Kühlraum, um im nächsten Hafen kalt ausgeschifft zu werden. Das Gerücht, dass die Toten im gleichen Raum wie die Lebensmittel gekühlt werden, ist übrigens an den Haaren herbeigezogen und stimmt nicht.

Man behandelt auf Kreuzfahrtschiffen solche Fälle immer äußerst diskret. Und wenn die Verstorbenen von Bord gebracht werden, steht auch nicht etwa ein schwarzer Leichenwagen am Pier, sondern der Abtransport wird ganz unauffällig gehändelt. Unser nächster Hafen war Harwich – dort würde man Paul heimlich ausladen, damit er in Großbritannien begraben oder in seine Heimat überführt werden konnte. Es sei denn, jemand käme auf die Idee, es sei kein Unfall gewesen. Dann würden die englischen Behörden eingeschaltet. Aber die ganze Sache sah felsenfest nach Tod durch Leichtsinn aus.

Das sah Danielle etwas anders, als ich ihr beim Mittagessen in der „Perle" davon erzählte. Sie hatte eine perverse Fantasie, denn sie legte mir gleich ein halbes Dutzend Theorien dar, was passiert sein könne. Jemand hätte ihn vom Balkon schubsen können. Einer, der heimlich in die Kabine eingedrungen sei. Das war nur eine der mehreren Varianten, die sie entwickelte. Ich lachte sie aus – der Fall war doch klar. Erst gestern hatte der Sicherheitsoffizier gewarnt, Paul solle nicht auf dem Hocker oder Tisch auf dem Balkon herumklettern, um besser zu sehen oder schönere Fotos machen zu können. Er hatte nicht darauf gehört – nun war es eben doch geschehen, was man ihm prophezeit hatte.

Danielle beharrte darauf, es könne auch ein vorsätzlicher Mord gewesen sein. Am Tag zuvor der Anschlag mit dem vergifteten Cocktail – sie sagte tatsächlich „vergiftet" und „Mordanschlag", obwohl beides nicht bewiesen war.

„Du liest wohl gern Krimis, Miss Marple?", fragte ich spöttisch.

Da schnappte sie etwas ein und ich hatte Mühe, sie wieder von der Palme herunter zu bekommen. Ob es an diesem Wortwechsel lag oder nicht – jedenfalls meinte sie, sie wolle den Nachmittag und Abend für sich haben und wir würden uns morgen sehen.

Natürlich war ich verknallt in sie, aber ihre Absage brach mir nicht das Herz. So ließ ich sie ziehen, als sie als Erste vom Essen aufstand und ging. Ich blickte ihr nach. Bauch, Beine und Po waren in erstklassigem Zustand. Sie hätte sich das Geld für den Kurs in der Wellness-Etage sparen können.

Lohmann traf ich an der Außenbar auf Deck 11. Er wirkte seelisch zerknittert und nippte sicher nicht am ersten Glas Jim Beam. Ich setzte mich neben ihn und bestellte ein Radeberger.

„Tja, das ist ja wirklich eine üble Sache", begann ich. Und versuchte, ihn ein bisschen auszuhorchen. „Wie ist denn das passiert? Sie waren doch bei ihm, wie ich zufällig am Unglücksort mithörte."

Er sah mich mit leicht glasigen Augen an. „Ich befand mich in seiner Kabine, als er den kleinen Tisch wieder an die Brüstung rückte, um darauf steigen zu können. Er hatte vor, ein Foto mit dem Meer und der Brücke des Schiffs zu machen, bei dem möglichst viel noch von der „Bella Auranta“ mit zu sehen war. Dazu musste er sich wieder mal hoch und weit übers Geländer beugen.“ Er nahm zwischendurch einen Schluck aus seinem Glas. „Ich habe ihm das ausreden wollen und da hat er gesagt, o.k., er lässt das. Aber er hat mich gebeten, ihm am Wasserspender draußen neben dem Lift die Karaffe nachzufüllen.“

„Und da sind Sie raus gegangen und haben frisches Wasser geholt“, nickte ich.

„Ja, ich habe die Tür offengelassen, indem ich den Sperrriegel innen betätigte, sodass sie nicht ganz zufallen konnte. Dann habe ich das Wasser abgefüllt, kam zurück und sah gerade noch, wie er das Gleichgewicht verlor und über die Brüstung des Balkons stürzte. Ich war nur drei oder vier Minuten weg. Wäre ich bloß nicht hinausgegangen! So ein Mist!“ Er hob sein Glas. „Auf Paul Schönlein – egal, wo er jetzt ist.“ Lohmann trank bis auf den Boden aus, stellte das Glas auf den Tresen und winkte dem Barkeeper. „Dasselbe noch einmal!“

„Ich glaube, Sie haben für heute genug“, sagte ich.

„Das mache ich, wie ich will“, er glotzte mich mit den Augen eines Angetrunkenen an. Seine Stimme klang ein bisschen undeutlich.

Da ließ ich den Rest meines Biers stehen und ging meiner Wege. Mit Betrunkenen soll man nicht streiten. Das geht nie gut aus.

Ich ging am Abend ins Theater des Schiffes und sah mir die Show „Rock of Night“ an. Sie war nicht nur gut, sondern ausgezeichnet. Aber ich konnte mich nicht auf sie konzentrieren. Ich sah immer wieder Paul vor mir – wie er dagelegen hatte. Das erstaunte Gesicht. Die weit aufgerissenen Augen. Die Blutlache.

„So eine Scheiße!“, sagte ich unschön und erhob mich. Meine Platznachbarn blickten mich böse an.

Aber ich hatte nicht die Show gemeint!

21. Um ein Haar

Am nächsten Morgen legte die „Bella Auranta“ in Harwich an. Ich hatte Danielle beim Frühstück nicht gesehen und rief sie deshalb in ihrer Kabine an, ob sie mit mir einen gemeinsamen Landausflug machen würde. Sie klang am Apparat müde und zerstreut. Nein, wahrscheinlich bliebe sie heute überhaupt an Bord, denn sie fühle sich schlapp und kaputt. Möglicherweise hätte sie sich gestern in dem kühlen Seewind etwas erkältet, als sie auf der Balkonliege etwas zu dünn angezogen eingeschlafen war.

Ich wünschte ihr gute Besserung und machte mit ihr aus, dass wir uns auf jeden Fall abends sehen würden, wenn ich längst wieder zurück war von meiner Tour. Schade, dass sie nicht mitkommen konnte, denn ich hatte mir einen ganz besonderen Ausflug ausgedacht. Ich wollte in Harwich den Zug nehmen, um nach Colchester zu fahren. Vor vielen Jahren war ich schon einmal in dieser Stadt gewesen, anlässlich einer Pressereise mit der „Dana Sirena“, die von Esbjerg in Dänemark nach Harwich in England geführt hatte und bei der für uns Journalisten auch eine zweistündige Stippvisite nach Colchester mit organisiert worden war. Die Stadt hatte mir auf Anhieb gefallen. Immer mal wieder nahm ich mir vor, wieder hinzufahren, aber daraus ist nie etwas geworden. Jetzt ergab sich die Chance, diesen Wunsch zu verwirklichen.

Während andere Passagiere längst im Bus saßen, um einen Ausflug nach London zu unternehmen, andere im Café im alten Hafengebiet weilten und noch andere die schöne Aussicht beim Halfpenny Pier genossen, stand ich nach halb Zehn auf einem der drei Bahnsteige der Harwich International Railway Station, ein Hin- und Rückfahrtticket in der Tasche, und wartete, dass der Zug einfuhr. Er kam auch bald und brauchte etwa 25 Minuten, bis ich auf Platform 3 im Bahnhof Colchester aussteigen konnte. Um in die Innenstadt zu kommen, nahm ich den Bus. Er fuhr über die North Station Road und die North Hill Street hinunter, vorbei am North Hill Hotel, von dessen Essen im „Green Room“ mir unterwegs ein Zugpassagier viel vorgeschwärmt hatte, und ich stieg in der High Street aus, der Hauptstraße von Colchester.

Ich hatte schon bei meinem damaligen Kurzbesuch erfahren, dass die Stadt voll ist mit Geschichte und Geschichten. Sie ranken sich um mittelalterliche Kirchen, die normannische Burg, die Fundamente des römischen Tempels, historische Viertel und die Auseinandersetzungen zwischen Briten und Römern, die einst hier auf Eroberungsfeldzug eingefallen waren. Das damalige „Camulodunum“ spielt sogar im Film „Asterix und Briten“ eine Rolle – allerdings ging es seinerzeit nicht so witzig bei den Kämpfen zu wie auf der Leinwand oder dem TV-Bildschirm. Sogar an den Ortseingängen kann man Schilder sehen, die dem Besucher versichern, dies sei „Britain’s oldest recorded town“, die älteste schriftlich überlieferte Stadt Großbritanniens. Natürlich sind darauf die etwa 100.000 Einwohner stolz, die Leute am Stadtrand in diese Zahl eingeschlossen.

Und doch ist Colchester bei all seiner Vergangenheit eine sehr lebendige, gegenwärtige Stadt mit ganz modernen Zügen. Ich bummelte an Läden und Geschäften mit ihren Auslagen vorbei. „The Wig & Pen“ bot feine Weine, eine Raucherzone, gutes Essen und Musik an, bei „Moss“ hatten sie einen schicken Anzug im Schaufenster, der mir gut gestanden hätte, und bei „Bakers Oven“ ging ich sogar in den Laden, um mir einen Kringel zum schnellen Essen für unterwegs zu holen. Beim Überqueren der Straße wäre ich beinahe in den Bus 2 nach Severals Park gerannt, aber passte im letzten Moment noch auf. Ich blieb an den Auslagen der Läden hängen, als hätte ich noch nie welche gesehen – in fremden Städten passiert mir so etwas öfter. Dann schwenkte ich von der Hauptstraße ab und spazierte an Fachwerkgebäuden vorbei und lief durch die West Stockwell Street, wo Jane Taylor gelebt hat. Sie hat das Lied „Twinkle, twinkle – little star“ geschrieben, das man hier und woanders heute noch auf die Melodie von „Morgen kommt der Weihnachtsmann“ singt. Ins „Dutch Quarter“ kam ich, wo flämische Flüchtlinge, Protestanten, einst unter Königin Elisabeth I. ein neues Zuhause fanden. Auch Deutsche hat Colchester einst beherbergt. Beim Krimkrieg 1854 – 56 hatte Königin Victoria nicht genug Soldaten. Freiwillige, auch aus Deutschland, kamen zu Hilfe. Doch als sie eintrafen, war der Krieg schon zu Ende. Wohin mit ihnen? Richtig, in die Garnison in Colchester. Man bot ihnen an, nach Südafrika zu gehen und sich dort eine neue Heimat aufzubauen. Viele heirateten deshalb schnell noch. Und mancher ging den Ehebund so schnell mit einer Fremden ein, dass er bei der Abreise am Bahnhof Mühe hatte, seine neue Frau wiederzuerkennen.

Stories über Stories aus der Geschichte der Stadt. Und so war auch das größte erhalten gebliebene Römertor von Colchester mit viel Historie beladen, das Balkerne Gate. Daneben sah ich einen Pub, auf dessen weißer Fassade zwischen dem spitzen Giebeldach und einem einzigen Fenster an der Schmalseite sowie über der Eingangstür rechts in großen Lettern stand: „The hole in the wall“ – das Loch in der Mauer. Das machte mich neugierig und ich ging in den Pub, um zu fragen, wie das Lokal zu diesem komischen Namen gekommen sei. Der Wirt war nett und mitteilsam. Er erzählte, das beträfe nicht das daneben befindliche römische Stadttor, sondern beziehe sich auf 1843, das Jahr, an dem Colchester an die Eisenbahn angeschlossen wurde. Im Pub warteten damals die Kutscher auf die ankommenden Züge. Damit sie besser sehen konnten, wann ein Zug auf dem Bahnhof einfuhr, überredeten sie den Wirt, ein Loch in die hintere Wirtshauswand zu machen. Das tat der gute Mann und seitdem hat der Pub seinen Namen.

Lächelnd über diese Geschichte zog ich weiter, um den Castle Park und die Burg zu besichtigen. Ich kam bloß nicht soweit.

Denn etwa fünfzig Meter vor mir sah ich Danielle mit energischen Schritten durch die Straße gehen. Sie wirkte kerngesund und kräftig, so hastig wie sie vorwärtslief. Keine Spur von Erkältung, Schlappheit oder Angeschlagensein. Hatte sie heute früh gelogen? Was mochte sie hier vorhaben?

Ich folgte ihr in ausreichendem Abstand. Sie bog an der nächsten Straßenecke nach rechts ab. Ich rannte jetzt los. Da vorn ging es in Gassen und Gässchen – da konnte ich sie verlieren. Vorsichtig lugte ich um die Ecke. Ja, da war sie und stand vor einem grauen Steinbau, der in einen Garten hineingesetzt worden war. Sie hatte offenbar an der Tür geläutet oder angeklopft. Jedenfalls ging die auf und ein Mann im grauen Pullover mit V-Ausschnitt und hellen Hosen trat heraus. Sie redeten einige Worte miteinander, dann trat er zur Seite und sie ins Haus.

Was sollte ich jetzt tun? Hatte sie ein Date? Einen Freund hier in Colchester? Einen Geliebten, wegen dem sie mich heute Morgen mit einer Ausrede abserviert hatte?

Natürlich konnte ich auch hingehen und an der Tür klingeln. Notfalls den wilden Mann spielen, wenn sie halbnackt hinter ihm im Flur stehen würde. Aber hatte ich dazu ein Recht?

Ich halte mich für einen coolen Typ. Das letzte Mal, dass ich mich wegen einer Frau total zum Affen gemacht habe, liegt weit zurück. Das war in meiner Jugendzeit. Da bin ich jeden Morgen mit dem Moped neben der Straßenbahn hergefahren, habe verzückt nach dem Mädchen meines Herzens geguckt, das durch die Scheibe zu sehen war, und bin dann wieder mit rotem Kopf weggebraust, wenn die Angebetete aus der Bahn stieg und mich mit einem wohlwollenden Lächeln bedachte. Es war eine platonische Liebe. Und eine sehr einseitige. Aber es reichte mir, dass sie mich wahrgenommen hatte.

An der Vorderfront des Hauses und an der Seite, die ich einsehen konnte, gingen die Jalousien herunter. Offensichtlich sollte niemand sehen, was drinnen geschah. Also doch Sex.

Zugegeben – irgendwie kratzte mich das schon. Ich ging ein Stück auf das Gebäude zu und hinter einem Baum in Deckung. Da blieb ich, und die Zeit verging überhaupt nicht. Wann würde Danielle wieder herauskommen? Ich konnte doch nicht den ganzen Tag hier stehen bleiben, um zu stalken. Aber ich konnte Danielle zur Rede stellen, weil sie mich belogen hatte. Ehrlich – ich war etwas verärgert.

Kurz entschlossen trat ich aus meinem Versteck hervor, stiefelte zum grauen Haus, ging zur Tür und läutete. Drinnen rumpelte es, dann wurde innen ein Schlüssel umgedreht und jemand öffnete. Es war natürlich der Kerl im grauen Pullover, wer sonst. Er befand sich in den besten Jahren, also zwischen Fünfzig und Sechzig, und sah gut in Schuss aus. Der Bursche wirkte nicht so, als hätte er sich kurz mal aus- und dann wieder angezogen. Nur seine Frisur sah etwas zerzaust aus. Also kein Sex, sondern nur Kuscheln. Das ärgerte mich seltsamerweise noch mehr.

„Ich möchte Frau Sedlacek sprechen“, sagte ich eisig. „Sie ist doch bei Ihnen zu Besuch.“

Eigentlich hatte ich erwartet, dass er mich abwimmeln würde. Aber er sagte erst einmal gar nichts. Dann musterte er mich von oben bis unten, als ob er mich kaufen wollte. Zuletzt verzog sich sein Mund. Wenn es stimmt, dass man erst mit einem Lächeln richtig angezogen ist, dann war der Mann jetzt gut gekleidet.

„Treten Sie ein!“, er trat zur Seite und streckte freundlich den Arm aus. „Ich wusste gar nicht, dass sie jemand weitererzählt hat, sie würde mich besuchen.“

Ich mümmelte etwas, ich sei ein alter Freund und hätte eine Zufallsbegegnung mit ihr gehabt, aber er hörte gar nicht auf das, was ich sagte. Jedenfalls war das mein Eindruck. Er führte mich in ein Zimmer, das vom hellen, nicht allzu überladenen Flur abging, und sagte, ich möge einen Moment warten. Frau Sedlacek käme gleich. Dann ging er wieder in den Flur hinaus.

Etwas verlassen stand ich nun herum. Es gab zwar eine gut gepolsterte Sitzecke um einen niedrigen Tisch mit Glasplatte, aber ich konnte gar nicht erwarten, Danielle ein paar passende Takte wegen ihrer Lügerei zu sagen, so dass ich stehen blieb. Der Besitzer des Hauses hatte hier im Erdgeschoss diesen Raum wohl speziell für Arbeitszwecke eingerichtet, denn es gab kein TV-Gerät wie in einem Wohnzimmer, aber dafür einen dicken Schreibtisch mit allerlei Papieren darauf und einem Bürostuhl dahinter. In der Ecke stand noch ein Sessel neben einer Leselampe, die einen Schirm oben auf einem großen Ständer hatte. An den Wänden nur ein paar gerahmte Fotos. London Tower Bridge. London Eye. Boote auf der Themse. Pferderennen in Ascot.

Ich bin von Natur aus neugierig und wollte wissen, was da so auf seinem Schreibtisch herumlag. Langsam beugte ich mich über ein Blatt Papier mit Computerdaten – dabei fiel mir eine Haarsträhne ins Gesicht und übers rechte

Auge. Ich richtete mich wieder auf und hob den rechten Arm zum Kopf empor, um die störende Strähne mit der Hand wegzustreichen.

Seitdem weiß ich, weshalb es heißt, man wäre um ein Haar ums Leben gekommen.

Denn im gleichen Augenblick warf mir der nette Herr Hausbesitzer von hinten eine Schlinge über den Kopf und wollte sie zuziehen. Ich weiß nicht, ob es ein Strick oder ein zusammengedrehter dünner Schal war – jedenfalls hatte sich der Kerl auf leisen Sohlen hinter mich geschlichen und plante, mich zu erwürgen. Meine erhobene Hand versaute ihm dieses Vergnügen. Die Schlinge geriet um meinen Arm, anstatt den Hals zu erwischen und mir die Luft zu nehmen.

Ich reagierte ziemlich schnell. Da mein potenzieller Mörder dicht hinter mir stand, hob ich den rechten Fuß mit meinem schweren Wanderstiefel hoch an und ließ ihn dann mit aller Wucht auf den Mittelfußknochen des Mannes hinter mir hinabknallen. Der Absatz war hart – der Knochen eventuell hin. Ich hörte den Kerl aufschreien. Er musste denken, eine Dampframme hätte ihn getroffen. Die Schlinge fiel locker herab. Ich gab noch eins nach – trat mit dem Absatz rückwärts gegen sein Schienbein. Da ließ er das Mordinstrument ganz los und griff nach meiner Schulter. Ich wirbelte herum, um ihn mit der Handfläche auf die Nase zu schlagen. Er drehte den Kopf zur Seite und da gab ich noch ein paar Schläge mit der Faust ins Gesicht hinterher. Sein rechter Arm schoss nach vorn, um mich zu erwischen. Ich packte ihn, zog ihn an mir vorbei und stellte dem Vorwärtsstürzenden ein Bein. Er taumelte. Er war zwar groß, aber nicht sehr stark oder gelenkig, sondern nur mächtig hinterhältig.

Ich trat einige Schritte zurück, griff mir die Stehlampe, riss den Lampenschirm herunter und schlug ihm den schweren Lampenständer auf den Schädel. Da sackte er zusammen. Er fiel vor meine Füße. Ich riss das Stromkabel aus der Lampe, griff mir auch das Verlängerungskabel und verschnürte ihn mit beidem wie ein Postpaket. Dann betrachtete ich zufrieden mein Werk. Ich hatte langsam Übung darin, Leute mit Stricken oder Kabeln zusammenzubinden. Vielleicht sollte ich das zu meinem Beruf machen!

Der Heimtücker war allerdings mehr benommen als bewusstlos. Deshalb schlug ich ihm die Lampenstange noch einmal über den Kopf. Ich wusste, dass das glatte Notwehrüberschreitung war, aber es gab hier keine Zeugen und ich wusste, er würde sich bei niemand beschweren. Ich war mir nicht sicher, ob ich die Polizei rufen sollte. Ein Telefon stand zwar auf dem Schreibtisch. Und ich hatte ja auch noch mein Handy. Aber ich hatte auf dieser Reise schon so viele Dinge unter den Teppich gekehrt, dass es auf eine Sache mehr oder weniger auch nicht ankam.

Jetzt musste ich erst mal sehen, wo ich Danielle fand. In meinen unsaubersten Vorstellungen sah ich sie nackt im Bett dieses Mordgesellen liegen und auf ihn warten. In meinen schlimmsten war sie tot – erwürgt von ihm.

Ich entdeckte sie zwei Türen weiter in einer Art Besenkammer. Sie war gefesselt und geknebelt und ich hätte sie gar nicht gefunden, wenn sie nicht da drin gehockt und mit ihren zusammengebundenen Füßen von innen laut gegen die Tür getreten hätte.

„Na, was macht die Erkältung?“, fragte ich. Sie rollte mit den Augen. Ich ging in die Kammer und löste das Tuch, mit dem sie geknebelt war.

„Mach mich los!“, sagte sie und holte tief Luft. Es ist nicht jedermanns Sache, lange nur durch die Nase zu atmen.

„Moment!“, sagte ich und ging wieder hinaus.

„Heh – wohin willst du?“, rief Danielle.

„Hier muss es eine Küche geben. Ich will ein Messer holen, um dich loszumachen.“

Ich musste aber gar nicht erst die Küche suchen, denn schon im Flur sah ich eine Schale auf einem Sideboard stehen, in der eine Schere lag. Ich nahm sie mit und kehrte zu Danielle zurück. Drei Minuten später waren die Stricke zerschnitten und sie richtete sich auf.

„Wie hat er dich denn überwältigen können?“, fragte ich etwas erstaunt. „Du bist gut im Kämpfen.“

„Irgendein Spray!“, sagte sie. „Ich war sofort weggetreten.“

„Ein schlimmer Finger“, gab ich zu. „Was hast du denn von ihm gewollt?“

„Sage ich dir später. Wo ist er?“

„Er schläft im Zimmer nebenan“, ich zeigte auf den Raum, in dem sich vorhin alles abgespielt hatte. Wir gingen hinein. Er kam gerade einigermaßen wieder zu sich.

„Ich staune, dass du mit ihm fertiggeworden bist“, staunte Danielle. „So was hätte ich dir gar nicht zugetraut.“

„Mein Dank gilt der Partei der Arbeiterklasse“, sagte ich spöttisch. „Während meines Wehrdienstes in der Nationalen Volksarmee der DDR in Eggesin hat mir ein Kamerad, wenn sonst nichts anlag, ein paar Tipps zur Selbstverteidigung beigebracht. Das Meiste habe ich vergessen – aber etwas davon ist klebengeblieben.“

„Tja, dann wollen wir uns den Burschen mal vornehmen. Jetzt musst du doch mal die Küche suchen. Hol mal einen großen Topf voll mit Wasser – wir wollen ihn mal richtig gesprächig machen. Und bring ein Tuch mit, das wir ihm über Mund und Nase legen können.“

„Nein, nicht!“, stammelte der Daliegende. „Es geht schon. Bitte – kein Waterboarding und keine Gewalt. Und nicht foltern.“

„Wer will Sie denn foltern?", fragte ich. Er war wirklich ein Hosenscheißer, jetzt, wo er nicht mehr das Heft in der Hand hatte.

Und deshalb blickte er ängstlich von einem zu anderen von uns. „Ich habe der Lady doch schon vorhin gesagt, dass ich Kowalski seit Jahrzehnten nicht mehr gesehen habe. Nur Wilkins war vor ein paar Wochen da und hat auch nach ihm gefragt. Er wollte mir die Finger brechen, wenn ich ihm nicht die Wahrheit sagte."

„Wieso schon wieder Kowalski?", fragte ich Danielle ganz verblüfft. „Der Typ, den der Dicke in Glasgow erwähnt hat? Und unser geheimnisvoller Wilkins? Was hast du überhaupt mit dieser Sache zu schaffen? Ich höre wohl nicht richtig! Bin ich im falschen Film?"

Jetzt schwiegen beide. Danielle und der Mann am Boden.

„Du wirst es mir erklären müssen." Ich blickte sie streng an.

„Sicher!", sagte sie. „Aber ich weiß noch nicht, wie!"

22. London explosiv

„Jetzt wird es aber höchste Zeit mir zu verraten, was du für ein Spiel treibst. Eine harmlose PR-Tussi bist du sicher nicht. Aber was sonst?" Ich beugte mich vor und sah Danielle scharf an. „Was wolltest du bei diesem Kerl und was hast du mit ihm zu tun?"

Wir saßen in einem Pub, der „The Fox" hieß, verzehrten ein seltsames englisches Toast, zwischen dessen Scheiben sich Käse, Tomaten, Schinken und Grünzeug ein Stelldichein gaben, und tranken dazu Guinness. Ich hatte Danielle auf die Fensterbank gleich vorn im Raum gelotst, weil hier sonst kein weiterer Tisch stand – der eigentliche Gastraum befand sich weiter hinten, abgeschottet durch eine Trennwand, die mit Werbeschildern für diverse Biere und Whiskysorten verschönert worden war. Der Wirt, ein dünner Mann mit Kittelschürze, interessierte sich nicht für uns. Er saß hinten bei den anderen Gästen, drei Männern um die Dreißig, und würfelte mit ihnen. Sie waren ziemlich laut, aber das störte mich nicht. Umso besser konnte ich mir Danielle vornehmen. Der Platz war ideal, mal Tacheles miteinander zu reden. Außerdem sprachen wir deutsch. Ich glaube nicht, dass die Vier etwas mitbekommen würden.

„Man macht Männern, mit denen man ins Bett geht, nicht irgendwas vor und hat Heimlichkeiten vor ihnen", schimpfte ich weiter.

„Ach was", lachte sie mich an. „Nirgendwo wird so viel gelogen wie im Bett!" Sie nahm einen Schluck von ihrem Bier, setzte das Glas ab und sah mich selbstzufrieden an. „Aber du hast Recht – ich sollte dir die Wahrheit sagen."

„Das will ich hoffen!", knurrte ich.

„Ich arbeite tatsächlich nicht in einem PR-Büro, sondern für eine Privatdetektei in Wien. Ein Klient hat uns beauftragt, dieses verdammte Video zu finden, das dieser Wilkins vor Urzeiten aufgenommen und Kowalski ihm wieder geklaut hat. Ich gebe zu – es kam mir zugute, dich kennengelernt zu haben. Dich, der diesen ominösen Zettel unter deinem Kabinenbord gefunden hat, durch den ich auf die richtige Spur kam. Du warst ja als Journalist so scharf darauf herauszubekommen, welche heiße Story hinter der Telefonnummer und dem Wort „Poix" stecken würde. So konnte ich in deinem Schlepptau mit auf die Suche gehen."

„Du hast mich auf miese Weise benutzt!" Ich spürte, wie mein Blutdruck stieg. Gleich würde ich explodieren. „Hast mir Liebe vorgespielt. Mich in die Sexfalle gelockt…"

„Nein!", unterbrach sie mich und ihre Augen sahen mich etwas traurig an. „Das war echt! Ich mag dich wirklich. Ich habe mich in dich verliebt – das kannst du mir glauben." Sie lächelte schwach. „Und das kommt bei mir nicht oft vor."

„Was war vorhin mit dem Kerl, den ich beinahe erschlagen hätte?"

„Meine Chefin in Wien hat mir seine Adresse gegeben. Unsere Detektei hatte ausgegraben, dass er mit Kowalski seinerzeit eng befreundet gewesen ist. Sie riefen mich an und sagten, ich solle bei ihm auf den Busch klopfen. Ihn ausfragen. Über Wilkins, Kowalski und das Video. Wie das ausgegangen ist, weißt du ja. Wenn du nicht gekommen wärst, wäre ich jetzt wahrscheinlich tot."

„Und deine plötzliche Erkältung? Du hast gelogen, wenn du den Mund aufgemacht hast." Ich war immer noch tüchtig sauer. Ich lasse mir nicht irgendwas vom Pferd erzählen.

„Kannst du dir denn gar nicht vorstellen, in welcher Situation ich war? Unsere Suche hatte im Nichts geendet. Du wolltest ja schon aufgeben. Da musste ich doch abwarten, ob die Zentrale in Wien noch etwas gefunden hatte. Deshalb bin ich auch nicht mit dir an Land gegangen. Ich musste den Anruf abwarten. In Harwich konnte ich ja wieder telefonieren, ohne über die Satellitenleitung an Bord zu gehen oder ein schweineteures Rooming zu riskieren – zumal die Gefahr groß war, dass mein Gespräch abgehört würde. Jedenfalls hatte meine Chefin was für mich. Da habe ich ein Taxi nach Colchester genommen."

„Du bist also sowas wie dieser Lohmann", seufzte ich.

„Mehr oder weniger! Bloß in einer großen Firma."

„Ich sollte aufstehen und einfach gehen", sagte ich.

Sie legte mir die Hand auf den Arm. Rutschte näher an mich heran. Strich mir mit der anderen Hand zärtlich über die Wange. „Aber Tom!", flüsterte sie.

Da schmolz mein Zorn dahin wie Speiseeis im Sommer.

„Na gut – aber was machen wir jetzt?“ Ich wagte nicht, meinen Kopf zu bewegen, so gut tat mir ihre Hand, die mich streichelte. Aber dann hörte sie auf damit und wurde wieder recht amtlich.

„Ich soll noch einmal in Wien anrufen, ob sie noch weitere Personen entdeckt haben, die in der Vergangenheit mit Wilkins oder Kowalski zu tun hatten.“

„Dann mach es gleich“, sagte ich. „Denn wir müssen bald zurück aufs Schiff.“

„Bezahle mal unser Essen“, sagte sie. „Ich gehe raus und telefoniere draußen. Für den Fall, dass doch einer von denen Deutsch versteht.“ Sie erhob sich, tätschelte mich noch einmal und verschwand durch die Tür auf die Straße. Ich sah durchs Fenster, wie sie ihr Handy ans Ohr presste und ab und zu etwas sagte.

Ihr Fortgehen war das Signal für den Wirt, sich zu erheben, nach vorn zu kommen und zu fragen, ob wir noch etwas haben wollten. Zwei Bier vielleicht?

„War alles in Ordnung?“, wollte er dann wissen, nachdem ich bezahlt hatte.

„Alles fein!“, sagte ich.

Wir sagten uns „bye, bye“ und dann stand auch ich draußen. Danielle hatte ihr Gespräch beendet und sah mich betreten an.

„Ich komme jetzt nicht mit auf Schiff zurück“, erklärte sie. „Du musst allein nach Harwich. Ich komme nur bis zum Bahnhof mit.“

Was war denn nun wieder los? Die Chefin in Wien hatte offenbar schon wieder etwas Neues ausgebrütet.

„Ich muss nach London. Dort lebt ein Journalist, der früher eng mit Kowalski und Wilkins befreundet war. Simon Quint heißt der alte Knabe. Vielleicht haben sie sich an ihn gewandt.“

„Denkst du, er hat die DVD mit dem Video?“, fragte ich. „Das wäre doch sehr unwahrscheinlich.“

„In der Not greift man nach jedem Strohhalm“, Danielle sah zwar auch sehr skeptisch drein, aber ich ahnte, dass sie der Anordnung ihrer Chefin folgen würde. Sie war vorhin schon einmal in eine Falle getappt. Deshalb konnte ich sie nicht allein hinfahren lassen. Das sagte ich ihr auch.

„Es ist besser, du kommst nicht mit“, hielt sie dagegen.

„Schluss – das war mein letztes Wort!“, brummte ich.

Und so saßen wir eine Stunde später im Zug, der uns nach London Liverpool Street bringen sollte.

„Die Zeit läuft uns ganz schön davon“, sagte ich unterwegs. „Wir haben Glück, dass die „Bella Auranta“ erst neunzehn Uhr in Harwich ablegt. Aber trotzdem muss das in London blitzschnell geklärt werden.“

„Ich habe alles überschlagen“, beruhigte mich Danielle. „Wenn alles gut geht, sind wir achtzehn Uhr dreißig wieder am Liegeplatz. Wir nehmen in London kein Taxi. Die Straßen sind immer verstopft, vor allem nachmittags und abends. Mit der U-Bahn kommen wir schneller hin und zurück.“

„Wo müssen wir hin?“, fragte ich. Ein bisschen kenne ich mich in London aus.

„Bayswater – Qeensway!“ Ich nickte, als ich das hörte. Nicht sehr nahe beim Bahnhof Liverpool Street, aber gut erreichbar.

„Hör mal!“, kam ich auf etwas anderes zu sprechen. „Wir haben den Kerl von vorhin gut verschnürt. Was ist, wenn er sich nicht befreien kann? Wir lassen überall menschliche Pakete zurück. Was passiert, wenn sie keiner findet? Da verhungern und verrotten sie erbärmlich.“

Danielle lächelte. „Das sind kleine Gangster – die wissen sich zu helfen. Glaube mir – Unkraut vergeht nicht!“

In der Station Liverpool Street herrschte das übliche Gewusel. Menschen aller Altersstufen und Nationalitäten drängten aneinander vorbei. Es war schon die Stunde der ersten Pendler, die wieder nach Hause in ihre Wohnungen außerhalb des Stadtkerns wollten, dorthin, wo das Wohnen noch bezahlbar war. Wir trieben in der Menge mit wie Treibholz auf einem Fluss und suchten nach einem Hinweis, wie wir zur U-Bahn gelangen sollten. In der großen Bahnhofshalle mit ihrem Gang in der oberen Etage und den Läden unten entdeckten wir eine große blaue Tafel. Tickets and information. Waiting facilities. Travel & tourist centre. Bus station. Ah ja – und auch der Weg zur U-Bahn war hier angezeigt.

An einem Automaten kauften wir unsere Fahrkarten. Dann ging es hinunter in die Tube, die Röhre. In der U-Bahn-Station hätte man die Menschen stapeln können. Wieder unzählige Pendler, dazu Touristen und andere, die mit der nächsten Bahn mitfahren wollten. Als sie kam, quetschten wir uns hinein, aber alle Sitzplätze waren besetzt. So standen wir unsere Zeit ab, eingekeilt zwischen japanischen Besuchern und Turban tragenden Indern, biederen Hausfrauen und flippigen Jungs in bunten Hosen und mit coolen Frisuren. Dabei waren wir bestrebt, auf unsere Siebensachen, meinen Rucksack und Danielles Umhängetasche, zu achten, weil auf dem Bahnhof und in der U-Bahn selbst auf kleinen Schildern vor „pickpockets", den Taschendieben, gewarnt wurde. Es roch nach Schweiß und Parfüm, und wir waren froh, als wir an der achten Station aussteigen konnten. Der Bahnsteig lag beträchtlich unter der Erde. Wir stiegen viele Stufen empor, ehe wir draußen auf die Straße gelangten, die Queensway hieß.

„Hier geht es aber bunt zu", entfuhr es Danielle, als sie sich umsah. Die Gegend schien ein Sammelsurium aller Hautfarben zu sein, ein multikulturelles Etwas. Nicht nur, dass hier Leute von unterschiedlichster Herkunft und unterschiedlichstem Aussehen umher spazierten – auch die vielen Läden, Restaurants und anderen Einrichtungen waren wie ein Blick in die große weite Welt. Sie alle luden hier ihre Kundschaft ein – von Noodle Oodle bis zum Cous-Cous-Cafe, Friseure, ein Store namens Superdry, Tesco, eine Patisserie und jede Menge Bistros mit leckeren Angeboten englischer und ausländischer Küche.

„Was ist das da vorn?“ Danielle zeigte auf ein Eckhaus in der Ferne, auf dessen Turm ein doppeltes, ineinander übergehendes W zu sehen war, das in meinen Augen aussah wie ein auf dem Kopf stehendes McDonald's-M.

„Withleys“, sagte ich. „Ein großes Kaufhaus, das 1889 woanders und 1911 hier eröffnet wurde.“ Ich wies auf den Gebäudekomplex, der sich an der Straße ausbreitete und eindrucksvoll, aber etwas abgenutzt aussah. „Ich glaube, sie bauen es um und machen es 2022 wieder auf.“

„Jetzt müssen wir nur noch das Haus finden, in dem dieser Simon Quint wohnt.“ Sie hatte die Adresse im Kopf. Wir liefen weiter und kamen in eine Seitenstraße mit schönen viktorianischen Gebäuden, eleganter Architektur, hell, mit Säulen neben dem Eingang und viel Stuck an der Fassade.

„Hier ist es“, sagte Danielle und wies auf eines dieser Häuser.

Ich suchte den Namen am Klingelschild. Quint – ja, da war er. Wir mussten aber mehrmals läuten, ehe sich der Türsummer meldete.

„Zweite Etage“, sagte ich.

Das Treppenhaus war mit roten Läufern ausgelegt. Nobel geht die Welt zugrunde, dachte ich.

Die Wohnungstür oben war geöffnet. In ihr stand ein Mann um die Sechzig, irgendwie müde und kaputt aussehend. Gefärbtes Haar, blasses Gesicht, Tränensäcke unter den Augen. Etwas schlampig angezogen.

„Jaa?“, fragte er gedehnt.

„Mein Freund ist Journalist wie Sie“, sagte Danielle in ihrer freundlichsten Art, die sie draufhatte. „Er schreibt Reisebücher und für Magazine. Sie doch auch! Da wollte er Sie mal kennenlernen.“

Simon Quints Gesicht verzog sich unwillig. Er hob beide Hände abwehrend hoch. „Sehr nett – aber Sie kommen beide höchst unpassend.“

„Nur zehn Minuten“, sagte ich. „Dann gehen wir wieder.“

Jemand zischelte etwas hinter Quint.

„Na, schön!“, sagte der. „Kommen Sie rein.“

Im Flur standen Schuhe und Pantoffeln in Reih und Glied. Deshalb fragte ich, ob wir die Schuhe ausziehen sollten.

„Nein“, Quint winkte ab, „behalten Sie sie an.“ Irgendwo in der Wohnung klapperte etwas.

„Ihr Hund?“, fragte ich.

„Meine Frau“, sagte er. „Sie hat in der Küche zu tun.“ Sein linkes Augenlid zuckte nervös. Ich hatte den Eindruck, irgendwas stimmte hier nicht.

Mein englischer Kollege führte uns in sein Arbeitszimmer. Der Raum war vollgestopft mit Regalen voller Bücher und Zeitschriften. Überall lagen Magazine und Papiere herum. Es gab einen Computer mit LCD-Bildschirm auf einer Art Schreibtisch, der auch vollgemüllt war, aber die Stecker waren gezogen. Um einen weißen Couchtisch reihten sich vier unbequem aussehende Stühle. Quint wies auf sie. „Bitte – nehmen Sie Platz. Aber nur für fünf Minuten. Ich bin sehr beschäftigt.“

Als gut erzogener Engländer wartete er, bis wir uns gesetzt hatten und ließ sich dann auch uns gegenüber nieder.

„Was kann ich für Sie tun?". Er rutschte unruhig hin und her. Zog mit den Fingern der einen Hand an den Fingern der anderen Hand, bis sie knackten.

„Tja, ich bin – wie schon erwähnt – auch Journalist. Sogar exakt ein Kollege, denn ich schreibe auch über Reisen und Destinationen. Aber heute bin ich hier, weil ich an einer anderen Sache arbeite. Sie waren doch einmal mit einem gewissen Kowalski eng befreundet."

Ich wartete, wie er darauf reagieren würde.

Erst einmal gar nicht. Er wurde bloß noch nervöser. Zwinkerte unentwegt. Seine Hände flatterten leicht.

„Das ist schon so lange her", sagte er dann. „Ich habe ihn seit Ewigkeiten nicht mehr gesehen."

„Schade", mischte sich Danielle ein. „Wir hätten gern Kontakt mit ihm aufgenommen."

„Da kann ich Ihnen leider nicht helfen", seufzte Quint. „Ehrlich – das ist Lichtjahre her. Damals waren wir noch jung. Richtig jung!"

„Hat er weitere Freunde oder enge Bekannte gehabt?", fragte ich. „Jemanden, der oder die ihm damals besonders nahestand?"

„Ich kann mich an niemand erinnern", der Journalist schüttelte den Kopf.

Wieder rappelte es in der Küche. Quint wurde leichenblass.

„Gehen Sie!", stieß er hervor. „Ich weiß wirklich nichts."

„Hat Sie ein Mann namens Wilkins vor ein paar Wochen dasselbe gefragt?", machte ich einen letzten Vorstoß.

„Bitte gehen Sie!", er wankte auf seinem Stuhl.

Danielle holte ihr Handy aus der Tasche und sah auf die Uhrzeit. „Wir müssen wirklich", sagte sie zu mir. „Sonst fährt uns das Schiff vor der Nase weg."

In Quints Gesicht regte sich etwas. „Eine verrückte Welt. Sie schauen aufs Handy, wenn Sie wissen wollen, wie spät es ist. Alle Leute haben heutzutage immer nur ihre Smartphones zur Hand. Es ist wie eine Seuche." Er nahm einen Kugelschreiber, der auf dem Couchtisch zwischen zwei Zeitungen lag, schrieb schnell wie der Blitz etwas auf den Rand eines der Blätter und schob uns die heutige Ausgabe der „Times" über die Tischplatte herüber. Fast gleichzeitig legte er den Zeigefinger an die Lippen, um uns zu bedeuten, wir sollten schweigen.

„Es wäre schöner, Sie würden mehr Zeitung lesen – schließlich leben wir Journalisten davon", sagte er dann bedeutungsvoll.

Danielle und ich warfen einen Blick auf das Geschriebene. Auf dem Zeitungsrand stand eine Adresse: Wilhelmina ten Haff, Rotterdam, Pupillenstraat. Und die Hausnummer.

Ich nickte.

Quint zog die „Times" wieder zu sich herüber und schob sie unter die andere Zeitung. Anschließend erhob er sich. „Es war nett, Sie kennengelernt zu haben. Aber ich habe heute wirklich keine Zeit. Nehmen Sie mir es nicht übel, wenn ich Sie jetzt raussetze."

Wir versicherten ihm, dass wir ihm nicht böse seien und standen auch auf, um zu gehen. Danielle formte schweigend mit den Lippen das Wort „Polizei?", aber Quint schüttelte den Kopf. Er sah so hoffnungslos drein, dass er mir unendlich Leid tat.

Als wir die Treppe hinunter gingen, wollte ich etwas sagen, aber Danielle legte mir die Hand auf den Mund. Erst draußen auf der Straße, als wir wieder unter Passanten waren, ließ sie mich reden.

„Der hat Todesangst", sagte ich. „Warum wollte er nicht, dass wir die Polizei rufen?"

„Da sind Leute in seiner Wohnung. Wahrscheinlich haben sie seine Frau als Geisel genommen. Er will nicht, dass ihr etwas geschieht." Sie kannte sich offenbar in ihrem Job mit solchen Sachen aus. „Wir bleiben noch etwas hier in der Straße und beobachten das Haus."

„Unser Schiff…", wandte ich ein.

„Noch können wir es schaffen", sagte sie resolut.

Es gab etwa fünfzig Meter weiter eine Bank auf einem Rasenstück, das die Häuserzeile säumte. Dort setzten wir uns und starrten auf das hübsche Haus, das wir gerade verlassen hatten. Wir warteten etwa zwanzig Minuten, dann packte mich Danielle am Arm.

„Da – dort! Das müssen sie sein!" Drei Männer waren zwischen den beiden Säulen erschienen, die den Eingang des eleganten Gebäudes säumten. Drahtige Gestalten, leger gekleidet, mit ausdruckslosen Gesichtern. Zwei hatten sich den Kopf kahlscheren lassen. Einem fielen lange Haare ins Gesicht. Es waren Typen, denen ich nicht gern nachts irgendwo begegnen würde. Sehr kräftig aussehend. Keine Spaßvögel.

„Ich tippe auf Osteuropäer", meinte Danielle. „Vielleicht Russen."

Wir beobachteten sie, wie sie nach rechts abschwenkten, fort von uns und dann hinter parkenden Autos verschwanden.

„Wir sollten noch einmal nach Quint schauen", sagte ich. Danielle nickte. So liefen wir noch einmal zu seinem Wohnhaus zurück und betraten den Hausflur. Hier zupfte mich meine Begleiterin am Ärmel.

„Möglicherweise laufen wir in eine Falle!", sagte sie leise. „Wenn ein vierter Mann oben geblieben ist, kann er uns ganz leicht erledigen, sobald wir die Wohnung betreten. Wir sind ja nicht mal bewaffnet."

Ich musste ihr Recht geben. „O.k.", ich nickte. „Verziehen wir uns lieber und rufen die Polizei."

Abrupt wollte ich kehrt machen. Danielle hielt mich auf. „Nicht vorn raus! Vielleicht beobachten sie den Vordereingang. Wir verdrücken uns hinten hinaus.“ Sie zeigte auf die Hoftür am Ende des Flurs. Sie war nicht verschlossen und führte zu den Mülltonnen und dahinter zu einer kleinen Ein- und Ausfahrt. Wir trabten eilig davon und hatten die Gasse fast erreicht, die wieder auf die Hauptstraße führte, als es passierte.

Die Osteuropäer hatten uns etwa zehn Minuten gegeben. Sie ahnten, dass wir Quint noch einmal aufsuchen würden. Denn sie hatten vermutet, dass wir ihr Weggehen beobachtet hatten. Zehn Minuten hatten sie uns schenken wollen, die wir gebraucht hätten, um durch eine offene Tür in Quints Wohnung zu kommen und die Leichen zu entdecken. Zehn Minuten, in denen wir die Polizei angerufen und in den Räumen da oben fassungslos dagestanden hätten, um auf die Beamten zu warten. Zehn Minuten zwischen Leben und Tod.

Denn nach zehn Minuten explodierte Quints Wohnung.

Mit einem mörderischen Knall und einer grauen Wolke flogen da oben in der zweiten Etage die Fenster heraus. Glassplitter und Trümmerteile prasselten uns um die Ohren. Ich dachte, ich sei taub geworden, denn Danielles Stimme drang wie durch einen Wattebausch zu mir.

„Die wollten uns gleich mit beseitigen“, sagte sie mit einem Gesicht, weiß wie eine frisch gestrichene Wand. Sie rieb sich Staub aus den Augen. „Mein Gott, sind wir knapp davongekommen. Sie haben uns beobachtet und gesehen, dass wir wieder ins Haus gegangen sind. Es wäre ein Abwasch gewesen. Die Toten da oben und wir mit unseren Nachforschungen.“ Mir war jetzt auch klar, dass die Drei unser Gespräch mit Quint heimlich mitgehört hatten. Einer von ihnen hatte im Flur gestanden, während wir im Arbeitszimmer redeten. Die Geräusche – das war nicht in der Küche gewesen und nicht die Frau. Oder der Hund, wenn er einen gehabt hatte. Der wäre jetzt auch nur noch Hackfleisch.

„Warum haben sie uns nicht gleich oben erledigt?“, dachte ich laut nach.

„Sie waren nicht auf Besuch eingerichtet und wussten auch nicht, ob wir Waffen besaßen“, vermutete Danielle.

Ich war ein Spätzünder, denn erst jetzt wurden meine Beine butterweich. Bloß keinen Schock kriegen, dachte ich. Ich holte tief Luft. Danielle sah offenbar, was mit mir los war. Sie nahm mich am Arm. „Lass uns abhauen – wir müssen das Schiff bekommen. Jetzt läuft uns wirklich die Zeit davon.“

Ich gab mir Mühe, mich zusammenzureißen. Es gelang mir nicht ganz, aber es ging so lala. Ich staunte, wie sich Danielle hielt. Ruhig, sachlich – nicht fassungslos, sondern sie funktionierte wie ein Uhrwerk.

Wir staubten uns gegenseitig etwas mit den Händen ab und als wir zum nächsten U-Bahn-Eingang liefen, nicht zu schnell, um nicht aufzufallen, aber immerhin zügig, hörten wir schon die auf- und abschwellenden Töne der Polizeisirenen. Ein Metropolitan Police Car mit flackerndem Blaulichtbalken auf dem Dach sauste an uns vorbei, dann kam auch noch ein zweiter, ein Transporter mit zwei Lichtbalken, und fast zeitgleich rollten Feuerwehr und Krankenwagen an.

Wir kamen unbehelligt in die U-Bahn-Station, stiegen in den Untergrund und nahmen den nächsten Zug nach Liverpool Station. Dort mussten wir fast eine Stunde warten, bis wir einen Zug nach Harwich erwischten. Der vorhergehende war gerade weggefahren.

Ich sah auf meine Armbanduhr. „Das Schiff können wir uns vermutlich abschminken.“

„Das wäre Mist!“, schimpfte Danielle. „Denn es fährt nach Rotterdam, wo diese Wilhelmina ten Haff wohnt, deren Namen uns Quint aufgeschrieben hat. Sie muss etwas mit Kowalski zu tun haben.“

Ich setzte meinen Rucksack ab und holte meine Brieftasche heraus.

„Was suchst du?“, fragte Danielle.

„Die Bordkarte – da ist eine Notrufnummer der „Bella Auranta“ aufgedruckt. Ich will anrufen und mitteilen, dass wir unversehens in London hängengeblieben sind und auf andere Weise nach Rotterdam reisen müssen, um wieder aufs Schiff zu kommen.“

„Du meinst, sie warten nicht auf uns?“

„Nein. Wenn wir eine Reisegruppe wären, die bei Bella Cruises einen Ausflug gebucht hätte, dann ja, bis die Truppe wieder zurück ist. Individuelle Ausflügler müssen in Kauf nehmen, dass sie einen leeren Liegeplatz vorfinden, wenn sie sich verspäten.“

„Hm!“, sagte Danielle. „Und wie kommen wir nach Rotterdam?“

„Lass uns Tante Google fragen“, schlug ich vor.

Das Ergebnis war nicht sonderlich erfrischend. Die Flüge London-Rotterdam waren alle ausgebucht. Der Flixbus war schon weg. Blieb nur noch die Fähre ab Harwich.

„Stena fährt über Nacht nach Hoek van Holland“, sagte ich mit einem Blick auf mein Smartphone. „Der Hafen dort ist etwa 30 km von Rotterdams City entfernt. Da gibt es Busse, die vom Fährterminal in die Stadt fahren.“

Ich nahm mein Handy ans Ohr und wählte die Notnummer. Eine Männerstimme meldete sich. Ich erzählte, dass Frau Sedlacek und ich die Abfahrt verpassen würden und sagte gleichzeitig, wir seien aber beim zweitägigen

Aufenthalt der „Bella Auranta“ in Rotterdam wieder an Bord, um dann bis Hamburg mit zurückzureisen.

Der Mann dankte für meinen Anruf, weil damit die Lage klar war und sich niemand an Bord Sorgen machen musste, wo wir abgeblieben waren. Er nannte mir noch seinen Namen – Krisch oder so ähnlich – und wünschte uns noch eine gute Reise nach Rotterdam. Er sagte, wo die „Bella Auranta“ dort zu finden sei, am Liegeplatz bei den Hochhäusern. „Kommen Sie gut wieder an Bord“, sagte er zum Schluss, und das war es.

Auch Danielle hatte ihr Handy aus ihrer Umhängetasche geholt. Sie hatte sich ins Internet eingeloggt und tippte in dem kleinen Gerät umher, als gelte es einen Wettbewerb zu gewinnen. Schließlich bat sie mich, ihr Smartphone mal zu halten, brachte ihre Kreditkarte aus der Tasche hervor und gab ihre Daten ins Handy ein. Als das alles erledigt war, sah sie mich zufrieden an.

„Ich habe eine Zweier-Außenkabine auf der Stena Britannica genommen, die in Harwich am Terminal Parkeston Quay liegt. Jetzt können wir uns Zeit nehmen.“ Sie sah sehr zufrieden aus.

„Wann fährt sie ab?“ fragte ich, weil ich nicht noch ein Schiff verpassen wollte.

„Eine Stunde vor Mitternacht. Check-in ist von zwanzig bis zweiundzwanzig Uhr, Boarding beginnt zwanzig Uhr dreißig“, ratterte sie ihr via Internet erworbenes Wissen herunter.

„Das ist bequem zu schaffen“, sagte ich.

Und dann fuhr auch schon der Zug nach Harwich International Station auf dem Gleis am Bahnsteig ein.

Zwanzig Uhr vierundvierzig standen wir im Fährterminal am Schalter, an dem die Bordkarten ausgegeben wurden.

„Weißt du, wie der Liegeplatz der „Bella Auranta" in Rotterdam heißt?", fragte ich Danielle, während wir hinter anderen Leuten warteten, bis wir an der Reihe waren.

„Null Ahnung", sagte sie. „Ist es von Bedeutung?"

„Wilhelmina Pier", sagte ich. „Wie die Dame, die wir besuchen wollen."

Sie lachte. „Na, endlich mal ein gutes Vorzeichen!"

23. Die Jagd beginnt

Die Überfahrt nach Hoek van Holland verlief unspektakulär. Die „Stena Britannica" hatte zur Nachtabfahrt Punkt 23 Uhr abgelegt. Wir kauften uns im Bordshop XXL-Shirts zum Schlafen und auch Zahnbürsten für das Putzen nachher und morgen früh. Dann stillten wir im Metropolitan-A-la-Carte-Restaurant unseren Hunger und nahmen an der Riva Bar auch noch einen Absacker zu uns, ehe wir uns in unsere Außenkabine zum Schlafen zurückzogen. Unser Domizil für eine Nacht war nicht das Hotel Ritz, aber es hatte ein hohes schmales Fenster, links und rechts ein Bett, ein Fernsehgerät oben in der Ecke, einen Spiegel im Eingangsbereich und einen zweiten größeren über einem Schreibbord, vor dem ein weinrot bezogener Stuhl stand. Eine elektrische Steckleiste zum Aufladen unserer Handys war vorhanden und natürlich auch ein Telefon. Toilette und Dusche befanden sich dicht neben dem Eingang, an dessen Tür innen die Hinweise für einen eventuellen Notfall angebracht waren.

Ich hatte Mühe einzunicken, denn die schlimmen Ereignisse des Tages wirkten im meinem Kopf nach. Manche halten mich für cool, sachlich und eiskalt. Das stimmt nicht. Im Gegenteil – ich habe auch eine sehr sensible Ader. So wirbelten die Bilder von den Ereignissen in Colchester und London kreuz und quer durch mein Gehirn.

Ich beneidete Danielle, die offenbar solche Probleme nicht hatte, sondern mit leisem Schnarchen fest schlafend auf dem Bett an der anderen Seite der Kabine lag. Ich versuchte es mit Schäfchenzählen, aber es half nicht viel. Schließlich aber schlief ich doch ein und bis zum frühen Morgen durch.

Danielle weckte mich. Sie sah sehr attraktiv aus in ihrem übergroßen Shirt, das die sehenswerten Beine freiließ.

„Steh auf!", sie rüttelte mich. „Wir wollen doch noch frühstücken, ehe die Fähre anlegt."

Eine Viertelstunde später saßen wir in einem Büffetrestaurant auf einer Polsterbank, die im selben Weinrot gehalten war wie die Stühle und der Teppichboden. Viel Zeit bekamen wir dann doch nicht zum Essen und Kaffeetrinken, denn exakt um acht Uhr legte die „Stena Britannica" in Hoek van Holland an.

Wir hätten dann am Fährterminal den Bus 711 nach Rotterdam nehmen können, entschieden uns aber für ein Taxi, das uns in vierundzwanzig Minuten zur Wilhelminakade brachte. Zeit war heute eine knappe Sache. Wir mussten noch kurz auf die „Bella Auranta", um uns umzuziehen – dann hieß es, so schnell wie möglich diese Frau ten Haff aufzufinden. Die Burschen, die den Journalisten, seine Frau und seine Wohnung in die Luft gesprengt hatten, wussten sicherlich auch von ihr. Kaum vorstellbar, dass Simon Quint geschwiegen hatte, als sie drohten ihn oder seine Frau zu quälen. Wir waren ihnen nur einige Atemzüge voraus, weil gestern alle Flüge nach Rotterdam schon ausgebucht gewesen waren. Vielleicht hatten sie auch Helfershelfer hier in den Niederlanden, die diese Wilhelmina aufsuchen würden.

Umso eiliger stürzten wir nach der Sicherheitskontrolle im Cruise Terminal Rotterdam die Gangway der „Bella Auranta" empor, auf der uns die ausflugslustigen Mitreisenden in Scharen entgegenkamen. Männlein und Weiblein, Junge und Alte, ein buntes Gemisch von Leuten in kurzen und langen Hosen, dünnen Tops und dicken Jacken, alle gut gelaunt, die unten wahrscheinlich in einen der kostenlosen Shuttle-Busse der Stadt steigen würden, um in die City zu fahren.

Ich machte mich in meiner Kabine 9272 ausgehfertig, ließ die Kamera zurück und nahm nur den Rucksack mit den Papieren, etwas Geld und dem Handy mit. Danielle hatte gesagt, ich solle sie an ihrer Kabine abholen, und das tat ich auch. Ich hörte sie da drinnen reden, vermutlich hatte sie ihr Handy am Ohr und hörte mein Anklopfen nicht. Sie sprach englisch, aber nicht dieses saubere Englisch, das die Briten so kultiviert aussprechen, sondern mit einem amerikanischen Akzent, durch den ich nicht viel verstand. Die Amis reden immer so, als hätten sie eine Kartoffel im Mund.

Dann hörte sie auf zu sprechen und öffnete die Tür. Sie hatte mich also doch bemerkt.

„Wir können gehen", sagte sie.

Unser Weg führte genau wieder dahin, wo wir vor kurzem hergekommen waren – ins Cruise Terminal. Dort hatten Händler ihre Stände aufgebaut, an denen sie Souvenirs und Spezialitäten aus Holland anboten. Auch die Touristeninformation von Rotterdam war mit einem Tisch vertreten. Ich ließ mir von einer netten Dame einen Faltplan geben, auf dem „City Map. Discover Rotterdam. Make it happen." stand. Wir konnten zwar die Pupillenstraat – was für ein komischer Name in meinen Ohren – auch mit Google Maps per Handy finden, aber ich komme in solchen Fällen mit dem guten alten Stadtplan immer noch ausgezeichnet zurecht. Wir falteten ihn also auf einem der Tische nebenan in der Halle auf, wo zahlreiche Crewmitglieder der „Bella Auranta" das WLAN des Terminals nutzten, um mit ihren Lieben daheim zu kommunizieren. Keiner der Philippinos scherte sich um uns. So konnten wir uns noch ein bisschen darüber austauschen, wie wir bei dieser Wilhelmina vorgehen wollten. Mit der Tür ins Haus fallen oder erst einmal ein bisschen Quatsch vom Pferd reden?

Wir entschieden uns für die Tür.

Ein Taxi fanden wir draußen auf der Straße. Der Fahrer konnte Deutsch. Wir mussten ziemlich weit durch Rotterdam fahren, zuerst über die Erasmus-Brücke, dann ein Stück durch verstopfte Straßen westlich und schließlich an einem Viertel mit viel Grün vorbei, bis wir unser Ziel erreicht hatten. Die Pupillenstraat war eine kleine Straße, die nicht sonderlich aufregend aussah. Keine Spur von großer Architektur, wie sie in Rotterdam oft zu sehen ist. Nur durchschnittliche Häuser, von denen einige an der einen Straßenseite braunrote Ziegelfassaden mit Türen und Fenstern aufwiesen. Es gab ein paar kleine Läden. An einer Straßenecke ein hübsches Restaurant. Parkplätze für Autos. Hier und dort Bäume mit frischem Grün. Abgestellte Fahrräder und E-Scooter. Freundlich wirkte die Straße durch die einheitlich weiß gestrichenen Umrandungen der Fenster und Türen an den Häuserfronten. Ansonsten nichts Besonderes. Vor der Hausnummer, die wir dem Taxifahrer genannt hatten, setzte er uns ab.

Danielle und ich musterten das dreistöckige Gebäude, ehe wir durch die offene Haustür eintraten. Der stille Portier an der Wand zeigte uns, wo Wilhelmina ten Haff zu finden war – in der ersten Etage, vierte Wohnung. Um dort hinzukommen, mussten wir die Treppe emporsteigen – der Fahrstuhl war kaputt. Eine Tür im ersten Stockwerk führte hinaus ins Freie auf einen Laufgang, der außen am Haus zu den blau gestrichenen Wohnungstüren entlangführte. Ich blickte über das niedrige Gitter des Ganges. Ein Hof mit viel Grün weiter hinten.

„Da vorn muss es sein", sagte Danielle. Es war die vierte Tür, die vom Gang abging. Sogar ihr Name stand auf dem kleinen Klingelschild, dessen Knopf wir jetzt drückten.

Es gab einen Spion in der Türmitte, und dessen kleine Deckscheibe bewegte sich innen. Ein Auge blickte zu uns durch das kleine Loch heraus.

„Pupillenstraat", flüsterte ich Danielle zu. Sie musste lachen, aber versetzte mir mit dem angewinkelten Ellenbogen einen Stoß in die Seite, weil ich den Unsinn lassen sollte.

Offenbar war die Musterung drinnen für uns positiv ausgefallen. Trotzdem sagte die Wohnungsinhaberin, nachdem sie geöffnet hatte, in sehr energischem Ton: „Wenn Sie mir etwas verkaufen wollen, dann können Sie gleich wieder gehen!"

Wilhelmina ten Haff mochte an die Sechzig sein und hatte sich sehr gut gehalten. Blonde Locken umrahmten ihr etwas breites Gesicht, das selbst heute noch auf eine gewisse Weise schön aussah. Die Dame wirkte gepflegt; sie trug ein fröhliches gelbes Kleid, das bis über die Knie reichte. Ihre Füße steckten in Hausschuhen, die vorn Katzengesichter hatten.

„Sie kennen doch einen Herrn Kowalski?", begann Danielle auf Deutsch.

Das Gesicht von Wilhelmina ten Haff verfinsterte sich.

„Hauen Sie ab!", sagte sie unfein in derselben Sprache und wollte die Tür zuschlagen. Aber ich stellte rasch meinen Fuß in den Spalt, so dass sie das nicht schaffte.

„Wir machen keinen Ärger!", Danielles Ton klang sowohl freundlich wie auch mitfühlend. „Das Einzige, was wir wollen, ist dass Sie uns eine Auskunft geben, wo wir ihn finden können."

„Woher haben Sie meine Adresse?“ Frau ten Haff blickte uns misstrauisch an. Selbst die Katzengesichter an den Schuhen schienen uns böse anzuglotzen.

„Von einem Freund!“, mischte ich mich ein. „Von Simon Quint.“

Jetzt hellte sich ihr Antlitz wieder etwas auf. „Ach, der Gute! Wie geht es ihm denn?“ Sie sah uns neugierig an. Offenbar war die Explosion in London den niederländischen Medien nicht viel wert gewesen. Im Höchstfall zehn Zeilen. Ohne die Namen der beiden Betroffenen zu erwähnen. Wenn überhaupt.

„Kommen Sie doch herein“, jetzt zog sie die Tür weit auf, damit wir eintreten konnten. „Erzählen Sie doch mal, was er so treibt. Ich habe Simon seit Jahren nicht gesehen.“ Sie ließ uns durch den kleinen Flur, in dem eine Garderobe und ein stabil aussehendes kleines Schränkchen standen, in das Wohnzimmer vorangehen. Die gute Stube war eingerichtet wie bei unzähligen bürgerlichen Familien auch – Sofa, Sessel, Essstühle, ein Tisch, die unvermeidliche Schrankwand mit allerlei Kram in ihr und auf ihr. Der Fernseher lief Non-Stop auf einem Bord und brachte eine Talk-Show, bei der Leute, die ich nicht kannte, wütend aufeinander einredeten.

Wilhelmina schaltete den Apparat aus, bat uns an den Tisch und verschwand in der Küche, wo wir sie mit Geschirr klappern hörten. Sie kam nach einer Weile wieder, um uns Kaffee und einen halben Kuchen zu bringen, von dem sie zwei Stück für uns abschnitt.

„Ich darf nicht – ich habe heute schon zwei Stück gegessen“, sagte sie entschuldigend. „Die Figur, verstehen Sie?“ Ich verstand es nicht, denn sie sah doch noch recht gut aus.

Wir griffen zu, und Danielle übernahm dazwischen das Reden. „Herr Quint hat uns erzählt, dass Herr Kowalski

Sie besuchen wollte. Wir möchten ihn dringend sprechen und hoffen, dass Sie uns sagen können, wo wir ihn finden." Das war zwar auf den Busch geklopft, aber sie hatte den Nagel auf den Kopf getroffen.

„Sprechen Sie nicht von Kowalski", sagte Wilhelmina. Ihr Gesicht lief hochrot an. „Er hat mich in eine derart üble Lage gebracht, wie ich es noch nie erlebt habe." In Gedanken daran verkrampften sich ihre Hände.

„Was ist denn passiert?", fragte meine Begleiterin im mitleidvollsten Tonfall, den sie zustandebringen konnte.

Unsere Gastgeberin schlug die Hände vor ihr Gesicht und begann zu weinen. Wir ließen sie einige Minuten lang ungestört schluchzen, dann reichte ich ihr ein Taschentuch. „Wir haben auch Probleme mit ihm und deshalb suchen wir ihn", sagte ich sanft. „Sicher können Sie uns helfen. Was war denn los? Woher kennen Sie ihn überhaupt?"

Wilhelmina ten Haff wischte sich die Tränen ab.

Dann erzählte sie und wir hörten ihr gebannt zu. Es war eine Zeitreise, auf die wir uns begaben, denn sie hatte Kowalski und seinen Freund Wilkins im Jahr 1976 kennen gelernt.

Nicht nur ich – auch Danielle zuckte zusammen, als der Name Wilkins fiel. Doch wir unterbrachen Wilhelmina nicht.

„Ich war damals gerade Achtzehn geworden, durfte mir nun im Kino auch Filme wie „Rocky" und „Black Emanuelle – Stunden wilder Lust" ansehen." Sie kicherte wie ein kleines Mädchen, als sie daran dachte. „Und ich durfte nun auch mal in eine Nachtbar gehen, ohne dass man mich raussetzte. In einer solchen Bar habe ich beide getroffen. Sie waren einige Jahre älter als ich, der blonde Michael und der dunkelhaarige George. Der eine war fünfundzwanzig, der andere sechsundzwanzig. Sie trafen sich dort auch ab und an mit einem Bekannten – Simon Quint, einem jungen Engländer, der damals Volontär bei einer hiesigen Zeitung war. Kowalski und Wilkins tanzten beide recht gut. Von Quint konnte man das nicht sagen. Er trampelte den Mädchen ziemlich auf den Füßen herum. Deshalb sind nur Michael, George und ich meist öfter miteinander ausgegangen, solange die Zwei in Rotterdam stationiert waren. Sie arbeiteten bei einer amerikanischen Firma, die hier eine Zweigstelle hatte, aber was sie eigentlich genau machten, habe ich nie erfahren. Ich wollte auch nicht neugierig sein." Sie sah uns plötzlich streng an. „Nein, nicht was Sie denken! Ich habe mit keinem von beiden Sex gehabt. Mein Gott, geküsst habe ich sie alle zwei schon mal. Sie waren auch nicht aufeinander eifersüchtig. Michael Kowalski hat mal gesagt, ich wäre ihr Maskottchen." Sie seufzte und lebte plötzlich in der Erinnerung.

„Eines Tages waren sie weg. Einfach fort. Sang- und klanglos, als wären sie nie dagewesen. Ich lernte Karl kennen, dem ich mein Herz schenkte und nicht nur das, und den ich heiratete. Wir führten viele Jahrzehnte lang eine glückliche Ehe, bis er zu zeitig an Krebs starb." Sie schluckte ein bisschen, fuhr aber fort. „Ich bin dann allein geblieben hier in dieser Wohnung, in der ich schon als junges Mädchen mit meinen Eltern gelebt hatte. Ja, so ist das Leben!"

„Und Kowalski? Wilkins?", fragte ich.

„Von denen habe ich mehr als vierzig Jahre lang nichts mehr gehört. Dann tauchten sie plötzlich wieder auf. Erst der eine. Dann, später, der andere."

Wilhelmina ten Haff erzählte, dass zuerst Kowalski gekommen war. Er hatte ein kleines Päckchen bei sich und bat sie, es in ihrem Bankschließfach für ihn aufzubewahren. Er würde es bei Gelegenheit wieder abholen.

„Aber nach ihm tauchte George vor einigen Wochen auf. Er verlangte das Päckchen für sich. Ich lehnte das natürlich ab. Es gehörte ja schließlich Michael. Hätten Sie das anders gemacht?“ Fragend sah sie uns an.

Wir schüttelten beide brav den Kopf.

Dann erzählte sie weiter. Wilkins hatte zuerst mit guten Worten und Schmeicheleien versucht, sie umzustimmen. Als sie immer noch „nein“ sagte, hatte er aus seinem Rucksack eine Flasche mit brennbarer Flüssigkeit geholt, sie damit übergossen und ein Feuerzeug aus der Hosentasche zum Vorschein gebracht.

„Er wollte mich anzünden, damit ich verbrenne!“ Noch heute klang das Entsetzen darüber aus ihrer Stimme. „Der nette George – ich hatte ihn als freundlichen, zärtlichen Mann in Erinnerung, aber jetzt war aus ihm ein brutaler Unmensch geworden, der vor nichts zurückschreckte.“ Sie zitterte am ganzen Leibe, als sie die Szene noch einmal erlebte.

Und deshalb hatte sie Wilkins den Schlüssel zum Schließfach gegeben und ihm auch das Kennwort verraten, das er bei der Bank sagen musste.

„Tja, und dann kam Kowalski und wollte sein Eigentum abholen!“, stellte ich fest.

„Ja – fast zeitgleich. George war gerade mal ein paar Stunden lang fort, als Michael auftauchte. Er tobte zuerst und war auch nicht lieb zu mir, aber dann beruhigte er sich und sagte, er würde schon herausfinden, wo er Wilkins erwischen könnte. Er entschuldigte sich sogar, dass er mich angebrüllt hatte. Im Nu war er wieder weg und ich habe beide nicht wiedergesehen.“

Danielle setzte an, um eine Frage zu stellen, als es plötzlich an der Tür läutete. Wilhelmine ten Haff stand auf und ging in den Flur. Ich hörte, wie sie öffnete und mit einem

Mann sprach. Sie redeten Holländisch. Sie fließend. Er mit starkem Akzent.

„Da ist einer vom Telefonservice“, rief uns Wilhelmina erklärend von der Tür aus zu. „Mein Telefon würde nicht funktionieren, sagt er. Komisch – ich habe es gar nicht bemerkt.“

Bei diesen Worten schrillten in meinem Kopf alle Alarmglocken. Auch Danielle gab mir sofort ein Zeichen. Wir erhoben uns rasch vom Kaffeetisch und folgten unserer Gastgeberin in den kleinen Korridor.

Vor der Tür stand ein Mann in einer Art Dienstkleidung. Auf seiner Jacke war das Logo einer niederländischen Telefongesellschaft aufgenäht – drei bunte Farbtupfer mit einer stilisierten Krone in der Mitte und daneben in kleinen Buchstaben „kpn“. Er hatte eine Umhängetasche von der Art über der Schulter, wie sie Handwerker tragen, besaß eine kräftige Statur und die Haare hätten auch mal geschnitten werden können. Auch sein Gesicht hatten wir schon einmal gesehen.

Es war einer der drei Osteuropäer, die aus Quints Haus gekommen waren und die uns mit ihrer Bombe ins Jenseits befördern wollten. Er starrte uns ebenso ungläubig an wie wir ihn. Er hatte gedacht, wir seien tot.

„Weg da!“, rief Danielle, stürzte nach vorn und zog Wilhelmine ten Haff weit in den Flur zurück. Gleichzeitig trat sie mit ihrem Fuß heftig gegen die Tür, die sofort von innen zuknallte und ins Schloss fiel.

Dann geschah alles fast gleichzeitig. Von draußen warf sich der falsche Telefonmann mit dem vollen Gewicht seines Körpers gegen die Tür, um sie aufzubrechen. Danielle zerrte die Wohnungsinhaberin ins Wohnzimmer, wo sie erst einmal in Sicherheit war, und kam dann zurück, um mir zu helfen, den Flurschrank quer vor die bebende Tür zu schieben. Das ging nicht ohne Geräusch. Natürlich hatte es auch der Typ da draußen gehört – er hatte eine Schusswaffe und die benutzte er, um durch die Tür zu schießen. Wahrscheinlich sollte das nur eine Warnung sein, denn die Geschosse gingen viel zu hoch, und er wollte Wilhelmine ten Haff sicher auch lebendig haben, um von ihr Auskünfte zu bekommen. Es machte „ratsch", jedes Mal, wenn er den Abzug betätigte, eine ganze Geschossgarbe zersägte die Tür. Deshalb tippte ich auf eine Mini- oder Micro-Uzi, die bequem in seine Handwerkertasche gepasst hatte.

Danielle und ich lagen flach auf dem Flurteppich und pressten unsere Hände fest gegen den Schrank, der sich immer wieder bewegte, wenn sich der rabiate Angreifer gegen die Türfüllung warf. Lange konnte das nicht mehr gut gehen.

Aber der Himmel hatte ein Einsehen. Draußen knallten wieder Schüsse, aber es war kein Dauerfeuer mehr. Jemand schrie auf. Ein Körper fiel gegen die Wohnungstür. Jemand klopfte heftig an die Tür.

„Turner?", rief eine Stimme, die ich irgendwo schon einmal gehört hatte.

„Hier!", schrie Danielle.

„Gesichert!", kam es wieder von draußen.

Turner? Ich starrte Danielle an. Was sollte das? Wieso Turner?

Sie sah mich an. „Glotz nicht so! Nun mach was – hilf mir, das Schränkchen wegzuräumen."

Mit vereinten Kräften machten wir die Tür wieder frei. Sie hatte ein bisschen gelitten und hing schief in den Angeln. Dort, wo die Schusssalven Löcher in sie hinein gestanzt hatten, sah sie wie eine Lochstickerei aus. Aber sie hatte dem Angriff standgehalten.

Ich öffnete.

„Holen Sie die Frau raus – hier kann sie nicht bleiben. Wir bringen sie in Sicherheit!", sagte der Mann draußen. Fassungslos starrte ich ihn an. Jetzt wusste ich auch, wieso ich seine Stimme kannte.

Es war Hendrik Nimmer, der schwerverliebte Mitreisende.

„Nun starren Sie mir keine Löcher in den Bauch!", fuhr er mich an. „Nichts wie weg hier. Die haben noch weitere Leute unten auf der Straße."

Danielle kam schon durch den Flur gestürzt, Wilhelmine ten Haff hinter sich herziehend. Die arme Frau wusste gar nicht, wie ihr geschah. Sie wehrte sich aber auch nicht, als sie aus ihrer Wohnung geführt wurde, die Tür hinter ihr zuklappte und wir alle den Laufgang entlang rannten. Nimmer hastete voran – in der Hand eine klobige Pistole, die aussah, als könne man damit Bären schießen.

Wir eilten die Treppe hinab, die Holländerin im Schlepptau, und gelangten unbehelligt ins Erdgeschoss. Dort stand Silvana Nimmer-Oede in der Haustür, auch mit einer ansehnlichen Kanone bewaffnet, und winkte uns, wir sollten uns beeilen.

Meine Verblüffung war riesengroß, als ich die scheinbar unsterblich verliebten Tischnachbarn so schwer bestückt um mich herum sah. Ich musste das erst einmal verarbeiten. Und dass Danielle Sedlacek jetzt plötzlich Turner hieß, auch! Es hätte mich nun auch gar nicht mehr gewundert, wenn plötzlich auch noch Blasius mit wirrem weißem Haarschopf, einem irren Shirt und einem Maschinengewehr im Arm vor mir gestanden hätte. Oder der „Loser". Oder Paul. Oder Lohmann. Aber das war wohl zuviel verlangt.

Als wir am Bordstein vor dem Gebäude standen, sahen wir den schwarzen Mondeo an der nächsten Straßenecke, an dem zwei Männer lehnten. Der Tote da oben hatte mit russischem Akzent gesprochen – als er noch lebte. Also waren das hier auch Russen.

Die beiden Männer am Wagen kamen in Bewegung, als sie uns sahen. Sie öffneten ihre Autotüren und wollten einsteigen, um uns zu erwischen. Aber dazu kamen sie nicht ohne weiteres. Aus ihrer Sicht wäre es vernünftig gewesen, sie hätten den Motor weiterlaufen gelassen. Hatten sie aber nicht. Das kostete Zeit.

Von irgendwoher preschte ein dunkelblauer Transporter heran, der direkt vor uns mit kreischenden Bremsen stoppte. Eine seitliche Schiebtür ging auf. Jemand zerrte Wilhelmina ins Innere. Danielle schob mich hinterher und folgte mir. Dann kam Silvana an die Reihe. Hendrik Nimmer sprang als Letzter hinein, gerade noch rechtzeitig, weil der Transporter schon wieder mit quietschenden Reifen anfuhr.

Es gab da drinnen sechs Sitze, den vom schweigsamen Fahrer mitgerechnet. Wir versuchten, uns während der Fahrt hinzusetzen und anzugurten. Nimmer half Wilhelmine dabei. Dann wandte er sich Danielle zu.

„Das war knapp, Turner!“

Sie lächelte kalt. „Ich habe es schon schlimmer erlebt!“

24. Die Jagd geht weiter

Ich konnte nicht herausbekommen, wohin unsere Fahrt ging. Dazu kenne ich mich in Rotterdam zu wenig aus. Außerdem waren die Seitenfenster mit dunkler Folie abgeklebt, durch die man nicht viel sah. Ich war mal vor Jahren hier gewesen und hatte die Kubushäuser besichtigt, die eindrucksvolle Markthalle und die Gegend um die Centraal Station. Mehr aber auch nicht, dazu war die Zeit zu kurz gewesen. Deshalb wollte ich ja auch diese Kreuzfahrt unternehmen, um unter anderem Rotterdam besser kennenzulernen, denn die „Bella Auranta“ war hier zwei Tage lang an ihrem Liegeplatz vor den Hochhäusern vertäut. Tja, und nun hatten sich meine Pläne zerschlagen. Statt Sightseeing mit langsamen Spaziergängen und gemütlichem Kaffeetrinken in einem hübschen Lokal hockte ich jetzt in einem halbdunklen Transporter und befand mich auf der Flucht.

Soweit ich am Fahrer und Silvana Nimmer-Oede vorn vorbei durch die Frontscheibe etwas erkennen konnte, fuhren wir durch Nebenstraßen und kreuzten mehrere andere Straßen, in denen Busse und Straßenbahnen zu sehen waren. Dann kamen wir zu einer Brücke, auf der wir einen Fluss überquerten. Schließlich ging es in eine Gegend, in der teure Autos und schöne Einfamilienhäuser auf größeren Grundstücken davon zeugten, dass hier einige Leute zu viel Geld hatten.

Unser Fahrer ließ den Wagen auf eine Einfahrt rollen, die durch ein Schiebetor gesichert war. Wie er es angestellt hatte, dass es sich automatisch öffnete und wir bis hinter das Haus fahren konnten, konnte ich mir nur vorstellen. Viel Elektronik hatte man investiert. Nicht nur am Tor, sondern auch um das Gebäude ringsherum. Kameras. Bewegungsmelder. Lampen überall ums Haus herum, die wahrscheinlich automatisch angingen, wenn sich nachts jemand näherte.

Dort, wo der Fahrer den Transporter abstellen wollte, standen schon zwei PKW. Ein weinroter Ford, der aussah, als hätte er schon lange Jahre hinter sich, und ein schwarzer Audi A4. Wir fuhren langsam neben sie und der Motor lief noch zwei, drei Minuten, bis er ausgeschaltet wurde. Auch der kleine Parkplatz hinter dem Haus war mit Kameras und Bewegungsmeldern an zwei Lichtmasten gespickt.

„Das ist aber nicht Großvaters nette Hütte, sondern eine Festung“, sagte ich zu Danielle, die neben mir saß. Oder zu Turner, wie sie neuerdings hieß. Dazu hatte ich noch einige sehr neugierige Fragen.

Wir hatten während der ganzen Fahrt kein Wort miteinander gesprochen. Ich nicht mit ihr, weil ich ausgesprochen sauer war auf sie. Wieder etwas, das sie vor mir verheimlicht hatte. Wieso redete sie dieser Hendrik Nimmer mit „Turner" an? Wie hieß sie denn nun wirklich? Ich halte Frauen, die sich so verhalten wie sie, nicht für geheimnisvoll, sondern für hinterfötzig. Sie war so verlogen wie sie hübsch war.

Irgendwie hatte ich eine emotionale Krise. Konnte noch gar nicht begreifen, dass sich die liebe, nette, gefühlsbetonte Österreicherin Danielle Sedlacek in eine eiskalte Amerikanerin namens Turner verwandelt hatte. Die schöne herzliche Frau, die Mitgefühl mit einem umgefallenen kleinen Käfer hatte, aber andererseits ohne Bedenken meinen Angreifer in Glasgow über den Haufen geschossen hatte. Die so unsagbar zärtlich im Bett sein konnte, aber in deren Kopf so unmenschliche Gedanken hausten wie diese Drohung, jemanden die Gedärme aus dem Leib zu zerren und die Hunde darauf loszulassen.

Sie sprach sicherlich nicht mit mir, weil sie wahrscheinlich ahnte, was in mir vorging. Vielleicht hatte sie auch keine Lust mir zu erklären, was eigentlich Sache war. Jedenfalls schwiegen wir uns so unangenehm an, dass es förmlich knisterte.

Wilhelmina hatte unterwegs mit Nimmer herumgeflüstert und war jetzt still. Und der Fahrer sowie Silvana Nimmer-Oede auf den Vordersitzen waren auch nicht gerade Plaudertaschen.

Der Wagen hielt. Nimmer öffnete die Seitentür, während seine Frau – falls sie das tatsächlich sein sollte – vorn gelenkig aus dem Auto sprang.

„Vielleicht eine Festung", sprach Danielle mich jetzt zum ersten Mal wieder an. „Auf jeden Fall ein sicheres Haus für uns alle."

Wir kletterten mehr oder weniger geschickt aus dem Transporter und versammelten uns am Hintereingang des Gebäudes, der ebenfalls videoüberwacht war, denn gleich zwei Kameras sahen uns an der Hauswand von oben zu. Dann öffnete der Fahrer die Tür, ging voran in einen Flur und wir anderen liefen im Gänsemarsch hinter ihm her. Zu meiner Überraschung warteten schon zwei weitere Männer auf uns. Der eine, schmal und sehnig, hatte ein blasses Gesicht. Er trug eine schwarze Hose und einen schwarzen Rollkragenpullover. Der zweite steckte in dunkelblauen Jeans, zu denen er ein weißes Shirt ohne jeden Aufdruck anhatte. Ich hätte mich nicht gewundert, wenn FBI oder KGB darauf gestanden hätte.

„Hier hinein!", sagte er zu mir und wies auf ein Zimmer in Erdgeschoss. Ich drehte mich zu den anderen um. Nimmer geleitete Wilhelmina ten Haff zu einer Treppe, die nach oben führte. Seine vorgebliche Frau folgte ihnen. Der Fahrer stand am Hintereingang innen neben der Tür, schloss sie und tippte dann einen Nummercode in die Alarmanlage an der Wand ein.

Danielle folgte mir in den Erdgeschossraum. Er war spärlich eingerichtet, aber es gab einen Tisch, ein paar Stühle und das unvermeidliche Sofa, das nirgendwo fehlen darf. An der Wand hing ein Bild von einem Kriegsschiff aus dem 17. Jahrhundert, aus dessen Kanonenrohren dicker weißer Rauch aufstieg, während man auf den Betrachter schoss. Dann waren noch ein paar neue Drucke von Rotterdam im vorvorigen Jahrhundert zu sehen, auf alt getrimmt, die anschaulich machten, wie sich das Gesicht der Stadt inzwischen verändert hatte.

„Setz dich!“, sagte Danielle. Sie deutete auf einen der Stühle, aber ich nahm die Couch. Ihre Polster sackten unter mir ein. Man hatte sie wohl gebraucht gekauft. Ich blieb trotzdem sitzen, sofern man diesen Rauschzustand sitzen nennen konnte. Dann kam Nimmer zurück. Danielle und er zogen sich Stühle heran, rückten zu mir auf und setzten sich so, dass sie mich ansehen konnten wie ein Verkaufsstück bei Ebay.

„Gibt's keinen Kaffee?“, fragte ich höhnisch. „Zur Feier des Tages, an dem einem kleinen Idioten erklärt wird, was hier wirklich für ein Spiel gespielt wird.“ Meine Blicke erdolchten Danielle. Sie grinste nur leicht. Nimmer verzog keine Miene. Gleich würde er mir liebevoll das Händchen halten. Oder auch nicht!

„Nachher!“, sagte er. „Wir haben alles im Haus. Auch zu essen und zu trinken. Aber vorher müssen wir noch unsere Hausaufgaben machen. Wir hoffen, Sie sind kein unartiger Schüler.“

„Ich hoffe, Sie sind kein schlechter Lehrer und der Unterrichtsstoff ist nicht aus den Fingern gesogen.“

„Das werden Sie nicht nachprüfen können.“ Er betonte das „Sie“. Dann blickte er Danielle an und sie begann wieder mit ihrer Märchenstunde.

„Dass wir nicht Privatdetektive aus Wien sind, hast du sicherlich nun begriffen“, fing sie an. „Es ist aber nicht weit weggeholt. Wir arbeiten für einen internationalen Sicherheitsdienst. Tatsächlich hat uns einer unserer Klienten, ein Industrieller, beauftragt, das Video, von dem du weißt, sicherzustellen. Es würde einen seiner Geschäftspartner schwer belasten, wenn es an die Öffentlichkeit käme. Damit würden auch seine Geschäfte platzen – es würde ihn Unsummen an Verlusten kosten, wenn dies der Fall wäre. Deshalb ist es so wichtig, die Aufnahme zu finden, ehe sie andere in die Hände bekommen könnten.“

Ein Geschäftspartner, der kompromittiert würde durch das Video? Ich dachte bisher immer, es ginge um politischen Kram. Wollten sie mir hier wieder einen Bären aufbinden? Es fing an, mir beinahe egal zu sein.

„Deshalb also wollt ihr unbedingt diesen Wilkins erwischen", sagte ich trotzdem, wurde aber sofort eines Besseren belehrt.

„George Wilkins ist tot!", sagte Nimmer mit Nachdruck. „Er ist vor Wochen hier in Rotterdam an Bord der „Bella Auranta" an einem Herzinfarkt gestorben, nachdem er das Video irgendwo in der Stadt versteckt hat. Er hatte übrigens ihre Kabine gehabt – 9272."

Grinste er leicht?

„Ist ja eklig", entfuhr es mir. „Da liege ich also im gleichen Bett, in dem dieser Kerl seine Seele ausgehaucht hat." Mich durchfuhr ein komisches Gefühl. „In einem Totenbett."

„Unsinn", unterbrach mich Danielle. „Er ist nicht in der Kabine gestorben, sondern beim Essen im 24-Stunden-Restaurant. Mitten in der Nacht."

Ich atmete auf. „Ein schöner Tod", sagte ich dann. „Mit einem Hühnerbein im Mund oder so."

„Er ist mit dem Gesicht in die heiße Suppe gefallen, hat man uns berichtet", stellte Nimmer die Sache richtig. „Alles unter dem Motto – Aufsehen erregen!"

Ich konnte mir lebhaft vorstellen, wie wenig Begeisterung diese Aktion bei Bella Cruises hervorgerufen hatte. Ein zu spektakulärer Abgang vor zu vielen Leuten

„Wir haben es über Instagram erfahren", sagte Danielle. „Eigentlich wurde Wilkins schon seit Jahrzehnten gesucht. Ich weiß nicht warum, aber es waren eine Menge Leute hinter ihm her. Und jetzt tauchte er wieder auf – wenn auch unter einem falschen Namen. Weiß der Himmel, was ihn dazu bewogen hat, aus seiner Deckung hervor zu kommen."

„Geld!", sagte ich. „Es geht immer ums Geld! Da werden die Menschen leichtsinnig."

„Jedenfalls hat jemand ein Bild gemacht, wie er tot vor seiner Suppe hockte und das sofort gepostet. Manche Instagramer haben ja vor nichts Hemmungen. Es ist dann zwar schnell wieder aus dem Netz entfernt worden, weil so was nicht zulässig ist. Aber nicht schnell genug. Einige Dienste, die Wilkins auf ihrer To-do-Liste und sein Foto im Computer hatten, bekamen es mit. Auch unser Sicherheitsdienst. Und der gute George hatte wohl das Video meistbietend zum Kauf angeboten. Da wurden manche munter."

„Kann ich verstehen. Jetzt ist er futsch, aber wo ist der Film, der einige Leute in Schwierigkeiten bringen kann?", meinte ich altklug.

„Sie haben es erfasst", bestätigte Nimmer. „Den müssen wir haben. Und nach allem, was wir – und auch Sie – bisher herausgefunden haben, kann er nur in Rotterdam versteckt sein, nachdem er ihn Kowalski wieder abgenommen hat. Auf dem Schiff, in seiner Kabine, war er nicht."

Ich grinste böse. „Ach – wissen Sie das ganz genau? Haben Sie etwa meine Kabine durchsucht und mir ordentlich eins auf die Glocke gehauen?"

Nimmer schwieg, aber Danielle mischte sich ein. „Wir waren das nicht. Vermutlich hat Ihnen die russische Konkurrenz eins übergebraten. Egal, wir wollen uns doch nicht streiten. Sondern überlegen, was wir machen können."

„Da ist Barclay schon dran", sagte Nimmer. Und als ich ratlos guckte, fügte er hinzu: „Silvana!"

„Hier hat sich wohl jeder von euch auf dem Schiff mit falschen Papieren eingecheckt?", fragte ich mit giftigem Unterton. „Dann seid ihr auch kein Ehepaar!" Ich blickte

Nimmer verärgert an, delegierte aber dann meinen Zorn auch noch an Danielle weiter. „Und wie heißt du wirklich?"

„Withney", sie lächelte mit einem Ausdruck, der ebenso falsch wie versöhnlich sein konnte. „Withney Turner."

„Woher habt ihr die gefälschten Pässe?", wollte ich gern erfahren.

„Das wollen Sie besser nicht wissen", schmetterte Nimmer die Frage ab. „Also was ist – bleiben Sie weiter mit uns im Boot? Oder nicht?"

Ich wollte ihm eigentlich sagen, dass sie mich mal am Abend besuchen könnten. Aber da fiel mir ein, dass dies eine ziemlich undurchsichtige Truppe war und ich unreparablen Schaden nehmen, vielleicht sogar die Radieschen von unten ansehen könnte, wenn ich jetzt „nein" sagen würde.

Also nickte ich. „Ja – natürlich bin ich weiter dabei!"

„Das ist gut so. Wir brauchen Sie!" Ich bezweifelte es nicht. Nur, wie lange würden sie mich brauchen? Was würden sie mit mir anfangen, wenn die ganze Geschichte zu Ende war? Ich sah Danielle an. Zuerst PR-Tante. Dann Privatdetektivin aus Wien. Jetzt internationaler Sicherheitsdienst. Was würde ich morgen über sie erfahren? Geheimdienst?

Die Zimmertür ging auf. Silvana – ja, was? Nimmer-Oede? Oder Barclay? Sie turtelte auch nicht mehr mit diesem Hendrik, der sicher auch ganz anders hieß, sondern baute sich vor uns allen auf – ein strahlendes Lächeln im Gesicht. „Wilkins hatte hier in der Stadt einen guten Freund, mit dem er oft zusammen ein Bierchen getrunken hat. Einen Kneipenwirt. Hat mir Frau Ten Haff gerade erzählt, als wir alle Kontakte aus ihrer Jugendzeit noch einmal durchgegangen sind. Vielleicht kommen wir über den Gastwirt an das Versteck des Videos heran. Vielleicht hat er es sogar."

„Und wie heißt der Knabe?", fragte Danielle und sah Silvana erwartungsvoll an.

Deren Gesicht verdunkelte sich. „Das weiß sie nicht mehr. Aber sie besitzt einige Fotoalben. In einem davon müssen mehrere beschriftete Bilder von ihr und dem Kneipenwirt sein. Sogar ein Bild draußen vor dem Lokal. Da ist sie sich ganz sicher."

„Fotos mit Wilkins und dem Wirt?", mischte ich mich ein.

„Nein, nur mit dem Wirt. Wilkins und auch Kowalski haben sich damals nie fotografieren lassen, nicht mit ihr und auch nicht mit anderen Leuten. Sie fand das komisch, ist aber davon ausgegangen, dass eben jeder Mensch irgendeine Meise hat."

„Na, dann gucken wir mal in die Fotoalben", sagte ich und erhob mich. „Wo hat sie die denn?"

„Leider bei sich zu Hause. Fein säuberlich in ihrem Keller verstaut", erklärte Silvana Dingsda. „Das heißt…" Sie machte eine Kunstpause und blickte uns der Reihe nach erwartungsvoll an.

„Das heißt…", nickte Nimmer, „dass wir noch einmal in ihr Wohnhaus müssen."

„Na, da können wir uns frisch machen", auch Danielle stand von ihrem Stuhl auf. „Nach dem Theater dort wimmelt es sicher von Polizei."

„Ich gehe hin", sagte ich resolut. „Wenn mich die Bullen anhalten, bin ich einfach nur ein Tourist, der einen Bekannten besuchen wollte und sich verlaufen hat."

„Dann Weidmannsheil", erwiderte Danielle. „Ich komme mit als deine Freundin."

„Hast du Angst, ich ziehe das Ding allein durch? Finde den Gastwirt und durch ihn das Video, das euch alle so durchgeknallt macht? Und haue dann damit ab?“

„Soll nicht lieber ich…“, fing Nimmer an sich einzumischen.

„Du weißt, wer hier das Sagen hat“, zischte Danielle und hatte einen Ton drauf, der keinen Widerspruch duldete. „Ich gehe mit Tom ins Haus. Du fährst uns und sicherst uns mit der Waffe. Wir gehen unbewaffnet hinein. Falls uns die Polizei kontrolliert.“ Dann klopfte sie mir auf die Schulter. „Nun komm schon – du liebst doch Abenteuer.“

„Ja!“, sagte ich. „Im Fernsehen!“

25. Ein altes Foto

Vor Wilhelmina ten Haffs Wohnhaus in der Pupillenstraat standen zwei Polizeiwagen, die recht aufgehübscht aussahen mit ihren schrägen roten und blauen Streifen auf den weißen Karosserien. „Politie“ stand auf ihnen, aber die Lichtbalken oben auf den Wagendächern waren ausgeschaltet. Hinter ihnen stand noch ein ziviler grauer VW Touran, der aber mit dazu gehörte, denn oben auf ihm klebte ein kleines mobiles Blaulicht. Von den Insassen konnten wir keine Spur entdecken, als wir dort vorbeifuhren. Wir suchten uns eine Parkbucht acht Häuser weiter und blieben im Auto sitzen, um das Haus und die Umgebung zu beobachten. Für die Fahrt hatten wir den alten weinroten Ford genommen, weil der am unauffälligsten aussah. Vorerst mussten wir erst einmal herausbekommen, was die Polizei dort machte. Wahrscheinlich waren die Beamten oben in der Etage, in der sich Wilhelminas Wohnung befand. Wenn sie die Haustür nicht kontrollierten, konnten wir uns hineinwagen, um in den Keller zu gelangen. Jedenfalls war der Gebäudeeingang nicht abgesperrt worden.

Außerdem blickten wir sorgfältig durch die Autofenster und in die Spiegel des Wagens, um noch oder wieder eventuell anwesende Russen von der Gegenseite zu entdecken – falls sie da waren. Die Typen hatten nicht so ausgesehen, als ob sie schnell aufgeben würden. Vielleicht beobachteten sie die Gegend weiter, ob Wilhelmina ten Haff wieder zurückkehren würde. Aber wir sahen keine Spur von ihnen und das beruhigte uns.

Nimmer saß neben mir auf dem Vordersitz. Er war gefahren. Jetzt lehnte er ruhig in den Polstern, eine Zeitung auf dem Schoß, unter der er eine Glock17 hielt. Ich war ebenso unbewaffnet wie Danielle, die hinten auf der Rückbank ihre hübschen Beine leicht angewinkelt hatte und völlig entspannt aussah. Von mir konnte ich das nicht behaupten. Ich war angespannt und innerlich erregt.

„Wir warten noch zehn Minuten, ob sich etwas tut“, sagte Danielle von hinten. „Wenn alles ruhig ist, gehe ich mit Tom los.“

Es tat sich nichts, was uns hätte beunruhigen können. Auf dem Fußweg spazierten Leute entlang, die einen gemächlich, andere eilig, als wäre der jüngste Tag angebrochen. Die meisten von ihnen kamen mit Einkaufsbeuteln und Taschen aus einem nahen Supermarkt zurück. Auch die junge Frau in weiten beigen Pumphosen und grünem Hänger, die gerade im Seitenspiegel auftauchte, hatte sich reichlich mit Obst, Gemüse und anderen Lebensmitteln eingedeckt, die bis oben aus ihren Behältnissen herausragten. Sie hatte sich wohl dabei etwas zuviel zugetraut, denn ausgerechnet als sie an uns vorbeikam, riss der eine Tragegriff der Plastiktüte, die sie in der linken Hand trug. Sie hatte die Rechte nicht frei, um das zu verhindern, und so rollerte und kullerte Obst aller Art auf dem Fußweg neben unserem Wagen entlang und ein paar Äpfel und eine kleine Melone sogar unter unseren Ford. Die Frau rief laut „fuck" und setzte ihre Beutel mit dem Verbliebenen auf dem Pflaster des Fußwegs ab, um die herausgefallenen Einkäufe wieder einzusammeln.

Ich kurbelte das Wagenfenster herab. „Soll ich Ihnen helfen?", fragte ich auf Englisch, dann auf Deutsch.

„Nein, danke – ich komme schon zurecht", antwortete sie in Englisch. „Aber fahren Sie mir nicht über die Hände, falls Sie loswollen. Warten Sie bitte noch ein paar Minuten. Die Melone und drei Äpfel muss ich mir unter Ihrem Auto wieder holen."

„Keine Angst", sagte ich. „Machen Sie das mal in aller Ruhe." Die Beine in der Pumphose und ihr pralles Hinterteil tauchten im Seitenspiegel auf, als sie ihren Oberkörper vor den Hinterrädern unter unseren Wagen schob. Dann kullerten zuerst die Melone in den Rinnsteig und dann die Äpfel. Mit hochrotem Kopf kam die junge Frau komplett wieder zum Vorschein. Sie erhob sich und holte aus dem ganz gebliebenen Beutel ein Einkaufsnetz, in dem sie die zurückeroberten Früchte verstaute. Sie strich sich eine Haarsträhne aus dem Gesicht und nickte uns zu. „Recht vielen Dank!"

Wir blickten ihr nach, als sie ein Stück weiter ging und dann die Straße überquerte, um auf der anderen Seite in einem Hausflur zu verschwinden.

Nimmer blickte auf seine Armbanduhr.

„O.k.", sagte Danielle. „Na, dann mal los." Wir stiegen fast gleichzeitig aus unseren Autotüren, schnappten uns unsere Rucksäcke, um wie Touristen auszusehen, und zogen los. Aus dem Kleiderschrank im sicheren Haus hatten wir unauffällige Kleidung ausgesucht – ich mir einen Hoodie und Danielle eine Sweatjacke. Beide besaßen Kapuzen. Das konnte eventuell praktisch sein, wenn wir in den Bereich von Videokameras kommen sollten. Danielle hatte einen halb aufgeschlagenen Stadtplan von Rotterdam in der Hand. So schlenderten wir als harmlose Besucher der Stadt die Straße entlang, bis wir bei den Polizeiwagen und dem richtigen Haus angekommen waren.

Wir warfen uns vielsagende Blicke zu. Die Autos leer. Die Haustür offen. Kein Absperrband. Niemand im Flur.

Die eiserne Kellertür war nicht abgeschlossen. Es war auch kein Problem, den richtigen Kellerraum zu finden. An seiner Gattertür hatte Wilhelmina ein kleines Schild angebracht: Ten Haff. Das gewaltige Vorhängeschloss sah massiv aus, war aber kein Problem. Danielle klickte es mit einem kleinen Stab auf, den sie mitgebracht hatte und der ähnlich aussah wie ein Milchschäumer, aber vorn nur einige Spitzen und Zacken hatte. Ein Lockpicker. Es summte leise – und schon war das Schloss auf.

Drinnen sah es nicht viel anders aus als in manch anderem Abstellkeller. Mehrere Regale. In einem standen abgedeckte Kisten herum, in denen sich offensichtlich nicht benötigtes Geschirr befand, sowie zwei Kartons mit Rotweinflaschen. Noch nicht geöffnet. Die Dame war sichtlich keine große Trinkerin, und wer weiß, wer ihr den mehr oder weniger edlen Tropfen einmal aufgeschwatzt hatte. Ein verstaubter Reisekoffer, Teile eines zerlegten Schranks und zwei Stühle mit verschnörkelten Lehnen und Füßen, aber ohne die dazugehörigen Sitzflächen, eine Bücherkiste und eine leere Staubsaugerverpackung dämmerten auch hier vor sich hin. Das zweite Regal erregte schon mehr unsere Aufmerksamkeit, weil in ihm beschriftete Kästen übereinandergestapelt worden waren. Auf einem Kasten stand mit Kugelschreiber vermerkt „Fotos“.

Danielle blies den Staub von den Kartons, ehe wir zugriffen. Ich hob den Deckel ab. Fotoalben. Mindestens sechs Stück.

„Wir nehmen alles mit“, sagte Danielle. Als ordentliche Menschen hingen wir das Vorhängeschloss wieder in seine Halterung und ließen den Bügel einschnappen.

Ich klemmte mir den Kasten unter den Arm, als wir den Keller verließen. Irgendwo waren Schritte zu hören. Wir hatten es schon bis zur Haustür geschafft, als der Polizist die Treppe herabgeeilt kam. Er hatte es eilig, würdigte uns keines Blickes und bedankte sich nur knapp, als wir zur Seite traten, um ihn vorbei zu lassen. Draußen eilte er zum vordersten Polizeiwagen und stieg ein. Wir sahen, dass er zum Mikrofon seines Funkgerätes griff und irgendetwas hineinsprach. Uns beachtete er nicht, als wir weggingen.

„Alles klar?“, fragte Nimmer, nachdem wir mit unserer Beute wieder in den Ford eingestiegen waren.

„Alles bestens!“, sagte Danielle. „Und bei dir?“

„Niemand interessiert sich für uns“, erwiderte Nimmer, startete den Motor und fuhr aus der Parklücke. Ich saß wieder vorn, mit dem Karton auf dem Schoß, und lehnte mich zufrieden zurück. Das hatte gut geklappt.

Dieser Meinung waren auch später die anderen Männer und Silvana, die jetzt Barclay hieß, als wir den Karton geöffnet auf den Tisch eines Zimmers in der ersten Etage stellten. Nacheinander nahm ich alle Fotoalben heraus und legte sie nebeneinander.

„Holt mal einer Frau Ten Haff?“, fragte Danielle.

Einer der Männer ging hinaus. Kurz darauf kam er mit Wilhelmina im Schlepptau wieder zurück.

„Oh! Meine Alben!“, rief sie hocherfreut. Sie stellte sich zu uns an den Tisch und blätterte mal in der einen, mal in der anderen Bildersammlung.

„Wollen Sie sich nicht setzen?“, fragte Nimmer. „Hier sind genug Stühle.“

„Nein, nein“, rief die Niederländerin. „Ich hab’s schon gefunden.“ Sie schob die anderen fünf Alben zur Seite und ließ nur eines vor uns liegen. Mit unruhigen Fingern blätterte sie darin herum, bis sie sah, was wir suchten.

„Hier!", sagte sie. Wir traten näher. Eine Seite mit Schwarz-Weiß-Bildern, 6 x 9 cm, die in Fotoecken steckten. Sie tippte auf eine der Aufnahmen.

Ein junger Mann mit einem nichtssagenden Gesicht stand vor einem Geschäft, das offensichtlich eine Kneipe war, weil rechts und links neben den Fenstern für Bier Reklame gemacht wurde. Auf dem großen, breiten Schild darüber stand „Der langen Luke".

„Natürlich!", rief Wilhelmina aus. „Jetzt weiß ich auch wieder, wie er hieß. Luuk. Die Kneipe ist in Delfshaven. Ein Viertel, das von hier aus gut erreichbar ist. Wir sind doch in Schiedam Oost? Oder?" Natürlich – sie hatte doch irgendwie mitbekommen, wohin die Fahrt gegangen war. Kein Wunder, wohnte sie doch schon ein Leben lang in dieser Stadt.

„Wie heißt er sonst noch, dieser Luuk? Er wird doch einen Familiennamen haben", wollte Silvana wissen.

„Das habe ich längst vergessen", gestand die Niederländerin ein. „Es ist ja auch schon eine Ewigkeit her. Aber die Kneipe gibt es, wenn ich nicht irre, immer noch."

„Und er war mit Wilkins und Kowalski befreundet?", fragte Nimmer.

„Mehr mit Wilkins", sagte Wilhelmina ten Haff. „Mehr mit ihm. Ja, die hockten oft zusammen, wenn ich hinkam."

„Dann schauen wir uns den Burschen doch mal an", meinte Danielle. Sie wandte sich an mich. „Du kannst hierbleiben. Wir brauchen dich nicht dabei. Eigentlich kannst du dich auch schon zum Schiff fahren lassen."

„Kommt nicht in die Tüte!", sagte ich empört. „Ich war von Anfang an mit dabei – jetzt will ich auch hier mitmischen."

Aber es war noch nicht soweit, dass wir nach Delfshaven losfahren konnten. Wie immer im Leben kam auch diesmal etwas dazwischen. Das russische Wunder! Denn als wir zur Hintertür Richtung Parkplatz gehen wollten, tauchte der hagere Sehnige im schwarzen Rollkragenpullover noch einmal auf.

„Einige Meter vom Haus entfernt steht ein schwarzer Mondeo schon seit geraumer Zeit. Es sieht so aus, als würden wir observiert." Er fuhr sich mit der Hand nervös übers Gesicht. „Wahrscheinlich die Russen. Ich habe den Wagen auf einem der Bildschirme entdeckt. Mir ist ein Rätsel, wie sie uns hier gefunden haben können."

„Mir auch!", sagte Danielle. „Ich komme gleich mal mit rauf in den Observations Room und sehe mir das selbst an." Sie machte Anstalten, mit dem Hageren mitzugehen, aber Nimmer hielt sie auf. „Ich komme auch mit hinauf", es klang sehr bestimmt. Danielle nickte es ab. Beide verschwanden durch die Tür. Ich blieb mit Silvana Barclay, Wilhelmina ten Haff und den zweiten Mann des hiesigen Teams zurück.

„Woher konnten sie wissen, wo wir zu finden sind?", fragte ich ratlos.

Der Mann im weißen Shirt zuckte die Achseln. „Eigentlich unmöglich! Aber es sind Profis! Ich tippe auf den SWR." Er meinte den Auslandsgeheimdienst der Russen, der auch aus dem berüchtigten KGB hervorgegangen war.

„Und wie werden wir die wieder los?", fragte ich.

„Ich hätte da eine Idee!", sagte Danielle, die mit Nimmer wieder zur Tür hereinkam. „Dazu müssen wir eines der nicht registrierten Handys benutzen, von denen wir einige hier haben." Sie erzählte uns, was sie vorhatte und wir mussten alle lachen. Sogar Wilhelmina ten Haff lachte mit.

Jetzt durfte auch ich mit in den Observations Room. Er war vollgestopft mit Technik der feinsten Art. Am meisten beeindruckte mich die Wand aus LCD-Schirmen, auf denen alles zu sehen war, was um das sichere Haus rundherum kreuchte und fleuchte. Eine der Kameras hatte den Garten vor dem Gebäude im Blick und zugleich ein Stück der Straße. Ich fragte mich insgeheim, ob das von der Datenschutzrichtlinie der EU gedeckt sein mochte, aber wo kein Kläger, da ist auch kein Richter. Jedenfalls konnte man dort den schwarzen Mondeo sehen, der gerade noch am Bildrand miterfasst wurde. Es sah aus, als ob zwei Personen im Wagen sitzen würden, fast unbeweglich und schlecht zu erkennen.

„Die Kiste steht schon mehr als zehn Minuten hier und es sieht aus, als wolle sie auch nicht wegfahren“, kommentierte der Hagere das Bild.

„Na, dann wollen wir doch mal“, sagte Danielle und nahm eines der Handys, die ihr zur Verfügung standen. Es war eines von denen, die nicht registriert waren und deren Herkunft mir schleierhaft war.

„Ist dort die Polizei?“, sagte sie einige Minuten später. „Ich habe hier ein verdächtiges Auto gesehen, das mit mehreren Insassen schon geraume Zeit in dieser Gegend herumsteht. Entweder sind es Einbrecher, die sich umschauen wollen, oder Drogendealer, die hier herumlungern und auf ihre Partner warten. Könnten Sie mal ein Auge auf diese Leute werfen?“ Sie gab noch die Straße durch. „Nein, meinen Namen möchte ich lieber nicht nennen. Ich habe Angst, die könnten sich an mir rächen.“ Dann legte sie zufrieden auf.

Gespannt lauerten wir vor den Bildschirmen darauf, was nun geschehen würde. Erst einmal passierte gar nicht. Der verdächtige Wagen blieb stehen, ohne dass jemand ausstieg. Aber dann kam die Kavallerie – gleich drei Polizeiautos mit heulenden Sirenen und Blaulicht. Der Mondeo setzte sich sofort in Bewegung, aber kam nicht weit. Eines der Fahrzeuge mit den farbigen Streifen auf der Karosse stellte sich quer vor ihm auf. Polizisten sprangen aus den Wagen, mit Pistolen in den Händen. Es ging dann alles ganz schnell. Die Männer aus dem Mondeo – es waren tatsächlich zwei – mussten aussteigen und sich mit Händen auf dem Autodach und gespreizten Beinen an ihren Wagen lehnen. Sie wurden auf Waffen abgetastet, und dabei fanden die Polizisten wohl tatsächlich etwas, was unter das niederländische Schusswaffengesetz fiel. Je zwei Polizisten führten die Burschen ab. Sie wurden getrennt voneinander hinten in jeweils einem der Polizeiwagen verstaut. Ein Polizist setzte sich in den Mondeo und startete ihn. Dann fuhr die ganze Kolonne wieder ab – unter allgemeinem Händeklatschen im Observations Room.

„Bingo!“, sagte Nimmer und klopfte Danielle auf die Schulter. „Gute Idee!“

Wir gingen wieder nach unten und beschäftigten uns mit Wilhelmina ten Haff. Silvana fragte sie, ob sie Verwandte hätte, bei denen sie mal vier, fünf Tage unterschlüpfen könnte. Als die Frau nickte, sagte ihr Nimmer, man werde sie dort hinbringen. Da sei sie sicher. Bald könne sie wieder in ihre Wohnung zurück.

„In ein paar Tagen? Da habe ich aber meine Zweifel“, meldete ich mich. „Bis dahin ist doch bestimmt noch nicht alles in Butter.“

Nimmer sah mich mitleidig an. „Sie Zweifler! Wir ziehen das noch heute ab und werden das Kind noch im Laufe des Abends schaukeln“, sagte er etwas großspurig.

„Hoffentlich fällt es nicht in den Brunnen“, brummte ich.

Danielle mischte sich ein und meinte, ich solle mich am besten da raushalten. Das sei kein Spiel für neugierige Journalisten, sondern für gestandene Profis. Das beleidigte natürlich meinen Stolz, aber ich schwieg.

„Dann könnten wir jetzt ja mal den langen Luuk besuchen", schlug Nimmer vor. Alle nickten, außer Wilhelmina und mir. Der Hagere bot sich an, die Niederländerin zu ihren Verwandten zu bringen, bat sie aber, das meiste zu vergessen. „Sie sind von einem Einbrecher überfallen worden, mehr nicht", gab er ihr mit auf den Weg. „Und weil Sie zu Tode erschreckt sind, wollen Sie erst mal aus ihrer Wohnung heraus, um von der Sache Abstand zu gewinnen." Wilhelmina nickte ergeben, dann verabschiedete sie sich von uns, nicht ohne Danielle und mir noch einmal für unser Eingreifen zu danken.

Wir Zurückbleibenden kochten uns noch schnell eine Kanne Kaffee und suchten aus dem Kühlschrank etwas Essbares zusammen. Schließlich war es schon später Nachmittag geworden.

„Ich habe es mir überlegt. Du kommst doch mit. Wirst Luuk ansprechen und sagen, du bist Journalist und willst etwas über Wilkins ausgraben, weil der mal bei einem Geheimdienst war", sagte Danielle zwischen zwei Bissen. Ich hatte eigentlich doch gehofft, aus der Sache heraus zu sein und aufs Schiff zurückkehren zu können, nickte es aber ergeben ab. Dass ich jemals über diese Angelegenheit auch nur drei Zeilen schreiben könnte, hatte ich mir längst abgeschminkt. Ich war im Geheimdienstdschungel gelandet und sollte froh sein, wenn ich lebendig und putzmunter aus diesem seltsamen Spiel herauskommen würde. Aber da sie Wilhelmina auch laufen ließen, rechnete ich mir ganz gute Chancen aus, gesund alt zu werden. Ich hoffte jedenfalls, dass der Hagere die Niederländerin wirklich zu ihren Verwandten brachte und nicht irgendwo verscharrte. Man muss immer an das Gute im Menschen glauben.

„Was ist das eigentlich für ein Viertel, in das wir fahren werden?", fragte ich. „Dieses Delfshaven?"

„Ich glaube, es gehörte viel früher mal zu Delft. Kann mich aber auch irren. Liegt jedenfalls am Ufer der Nieuwe Maas", sagte Nimmer und zückte sein Smartphone, um Google Maps aufzurufen.

„Nehmen wir wieder den Ford?" fragte ich.

„Ja! Warum?", wollte Danielle wissen.

„Ich würde mal unter den Wagen gucken. Vielleicht klebt da ein GPS-Sender. Wie hätten die Russen uns sonst hier finden können?", spielte ich den Klugscheißer. „Was war denn mit der jungen Frau, die ihr Obst unter unserem Auto gesucht hat?"

Tatsächlich fand Nimmer unter dem Wagen ein kleines Kästchen, das mit einem Magneten am Wagenboden befestigt war.

„So ein Scheiß!", stieß er verärgert aus. „Ausgerechnet ein Amateur findet das heraus!" Er warf mir keinen dankbaren, sondern einen bösen Blick zu. Ich lächelte. Der Blamierte war er. Danielle und Silvana sahen zu, wie er das Ding unter dem Ford liegend entfernte.

Danielle blickte mich an. „Wie bist du denn darauf gekommen?"

„Der Umgang mit Leuten wie euch färbt ab", sagte ich.

Und grinste arrogant.

26. „Der langen Luke"

„Mir gefällt das nicht!", sagte ich zu Danielle, als wir in Delfshaven waren. Nimmer und Barclay liefen einige Schritte voraus und konnten uns nicht hören. Unser Auto, mit dem wir über den Schiedamseweg schnell und gut hierhergekommen waren, stand auf einem kleinen Parkplatz in der Nähe.

„Was gefällt dir nicht?", fragte sie und sah mich an. Sie wirkte immer noch sehr anziehend auf mich, aber ich hatte sehr zwiespältige Gefühle. Einerseits war sie attraktiv und regelrecht schön, andererseits hatte ich nun auch mehrmals erlebt, wie eiskalt, gefühllos und brutal sie sein konnte. Ich wusste nicht, was ich von ihr halten sollte. Wie war sie wirklich? Meine anfängliche Liebe zu ihr, falls es so etwas gewesen sein sollte, war längst erkaltet. Man konnte Angst vor ihr haben. Andererseits verhielt sie sich manchmal noch nach wie vor sehr vertraulich zu mir und gab mir das Gefühl, unter diesen nicht ungefährlichen Leuten sicherer zu sein, wenn ich mich in ihrer Nähe befand.

„Ich bin Journalist", sagte ich. „Kein Detektiv oder Agent oder sowas, was ihr seid. Grundsätzlich halte ich mich daran, mich mit solchen Leuten nicht zu verbrüdern. Geschweige denn, mit ihnen mitzumischen. Es passt mir nicht, dass ausgerechnet ich jetzt diesem Luuk vorgaukeln soll, er solle mir für einen Zeitungsbeitrag Informationen geben, die ihr eigentlich haben wollt. Das ist gegen mein Berufsethos."

„Tom – begreif doch! Wenn du das ablehnst, bist du für Adler und Barclay nicht mehr von Nutzen. Sie werden dich kaltschnäuzig umlegen. Ich kann dich dann auch nicht retten."

„Adler?" Ich wusste für einen Augenblick mit dem Namen nichts anfangen. Dann ging mir ein Licht auf. „Es ist Nimmer, der so heißt."

Danielle schwieg. Dann legte sie ihren Arm um mich. „Tue es! Anders kommst du nicht lebend davon. Für sie bist du nur eine Schachfigur auf unserem Spielfeld. Und zwar nur ein Bauer."

„Was ist, wenn ich mich jetzt umdrehe und weglaufe?" Ich grinste übermütig, obwohl mir eigentlich nicht so war.

„Dann muss ich dich erschießen", sagte sie. „Ungern! Aber ich kann nicht zulassen, dass du jetzt so kurz vor dem Ziel alles versaust. Wilkins war zuletzt hier in Rotterdam – da muss er seine DVD jemandem gegeben haben, vielleicht diesem Luuk, oder er hat sie hier versteckt. Und wo, das kann uns Luuk vielleicht auch sagen."

„Ich weiß zu viel", dachte ich laut nach. „Komme ich überhaupt aus diesem Theater wieder lebendig heraus?"

„Denk nicht darüber nach – noch lebst du", sagte Danielle.

Delfshaven war ein Stück Rotterdam, in dem alles ganz anders aussah als sonst in der Stadt. Keine riesigen modernen Hochhäuser, keine verwegene Architektur, sondern hier gab es noch eine intakte Altstadt mit historischen Häusern, die oft schmal wie ein Handtuch waren, hohe Giebel besaßen und sich gerade hier, wo wir waren, abendlich schön im Wasser spiegelten. Das ganze Viertel am ehemaligen Hafen von Delft mit der Oude Kerk, der alten Mühle, seinen Kanälen und den alten Gebäuden wirkte, als sei hier die Zeit etwas stehen geblieben.

Wir fanden nach längerem Suchen Luuks Restaurant in einer Gasse nahe Achternhafen und Albrechtskolk. Am Anfang eines Gässchens gab es noch ein Bistro, das bis nachts geöffnet hatte, wie auf einem Schild im Schaufenster zu lesen war. Und die Kneipe, die wir suchten, war genau am anderen Ende der Häuserfront zu sehen. „Der langen Luke" stand auf dem Schild quer über den Fenstern der Kneipe – ganz so wie auf dem Foto, das wir gesehen hatten. Auch hier schien nichts verändert zu sein in all diesen langen Jahren. Nimmer, also Adler, und Silvana Barclay blieben zurück und warteten an der Straßenecke. Danielle und ich steuerten den „Langen Luke" an, und ich hielt ihr die Tür auf.

Wahrscheinlich hatte sich auch innen in dem dämmrigen großen Raum nichts geändert, seit Wilhelmina mit George Wilkins oder Michael Kowalski zuletzt hier gewesen war. Tische aus braunem knorrigem Holz, unbequem aussehende Stühle, auf denen vorwiegend Männer saßen und irgendeine gelbbraune Brühe aus hohen Biergläsern tranken, unzählige schon angegilbte Fotos gerahmt an den Wänden, Trophäen von Sportveranstaltungen und schummriges Licht gaben dem Schankraum sein Gepräge.

Hinter der Theke zapfte Luuk sein Bier. Er warf einen flüchtigen Blick auf uns beide und widmete sich dann wieder ganz seiner Beschäftigung. Ich glaube, er war das Einzige hier in diesem Laden, das sich im Laufe der Zeit wirklich verändert hatte. Aus dem schlanken Burschen mit dem nichtssagenden Gesicht auf Wilhelminas Foto war ein dicker Kerl geworden, der garantiert mehr als hundertzehn Kilo auf die Waage brachte. Im Gegensatz zu seinem Vater, einem ellenlangen Mann, wie Wilhelmina erzählt hatte, war sein Sprössling mehr breit als hoch geworden – ein genetischer Fehlschlag. Seine Hängebacken und ein Dreifachkinn machten ihn nicht viel schöner. Aber trotzdem war er noch ziemlich flink, so wie er die Biergläser nahm und zu den Gästen watschelte, die gar nicht genug von dem Gerstensaft bekommen konnten. Als er das erledigt hatte, nahm er sich auch für uns etwas Zeit. Er sprach uns in seiner Muttersprache an, aber damit konnten wir nichts anfangen. Ich fragte ihn, ob er Deutsch oder Englisch verstünde, und er meinte, sein Deutsch wäre ganz gut.

„Ich bin Journalist und schreibe ein Buch über die 70er Jahre“, begann ich unlustig meine Rede. „Da soll auch ein Bekannter von Ihnen mit vorkommen. Ein gewisser George Wilkins…“

Sein schwabbliges Gesicht zeigte keine Regung. Nur seine Augen verengten sich ein bisschen. Er hatte sich gut unter Kontrolle.

„Was ist denn an ihm so interessant, dass Sie über ihn schreiben wollen?“, fragte Luuk.

„Wilkins war bei einem Geheimdienst“, erklärte ich. „Damals jedenfalls. Er ist an brisante Informationen gekommen, die er vor kurzem zu Geld machen wollte. Nur ist es dazu nicht mehr gekommen, weil er gestorben ist.“

„Müssen wir nicht alle mal sterben?“, seine Stimme klang belegt. „Was war es? Ein Unfall? Oder etwas Spektakuläres?“ Vermutlich nahm er an, Wilkins sei irgendwie beseitigt worden.

„Natürlicher Todesfall!“, sagte ich. „Das Herz. Von einer Sekunde zur anderen. Hier in Rotterdam. Auf einem Schiff im Hafen.“

„Ich kannte ihn kaum“, der Wirt schüttelte den Kopf. „Habe ihn seit Jahrzehnten nicht mehr gesehen. Und wenn ich Ihnen was von früher erzählen soll – tut mir Leid, mein Gedächtnis ist nicht das Beste.“

„Bedauerlich“, ich zog ein enttäuschtes Gesicht. „Er hat hier in Rotterdam etwas versteckt, das viel, viel Geld bringen kann, wenn man es den richtigen Leuten verkauft Eine kleine silberne Scheibe. Eine DVD.“

„Und wo soll er das verbuddelt haben?“, wollte Luuk wissen. Die Habgier stand ihm ins Gesicht geschrieben.

„Das weiß ich noch nicht. Aber ich werde es bis morgen erfahren“, log ich wild drauflos. „Ich habe noch eine andere Quelle, und die weiß mehr als Sie. Ich hatte zwar gehofft, Sie könnten mir einen Tipp geben. Aber wenn nichts ist, dann ist eben nichts.“

„Ich habe ihn nie wiedergesehen, seit er damals aus Rotterdam weg ist“, der Mann verdrehte die Augen. „Wenn ich lüge, soll meine Frau tot umfallen!“ Vor meinem geistigen Auge schlug die Dame sofort lang hin. Er räusperte sich. „Ich habe Gäste. Um die muss ich mich kümmern. Wollen Sie beide auch ein Bier?“

„Nein, danke“, sagte Danielle, „Tja – wenn er sich bei Ihnen vor ein paar Wochen gemeldet und ihnen was von seinem Versteck erzählt hätte, könnten Sie jetzt ein steinreicher Mann werden."

Ich lachte auf. „Aber morgen bekommen wir einen Tipp, wo die lukrative Ware zu finden ist. Dann können wir für die DVD ordentlich abkassieren."

„Ich bin ein bescheidener Mensch", meinte Luuk, aber in seinen Augen glänzten Dollarscheine. „Ehrlich – tut mir Leid. Aber ich kann Ihnen nicht helfen."

„Schade", sagte ich. Wir machten kehrt.

„Ach!" rief er uns hinterher. „Wie sind Sie eigentlich auf mich gekommen?"

„Wir haben seine alten Freunde von früher gesiebt. Und Sie sind durchs Sieb gefallen."

Ich drehte mich nicht noch einmal um, als wir hinausgingen. Draußen vor der Tür stieß mich Danielle leicht an. „Was hast du denn für einen Stuss erzählt. Von wegen, wir erfahren morgen, wo Wilkins etwas versteckt hat und so weiter."

„Ich glaube, der weiß, wo die DVD ist. Ich habe ihn genau beobachtet. So unbewegt, wie sein Gesicht war, so haben ihn seine Augen jedoch verraten. Wenn er glaubt, wir bekommen demnächst einen Tipp, wo wir suchen müssen, dann wird er uns zuvorkommen wollen. Wir sollten ihn in den nächsten Stunden beobachten."

Danielle klopfte mir auf die Schulter. „Du kannst den Job haben!"

„Nicht die Bohne", sagte ich. „Euer Geschäft ist mir zu schmutzig."

Ich wandte den Kopf und schaute zum Lokal hinter mir. Hinter einer der großen Fensterscheiben sah ich Luuks Gesicht. Er starrte uns hinterher, bleich und regungslos, und verzog sich, als er bemerkte, dass ich ihn entdeckt hatte.

Adler und Barclay, um mal ihre richtigen Namen zu benutzen, obwohl die sicher auch falsch waren, empfingen uns mit neugierigen Blicken.

„Wie hat er reagiert?", fragte Adler.

Danielle berichtete, wie unser Gespräch mit ihm abgelaufen war. „Tom hat ihm zuletzt noch einen Köder vor die Nase gehalten – mal sehen, ob er anbeißt." Und sie meinte, er könne jetzt Angst haben, dass ihm jemand die heiße, wertvolle „Ware" noch im letzten Moment wegschnappen würde.

Adler blickte mich an. „Und?"

„Er wird versuchen, an die DVD heranzukommen und sie aus ihrem Versteck zu holen, sofern er weiß, wo das ist. Ich wette, er hat Wilkins den Tipp gegeben, wo sie gut aufgehoben ist. Jetzt, da er weiß, dass Wilkins tot ist, schnappt er sich das Video selbst. Er weiß zwar nicht, was darauf zu sehen ist – davon gehe ich aus – aber er wird es sich anschließend anschauen. Wenn er auch nur ein bisschen Grips im Kopf hat, findet er dann heraus, wer für die Aufnahmen eine Menge Kohle springen lässt." Ich breitete die Hände aus. „So sehe ich die Situation."

„O.k.!", sagte Danielle. „Dann müssen wir eben warten, bis er loszieht, die DVD aus ihrem Versteck zu holen."

„Das kann ewig dauern", wandte Barclay ein. „So eine Kneipe hat doch mindestens bis Mitternacht geöffnet. Erst dann kann er losziehen."

„Warten wir es ab", schlug Adler vor. „Wir können ja abwechselnd da drüben im Bistro sitzen und sein Lokal beobachten. Einer macht es sich da drin bequem und trinkt irgendwas oder isst eine Kleinigkeit. Die Anderen bleiben solange im Auto. Es steht ja ganz in der Nähe. Wenn er rauskommt, sagt derjenige, der gerade an der Reihe ist, den anderen Bescheid. Wir haben ja alle Handys."

Barclay war die Erste, die sich zum Nudelessen im Bistro bereit erklärte. Sie würde die Sache recht langziehen, mit einem Getränk und einer Zeitung, die sie nicht lesen konnte, weil sie in Holländisch bedruckt war. Eine Stunde, sagte sie, würde sie hinkriegen, ohne dass es auffällig sein würde. Adler sollte die Ablösung sein und dann konnte auch noch Danielle herhalten. Mich wollten sie nicht und sie meinten, ich könne mir ein Taxi nehmen, um zum Schiff zurückzukehren. Das passte mir aber nicht – ich hatte mit dem Hieb auf den Kopf in meiner Kabine quasi das Startzeichen erhalten, in diesem Rennen durch die Hafenstädte mitzumachen, und nun wollte ich auch den Endspurt miterleben. Sie diskutierten mit mir eine Weile, aber ich gab nicht nach. So durfte ich zumindest mit im Ford warten, der jetzt nicht mehr so einsam auf dem kleinen Platz in der Nähe stand. Es war inzwischen Abend und die Pendler waren mit ihren Wagen von der Arbeit zurückgekommen. Wir quetschten uns so bequem in die Sitze wie möglich, um ein bisschen auf Reserve zu schlafen. Die Nacht konnte elend lang werden. Außerdem hatten wir wieder Hunger und jeder wartete darauf, den Platz im Bistro einzunehmen.

Kurz bevor wir sie ablösen wollten, meldete sich Barclay. Ein paar Gäste vom „Langen Luke“ waren gerade im Bistro eingekehrt, um weiter Bier zu trinken. Luuk hatte sie kurzerhand auf die Straße gesetzt, sein Lokal für geschlossen erklärt, wegen eines angeblichen Unfalls in seiner Familie, und die Kneipe hinter den murrenden Durstigen einfach zugemacht.

„Es geht los“, verkündete Danielle. Sie winkte Nimmer-Adler und mir, ihr zu folgen. Wir mussten wieder durch die Altstadtstraßen am Wasser, die jetzt im Licht der Straßenlaternen nicht einer gewissen Romantik entbehrten. An der Ecke zur Gasse, in der sich „Der langen Luke“ befand, warteten wir auf den Anruf von Barclay. Bloß – er kam nicht. Wir standen uns förmlich die Beine in den Bauch und ärgerten uns, dass wir nicht länger im Wagen sitzen geblieben waren. Und dieser verdammte Hunger, der uns inzwischen alle plagte.

Dann gab Danielles Handy einen Klingelton von sich. Sie nahm das Smartphone ans Ohr.

„Er hat die Kneipe verlassen und wird gleich auf uns zukommen“, sagte sie. Was für uns das Signal war, uns in eine Toreinfahrt zurückzuziehen.

Luuk kam etwa drei Minuten später um die Ecke und lief nach links. Er machte den Eindruck, dass er nicht ziellos umher spazieren wollte, sondern ging mit kräftigen Watschelschritten vorwärts, soweit es ihm sein Leibesumfang erlaubte. Seine Silhouette hob sich gut gegen das Licht der Straßenlampen ab, so dass wir ihm in einiger Entfernung folgen konnten. Inzwischen hatte sich uns auch Barclay wieder angeschlossen. Sie atmete etwas schnell, weil sie ziemlich hastig gelaufen war, um uns einzuholen. Wir passierten hinter Luuk eine Brücke, dann bog er in eine belebtere Gegend ab. Allmählich verloren wir die Orientierung, aber wir dackelten immer weiter hinter ihm her. Schließlich sahen wir am Ende einer dunklen Gasse eine verlassene Baustelle und ein Stück neben ihr an einem kleinen unbeleuchteten Platz eine alte Kapelle vor uns. Das Kirchlein sah im Dunkel aus, als hätte Gott es schon als Minusposten von seinem Betriebskonto abgeschrieben. Das Dach hatte Schäden und an der Fassade war der Putz abgebröckelt. Weit hinter dem Platz und der Kapelle erblickten wir in der Ferne die Hochhäuser Rotterdams mit ihren erleuchteten Fenstern und den 185 m hohen Euromast, dessen Turmschaft grün angeleuchtet war und in dessen Restaurant oben noch Licht brannte.

Luuk blieb vor der Kirche stehen. Er schien in seine Hosentasche zu greifen und etwas hervorzuholen. Sekunden später leuchtete eine Taschenlampe auf, deren Lichtkegel auf die Steinplatten neben dem Eingang fiel. Der Kneipenwirt bückte sich, um etwas unter einer der Platten wegzunehmen. Einen Schlüssel. Mit ihm schloss er die alte Eichentür der Kapelle auf und ging in sie hinein.

„Wollen wir?“, fragte Nimmer-Adler.

„Noch nicht“, sagte Danielle.

Wir warteten in der Gasse ungefähr zehn Minuten. Dann kam Luuk wieder aus der Kirche heraus. Er verschloss die Tür und legte den Schlüssel wieder unter die Platte, die er sorgfältig zurechtrückte. Dann kam er geradewegs auf uns zu. In der linken Hand hielt er etwas fest. Er pfiff leise ein Lied vor sich hin. Das konnte Angst in der Dunkelheit bedeuten, aber auch Zufriedenheit und gute Laune.

Wenn er Letzteres gehabt hatte, so verging ihm das, als er uns am Ende des Platzes direkt in die Arme lief. Er prallte zurück. Das kleine Päckchen, das er in der Linken hielt, presste er an die Brust.

„Man sieht sich immer zweimal im Leben“, sagte Danielle und streckte die Hand aus. „Das gehört jetzt uns!“

„Ich habe es gefunden“, entgegnete Luuk trotzig. Er dachte gar nicht daran, seine Beute herzugeben.

„Wo war es versteckt?“, fragte ich neugierig.

„Hinter der Jesusfigur“, sagte er. „In einer Ritze.“

„Gottes Wege sind oft seltsam“, sagte Danielle. „Aber sie führen immer wieder zu uns.“ Ich sah plötzlich eine Glock17 in ihrer Hand, die sie aus in ihrer Umhängetasche gezaubert hatte. Auch Silvana war mit einem Mal bewaffnet und richtete den Lauf ihrer Pistole auf den immer nervöser atmenden Luuk. Eine Heckler & Koch SFP9, wie ich sie mal bei sächsischen Polizisten gesehen hatte. Die überzeugenden Argumente der beiden Damen zeigten Wirkung. Mit zitternden Händen überreichte Luuk das Päckchen aus braunem Packpapier an Adler, der jetzt zu ihm vorgetreten war. „Die Taschenlampe!“, forderte er. Auch die erhielt er ausgehändigt. Damit leuchtete er das Päckchen an, riss dann die Umhüllung auf und nickte.

„Eine DVD“, sagte er zufrieden. „Hoffentlich die Richtige. Und nicht bloß der Montagabendfilm.“

„Dann machen wir alles so, wie abgesprochen“, gab Danielle den Ton an. „Du nimmst den Ford und fährst zur Rotterdam Centraal Station. Lass den Wagen dort stehen. Wir holen ihn ab. Nimm den nächsten Zug der Nederlandse Spoorwegen bis Den Haag. Für die zwanzig Kilometer brauchst du damit höchstens dreißig Minuten.“

„O. k. – ich nehme dann bei Den Haag Centraal ein Taxi. Nach Wassenar muss ich. Ist das richtig?“

„John Adams Park 1“, sagte Danielle. „Das ist die Adresse unserer Botschaft. Verlange unseren Mann dort. Du weißt ja, wer es ist. Sie sollen ihn aus dem Schlaf holen, egal wo er wohnt. Du hältst deinen Kopf dafür hin, dass sich niemand die DVD ansieht. Er soll das Päckchen versiegelt mit der Diplomatenpost an Deputy Director Bride in Langley schicken. Mit einer neuen Verpackung, dem „top secret“-Stempel und dem Vermerk „An den D.D. CIA Bride persönlich“.

Als ich „CIA“ hörte, wurde mir ganz schwummrig. In was für einen Sumpf war ich geraten? Vor allem – wie würde ich wieder aus ihm herauskommen? Hätte ich mich doch niemals mit Danielle eingelassen. Oder wie sie richtig hieß: mit Turner. Ich schnaufte verärgert.

„Hast du was?“, fragte Danielle.

„Nein – nichts!“, sagte ich.

Minuten später war Adler schon verschwunden.

„Was wird mit mir?“, fragte Luuk ängstlich. „Kann ich gehen?“

„Aber ja!“, antwortete Barclay und schoss ihm zwischen die Augen. Er schrie nicht einmal auf, sondern kippte um wie ein Kegel.

Silvana lachte. „Nur tote Zeugen schweigen.“ Und dann richtete sie ihre Waffe auf Danielle. „So wie du und so wie er.“ Das Letzte galt mir. Aber sie kam nicht mehr zum Schuss. Es knallte zweimal, Silvana riss ihre Augen erstaunt auf und sackte dann zusammen. Aus dem Lauf von Danielles Glock stieg der übliche Rauchfaden empor. Dann schwenkte sie die Hand mit der Pistole zu mir herum.

Sie würde mich auch erledigen. Das war mir klar. Ich war ja auch ein Wissender, ein Zeuge. Auch wenn ich nicht ahnte, wer wo mit wem auf diesem Video geschlafen oder sonst was angestellt hatte. Das heißt – wo, wusste ich ja. In Poix. Wenn ich das hier überleben sollte, würde ich mal hinfahren. Aber es sah nicht so aus, als käme ich davon. Danielle wirkte so furchtbar entschlossen und ihre Hand mit der Waffe zitterte nicht. Den Tod vor Augen, ging mir allerlei in Bruchteilen von Sekunden durch den Kopf. Ich dachte daran, dass ich viel Zeit meines Lebens damit vergeudet hatte, jede Menge Mist anzustellen. Und der größte Mist war gewesen, dass ich mich hier auf diese Sache eingelassen und dieses tödliche Techtelmechtel mit Danielle angefangen hatte. Ich hatte keine Angst vor dem Tod. Vielleicht vor dem Sterben. Aber es war mir im Moment alles so piepegal – ich konnte das gar nicht verstehen. Gleich würde mich ein Projektil 9mm aus der Welt ins Nichts befördern. Dann würde es für alle Ewigkeit schwarz um mich werden. Fast niemand würde um mich weinen. Doch in einem Hauch von Hoffnung glaubte ich, es könne vielleicht auch in einem anderen Dasein weiter gehen. Nicht mit Whisky und Rockmusik und schicken

Weibern in einer lauten Disco, sondern mit Manna und Halleluja und sexy Engeln auf einer sanften Wolke. Gott würde wohlgefällig zuschauen. Unmittelbar vor dem Tod wird man ja gern etwas gläubig.

Ich grinste.

„Was ist so lustig?" Danielle schüttelte den Kopf. Dann senkte sie die Waffe. „Sieh zu, dass du aufs Schiff zurückkommst. Den Weg wirst du ja irgendwie finden." Sie verstaute die Glock hinten im Bund ihrer engen grauen Hose mit Leodesign. Dann bückte sie sich zu Silvanas Leiche hinab und kramte in der Umhängetasche, die ihr gehört hatte. Sie fand die Ausweispapiere und die Bordkarte und steckte beides ein.

„Na, los!", forderte sie mich auf.

„Du lässt mich einfach so gehen?", fragte ich ungläubig. „Und wenn ich alles der Polizei erzähle?"

Sie lachte. Ihre weißen Zähne blitzten im Halbdunkel. „Du bist doch nicht lebensmüde. Wir würden dich überall finden. Und du steckst doch selbst bis zur Halskrause mit in allem drin. Am besten, du vergisst die ganze Geschichte, so wie ich es auch tun werde."

Ich blickte sie an. „Wirst du auch mich vergessen?" Mein Atem stockte etwas.

„Vielleicht nicht ganz", gab sie zu. „Aber du solltest mich aus deinem Gedächtnis streichen."

Ich seufzte. „Mal sehen, ob ich es kann."

„Mach es nicht so dramatisch", sagte sie, trat an mich heran und legte mir einen Arm um die Schulter. „Tschüß, Tom!", sie küsste mich leicht auf die Wange. Es war, als hätte sie mich mit einer Feder berührt.

Ich sah ihr nach, wie ihre schlanke Gestalt in der Dunkelheit verschwand. Dann sah auch ich zu, dass ich wegkam. Jemand konnte die Schüsse gehört haben. Obwohl – sie hatten gerade mal wie Fehlzündungen eines Motorrads geklungen. Vielleicht war das eine Gegend, in der sich die Leute nur ungern mit dem Geschehen vor ihren Fenstern abgaben. Und die nächsten bewohnten Häuser waren weit entfernt. Doch ich wollte es nicht darauf ankommen lassen und machte mich auf die Beine, ohne noch einen Blick auf die beiden dunklen Gestalten zu werfen, die am Boden lagen.

Ich hielt kein Taxi an, weil ich nicht auffallen wollte, und nahm einen langen Fußmarsch in Kauf. Es war schon fast Mitternacht, als ich mich mit Hilfe des Stadtplans in meinem Rucksack bis zur eindrucksvoll beleuchteten Erasmus-Brücke durchgeschlagen hatte. Von dort war es nicht mehr weit bis zum Cruise Terminal Rotterdam. Obwohl die „Bella Auranta" über Nacht am Liegeplatz blieb, waren jetzt nur noch wenige Passagiere unterwegs, das Nachtleben der Stadt zu erkunden. Etwas gelangweilt standen einige Crewmitglieder des Schiffes an der Gangway und an den Eingängen herum, die meine Bordkarte und mit dem Röntgengerät meinen Rucksack sowie meine Jacke kontrollierten, ehe ich endgültig wieder an Bord gehen durfte.

Ich blieb oben nur kurz in der Kabine. Zuviel war passiert. Ich konnte nicht einfach ins Bett gehen und hübsche Träume haben. Deshalb spazierte ich noch ein bisschen oben auf dem Deck umher, um die unerquicklichen Erlebnisse des vergangenen Tages zu verarbeiten und die üblen Gefühle loszuwerden, die dadurch in mir zurückgeblieben waren. Gedankenverloren stellte ich mich an die Reling. Ringsum breitete sich das nächtliche Rotterdam mit seinem Lichtermeer aus. Die Stadt schien nie völlig zu schlafen. Beleuchtete Fenster in den zahlreichen Hochhäusern, die angestrahlten Brücken, der grün leuchtende Euromast, Autoscheinwerfer auf den Straßen und ein Schiff, das trotz der nächtlichen Stunde mit bunten Lampen auf dem Wasser entlang glitt, strahlten eine friedliche, beruhigende Stimmung aus.

Und plötzlich war endlich auch wieder ein Hauch Frieden in meiner Seele.

27. Ein „Prachtkerl“ checkt aus

Ich schlief tatsächlich bis sieben Uhr morgens fest durch. Nach den üblichen Prozeduren wie Duschen, Rasieren und Anziehen marschierte ich ins Hauptrestaurant, um mein Frühstück einzunehmen. Es war nicht sehr voll dort. Die meisten Passagiere zogen es vor, in den Buffetrestaurants zuzugreifen und sich die Teller vollzuschaufeln. Da, wo ich jetzt war, kam der Kellner mit einem kleinen Wagen durch die Gänge, um verschiedene Wurstsorten, Käsevarianten, Fischspezialitäten und Säfte anzubieten. Ein anderer Mitarbeiter brachte mir den Morgenkaffee. Auf das angebotene Glas Sekt verzichtete ich. Ich frühstückte in aller Ruhe an einem Zweiertisch, den ich für mich allein hatte, und spitzte die Ohren, weil die Leute am größeren Nachbartisch ihre Erlebnisse in Rotterdam austauschten. Zwei von ihnen hatten sich offenbar in das Nachtleben der Stadt gestürzt und sahen etwas müde aus. Die anderen plauderten über die Kubushäuser, die enorme Hochhausarchitektur der Stadt, den imposanten Hauptbahnhof und die Einkaufsstraßen, die sie gestern heimgesucht hatten.

Pünktlich neun Uhr sollte die „Bella Auranta“ ablegen. Aber sie war immer noch am Wilhelmina Pier vertäut.

„Wir bitten um Beachtung für eine wichtige Durchsage!“, kam es durch die Bordlautsprecher. „Das Ehepaar Nimmer möchte sich bitte umgehend an der Rezeption melden. Das Gleiche gilt auch für Frau Danielle Sedlacek.“

Die Durchsage erfolgte anschließend immer wieder im Drei-Minuten-Rhythmus. Offenbar war man sich, wie immer in solchen Fällen, nicht im Klaren, ob sich die Drei bei der Bordkartenkontrolle unbemerkt aufs Schiff gemogelt hatten oder tatsächlich den Abfahrtstermin verpasst hatten.

„Einen wunderschönen guten Morgen", meldete sich jetzt auch der Kapitän aus dem Lautsprecher. „Wir warten noch auf drei Passagiere, die noch nicht an Bord sind. Deshalb können wir noch nicht ablegen."

Wahrscheinlich war ich der Einzige, der genau wusste, dass die noch vermissten Mitreisenden, wie man so sagt, flöten gegangen waren. Silvana Nimmer-Oede – tot. Hendrik Nimmer – in Den Haag oder sogar schon auf dem Weg zum Flughafen Amsterdam. Danielle Sedlacek – tja, wo mochte Turner wohl jetzt sein. Irgendwie fehlte sie mir. Obwohl sie nicht der richtige Umgang für harmlose Mitbürger war. Diese attraktive Frau vereinte in sich so viele unterschiedliche und gegensätzliche Seiten, so dass ich mir den Kopf zerbrach, wie die wahre Withney Turner wohl ticken würde. Hatte ich mich ein bisschen in sie verliebt gehabt? Sicher! Sie war zärtlich und leidenschaftlich zugleich gewesen. Klug und schön. Ein guter Kumpel, wie er im Buche steht. Voller Ausstrahlung, so wie sie nur eine ganz besondere Frau besitzen kann.

Andererseits war Turner ein erbarmungsloser Killertyp, den ich eigentlich verachten musste. Sie konnte kalt wie Eis sein, rücksichtslos ihre Ziele durchsetzen – ziemlich verlogen war sie auch. Von wegen PR-Tussi! Von wegen Privatdetektei in Wien. Von wegen internationales Sicherheitsunternehmen. Die CIA-Agentin hatte mich auf den Arm genommen und ordentlich verschaukelt wie ein dummes kleines Kind.

Was ich mich fragte – warum hatte sie mich am Leben gelassen?

War da doch etwas Echtes zwischen uns beiden gewesen?

Ich seufzte auf und winkte dem Kellner, um mir noch ein Omelett mit Tomaten und Pilzen zu bestellen. Wenn man Probleme mit Frauen hat, sollte man ordentlich essen. Das lenkt ab und vertreibt Kummer und Schmerz. Liebe vergeht – aber was man auf dem Teller hat und in sich hineinstopft, das bleibt. In Gestalt von einigen Kilogramm mehr.

Nach fünfundzwanzig Minuten Wartezeit legte die „Bella Auranta" ab. Durchs Schiff erklang die opernhafte Auslaufmelodie „Blaue See" aus allen Lautsprechern, dass es aus jeder Ecke nur so schallte. Wahrscheinlich standen einige hundert Menschen jetzt oben an Deck, um noch einen letzten Blick auf die Skyline von Rotterdam zu werfen, auf das Cruise Terminal und um das schöne Gebäude mit den beiden grünen Kuppeln, den goldenen Uhren und der Inschrift „Holland Amerika Line" zu fotografieren, das umso eindrucksvoller wirkte, weil es unmittelbar vor den supermodernen Hochhausriesen aus der architektonischen Vergangenheit der Stadt grüßte. Und dann würden sich die Menschenreihen an der Reling lichten, denn erst morgen früh würden wir in Hamburg ankommen und der Tag bot auf dem Schiff noch viel Zerstreuung.

Ich blieb noch ein Weilchen sitzen. Dann spazierte ich kreuz und quer durch die Gänge und verschiedenen Decks. Die Schiffsshops hatten soeben geöffnet, in denen es vom französischen Parfüm über Textilien und bunten Klimbim für die Jüngsten alles bis zu Pralinen in Dosen gab. Ich streifte durch einen der Läden, um mir die Shirts und Hemden anzusehen, aber es war mir alles zu überteuert.

Auf Deck 7 traten sich etwa zwanzig Leute beim Tanzkurs in der Bar auf die Füße. Im Theater tobte der Seebär beim Bingo und beim Reiseberater ein Deck tiefer standen einige Passagiere an, um die nächste Reise mit etwas Rabatt zu buchen.

In der Nähe der Sushi Bar traf ich auf den Sicherheitsoffizier.

„Haben Sie eine Sekunde Zeit?", fragte er mich. Seine weiße Uniform sah auch heute wieder frisch gewaschen und gebügelt aus. Auf dem Schild an seinem Hemd stand „Petermann – Security Offizier". Ich hatte mich bisher nie für seinen Namen interessiert.

Ich nickte. „Soviel Sie wollen. Worum geht's denn?"

Wir suchten uns eine stille Ecke am Heck des Schiffs aus, was gar nicht so einfach war, denn an einem solchen Seetag wuseln alle Mitreisenden wie verrückt umher. Aber wir fanden etwas, wo es ein bisschen windig war und keine Liegen standen, so dass wir unter uns waren.

„Sie waren doch mit diesem Paul Schönlein befreundet?", fragte er.

„Ein ehemaliger Studienkamerad", sagte ich.

„Die Aufnahmen der Überwachungskamera an der Brücke zeigen nicht eindeutig, ob Herr Schönlein von allein über die Reling gestürzt ist. Er ist etwas abrupt darüber gekippt."

„Sie meinen..?"

„Ich meine gar nichts. Nur – nachdem er am Vortag an irgendeinem Zeug im Drink zu Boden gegangen ist, sind wir natürlich etwas misstrauisch geworden. Und er hatte einen Privatdetektiv mit auf die Reise genommen, damit der ihm jeden Ärger vom Leibe hält. Hatte Schönlein Feinde? Leute, die auch hier an Bord sind?" Petermann blickte mich erwartungsvoll an.

„Da sind Sie bei mir an der falschen Adresse", meinte ich. „Sie sollten mal bei diesem Herrn Lohmann anklopfen, der den Sturz aufs Deck beinahe hätte verhindern können, wenn er nicht draußen Wasser geholt hätte."

Der Sicherheitsoffizier winkte ab. „Mit dem habe ich schon mehrmals gesprochen. Das Gespräch war völlig unergiebig. Lohmann wurde von Schönlein für die Reise als eine Art Kindermädchen engagiert, das ihm jeden Ärger vom Leibe halten sollte. Der Tote hat also mit irgendwelchen Komplikationen gerechnet. Aber welche das sein könnten, hat er seinem Beschützer auch nicht verraten."

„Tja – Paul konnte sehr verschwiegen sein", teilte ich mit. „Er hatte irgendwelche Probleme, hat aber auch mir nicht gesagt, worum es geht. Tut mir Leid, Herr Petermann – ich kann Ihnen nicht helfen."

„Naja – es war den Versuch wert", der Sicherheitsoffizier zuckte die Achseln. „Wahrscheinlich schließen wir die Sache als Unfall ab, wenn sich keine neuen Aspekte ergeben."

„Wo haben Sie ihn ausgeladen?", fragte ich direkt.

„In Harwich", sagte er. „Völlig unbemerkt von den Gästen. Die Schiffsagentur wird die Überführung nach Deutschland regeln. Mit der Witwe haben ihre Mitarbeiter gleich Kontakt aufgenommen."

„Er hat so gern gelebt und wollte mindestens neunzig werden, wenn nicht sogar hundert", sagte ich und dachte daran, wie Paul das an der Uni immer herumposaunt hatte.

„Ja – unverhofft kommt oft", meinte Petermann sachlich. „Übrigens – den Typ, der gleich am Anfang in Ihre Kabine eingedrungen ist und Ihnen eins übergebraten hat, haben wir nicht ermitteln können."

„Ein Schlag auf den Kopf erhöht das Denkvermögen", grinste ich. Und das war dann auch das Schlusswort. Wir verabschiedeten uns, ich ging in meine Kabine, um mir mein Badezeug zu holen. Erstaunlicherweise fand ich oben auf dem Pooldeck auch eine freie Liege. Männlein und

Weiblein lagen auf den blauen Dingern herum wie die Ölsardinen in der Büchse und holten sich ihren Sonnenbrand. Natürlich hatten auch wieder abwesende Mitreisende ihre Liegen seit früh mit Handtüchern oder Büchern reserviert. Diese Unsitte auf Kreuzfahrtschiffen oder in Hotels ist nicht auszurotten. Bei manchen Reederein räumt das Personal nach längerer Zeit die unbenutzten Dinger radikal ab. Woanders sieht man lieber darüber hinweg, um die zahlenden Gäste nicht zu verprellen.

Ich legte mich zu den Damen und Herren, die sich hier in der Sonne braten ließen. Dass die Nacht etwas kurz gewesen war, machte sich jetzt bemerkbar. Ich schlief ein und wurde erst kurz vor Mittag wieder munter. Da ich mich mit schützendem Spray ordentlich eingedieselt hatte, bekam ich auch keinen Sonnenbrand. Nur etwas mehr Farbe würde ich haben.

Irgendwie ging dieser letzte Tag auf dem Schiff schnell vorüber. Beim Mittagessen traf ich Monika und Jochen, zwei Bekannte, die zu Hause in Berlin in der gleichen Straße wohnen wie ich. Wir zogen ein bisschen über andere Passagiere her, die sich am Buffet eine Schlacht ums reichlich vorhandene Essen lieferten, und speisten an einem Tisch im Fensterbereich. Andere bekannte Gesichter sah ich nicht. Weder Lohmann noch der „Loser" oder auch nicht Blasius mit seiner Frau ließen sich sehen. Manchmal begegnet man auf einem Kreuzfahrtschiff irgendwelchen Leuten alle Nase lang – und dann andersherum sieht man sich nie wieder. Abends verzichtete ich auf den Farewell-Sekt und las auf meinem Balkon noch ein Buch bis zum Ende durch. Ich packte meinen Koffer und ließ nur die Utensilien für nachts und früh draußen, die ich noch brauchte, ehe ich meinen Koffer unten im Terminal wiederbekommen würde. Spätabends stellte ich den Koffer vor die Kabinentür. In der Nacht würde die Crew ihn abtransportieren. Ich checkte am nächsten Morgen gegen elf Uhr aus. Unten im Terminal sah ich den „Loser“, der einen Riesenkoffer mit sich schleppte. Er warf mir einen Blick zu, den ich nicht deuten konnte – irgendwie wirkte er giftig. Noch ein Bekannter kam in Sicht, Lohmann. Er verschwand auch schnell mit seinem Gepäck, als er mich sah. Er war schon in den Shuttle zum Hauptbahnhof eingestiegen, als ich vor das Terminal trat.

Was für eine Reise! Ich hatte viel erlebt, aber eine erholsame Kreuzfahrt war dies nicht gewesen. Der ganze Ärger in den Hafenstädten mit den Amerikanern. Und auch die Russen hatten Danielle und mir tüchtig zugesetzt.
Mir ging die Frage durch den Kopf, wieso die Russen über alles so gut informiert gewesen waren. Ging auch der Überfall in meiner Kabine auf ihr Konto?! Die CIA-Leute hatten abgestritten, ihre Finger im Spiel gehabt zu haben. Aber wer dann? Nein, es konnten dann nur die Russen gewesen sein. In diesem Fall mussten sie von vornherein jemand mit an Bord gehabt haben. Jemanden, der ihre Aktionen koordiniert und geleitet hatte. Der auch auf Wilkins Spuren mitgereist war wie wir anderen alle auch. Der wusste, wo unser Schiff immer anlegte und seine Leute dann dort auf uns gehetzt hatte. Aber wer sollte das gewesen sein?

Drüben standen Taxis. Ich überlegte gerade, ob ich eines davon für die Fahrt zum Hauptbahnhof nehmen sollte oder mich lieber dem Bella-Shuttle-Bus anvertrauen sollte, als mir jemand auf die Schulter klopfte.

Es war Blasius. Er hatte wieder seinen schicken dunkelblauen Anzug an, trug aber zum weißen Hemd keine Krawatte. Das Haarwirrwarr umgab seinen Kopf wie einen Heiligenschein. Seine Frau, stark geschminkt, ein Maler hätte seine Freude daran gehabt, lächelte mich an.

„Schön, Sie noch einmal zu sehen“, sagte Blasius etwas von oben herab und wirkte auf einmal weder einfältig, noch alt oder konfus. „Sie sind ein Überlebenskünstler, Webb.“

Ich starrte ihn an.

„Sie sind ein Prachtkerl, Webb“, fuhr der Alte fort. „Ein Molodjez, wie wir daheim sagen!“

Hatte er schon immer diesen leichten Akzent gehabt?

„Ich habe auf dieser Reise wieder mal eines gelernt – man kann nicht immer gewinnen. Ihre Freundin war sehr clever!“

Er klopfte noch einmal auf meine Schulter. „Do Swidanija, Thomas Webb!“

Dann gingen beide mit ihren Koffern bis zur Markierung, an der die Fahrbahn begann. Sie wirkten nicht mehr gebrechlich – nein, jünger, kräftiger und sehr selbstbewusst. Fast lautlos fuhr ein großer schwarzer Wagen vor. Ein Mann im schwarzen Anzug stieg aus und verstaute das Gepäck der beiden im Kofferraum.

Zuerst stieg die Frau hinten in die große Limousine. Dann Blasius. Er ließ die Scheibe des Wagenfensters herabfahren und winkte mir mit dem gekrümmten Zeigefinger. Ich nahm meinen Koffer und trat näher.

„Machen Sie das nicht noch einmal“, sagte er im Ton eines strengen Vaters. „Diesmal sind Sie davongekommen.“ Er schüttelte den Kopf. „Immer funktioniert das nicht!“

Die Scheibe glitt nach oben, der Wagen setzte sich in Bewegung.

Ich blieb erstarrt stehen wie eine Salzsäule. Der scheinbar konfuse, fast senile Blasius – Strippenzieher aller Aktionen der Russen, die wir erlebt hatten? Absolut unmöglich! Oder doch?

„Mensch – Mann, steh doch hier nicht im Weg“, raunzte mich jemand an.

Ich holte tief Luft. Zog meinen Koffer weiter.

Und stellte mich an der Taxischlange mit an.

28. Martha’s Vineyard

Sie waren allein im Haus unweit von Chilmark, in das sich das Urgestein schon seit Jahrzehnten so oft zurückzog, wie es ging. Die Gegend gehörte zum weniger bevölkerten Teil der Insel, die elf Kilometer von Cape Cod im Bundesstaat Massachusetts entfernt lag. Das Urgestein hatte sich absichtlich im ruhigen „Up-Island“ eingerichtet – er wollte die Touristen nicht sehen, die immer wieder in Oak Bluffs oder Edgartown umherschwirrten. Die einen kamen wegen der Naturschönheiten her und andere, um ihre Verlobung oder Hochzeit zu begehen. Manche wollten die Stellen sehen, an denen einst der Film „Der weiße Hai“ gedreht worden war. Andere erfreuten sich daran, dass es auf der Insel keine Supermarkt-Ketten und Fast-Food-Restaurants gab. Viele kamen auch in der Saison, um den Vogelpark der Insel zu sehen. Hier war alles noch natürlich – das gab Martha’s Vineyard eben diesen besonderen Charakter. Mancher Politiker oder reiche Mann hatte hier seinen Sommersitz.

Bride und das Urgestein eröffneten ihr Treffen im Salon des Hauses mit einem Geplauder über Gott und die Welt. Scheinbar unbeachtet lag die DVD in ihrer durchsichtigen Hülle auf dem Glastisch vor ihnen.

„Es liegt ein Fluch über dieser Familie“, sagte das Urgestein. Er meinte die Kennedys. Sie hatten gerade über das Flugzeugunglück gesprochen, das sich vor vielen Jahren in der Nähe der Insel abgespielt hatte. Der Sohn des Präsidenten John F. Kennedy, der den gleichen Namen getragen hatte wie sein Vater, war mit Frau und Schwägerin damals mit der von ihm gesteuerten Maschine ins Meer abgestürzt.

„Und dann die alte Sache mit Edward Kennedy“, stimmte Bride zu. „Als der Senator hier diesen mysteriösen Autounfall hatte, bei dem seine Begleiterin starb. Und jetzt diese Geschichte mit der Enkelin…“

Sie nippten am Whisky, den das Urgestein eingeschenkt hatte. Der Erdgeschossraum, in dem sie saßen, war stilvoll und elegant eingerichtet. Geschnitzte dunkle Möbel harmonierten gut mit den in einem angenehmen Gelb bezogenen Stühlen und Sesseln, in denen sie sich niedergelassen hatten. Neben der einen Möbelwand flackerten trotz der Jahreszeit die Flammen brennender Holzscheite in einem Kamin. An den Wänden hingen gerahmte Fotos, die das Urgestein mit lebenden und verstorbenen Politikern der Vereinigten Staaten zeigten. Auch US-Präsidenten waren dabei. Fast alle – von Kennedy bis Trump fehlte fast keiner.

„Lassen Sie uns doch jetzt über das sprechen, weswegen Sie hergekommen sind“, beendete das Urgestein den Small Talk. „Ich bin froh, dass wir das Video in unsere Hände bekommen haben. Wir sollten es vernichten. Ohne wenn und aber.“

„Da stimme ich Ihnen zu“, sagte Bride. „Brisanter geht es nicht. Wenn herauskommt, wer darauf zu sehen ist – großer Gott, es wäre eine Katastrophe. Man würde die Geschichtsbücher
umschreiben!“

„Also haben Sie es sich angesehen?“, fragte der Alte und runzelte etwas die Stirn.

„Ja! Sollte ich nicht?“ Bride lachte auf. „Ich war ganz perplex. Ein irrer Schachzug. Besser hätte es nicht laufen können.“

„Waren Sie erstaunt, dass es nicht der Berater des sowjetischen Staats- und Parteichefs war?“

„Es hat mich wie ein Schlag getroffen. Ich habe mir die DVD mindestens drei, vier Mal zu Gemüte geführt.“

„Tja, wir ahnten ja damals nicht, welche steile Karriere der junge Funktionär in seinem Leben noch machen würde“, gab der Alte zu.

„Sagenhaft!“, Bride schüttelte den Kopf. „Sie haben den sowjetischen Parteichef Kyrilin höchstpersönlich als unseren Agenten geführt. „Molotok“ hat die Politik seines Landes, ach was sage ich – die Politik des Ostblocks in unserem Sinn gemacht. Jetzt erklärt sich mir vieles, wieso die DDR und der gesamte Ostblock so ungebremst zusammenbrechen konnten. Der Kommunismus ist implodiert wie eine alte Fernsehröhre.“ Er verbarg nicht seine helle Begeisterung. „Der sowjetische Staats- und Parteichef ein Agent der CIA. Und kaum jemand hat es gewusst in Langley und Washington.“

„Ja, alle Mitwisser sind längst tot. Wir Fünf mussten es für uns behalten. So genial der Schachzug gewesen war, den richtigen Mann zur richtigen Zeit anzuwerben – irgendwann wäre es doch in der „Firma“ herausgekommen, bevor „Molotok“ richtig zum Zuge kam. Die Sucht der Geheimdienste, alles zu speichern, über jede Aktion Akten anzulegen und über alles Buch zu führen, hätte letztlich dazu beigetragen, dass „Molotok“ irgendwann entlarvt worden wäre. Ein Maulwurf in unseren Reihen. Ein Wistleblower, der in dem falschen Computer nach Informationen stöbert. Ein falsches Wort zur falschen Person. Nein – es war auch richtig von uns damals, alle Mitbeteiligten an der Aktion Poix hinterher zu eliminieren.“

„Bloß, dass Wilkins und Kowalski davon gekommen sind…“

„Wilkins ist Asche! Und Kowalski? Ich glaube, der gute Wilkins hat ihn doch noch erwischt und beseitigt, ehe er selbst starb. Sonst hätte er sich längst mal geräuspert."

„Was ist mit Adler und Turner? Wissen die auch zuviel?" Bride sah den Alten erwartungsvoll an. Doch der winkte ab. „Adler weiß nur, dass damals eine Anwerbung eines Sowjets durchgeführt wurde. Er hat mehrmals gefragt, weshalb wir so ein Wesen wegen eines alten Videos machen. Und um Barclay müssen wir uns keine Sorgen machen. Sie ruht in Frieden." Er machte eine Pause. „Turner hat etwas mehr erfahren. Sie kennt aber nur die Fake-Story vom Berater des Parteichefs. Das ist zwar fast schon zuviel. Aber nur die halbe Wahrheit. Ich möchte sie vorerst nicht an der Galle kitzeln. Ich denke, sie wird schweigen. Die richtige Lösung kennt sie ja doch nicht."

„Ich werde mich trotzdem um sie kümmern. Nur tote Zeugen schweigen", sagte Bride. „Bleibt noch dieser Journalist! Wenn wir den unauffällig beseitigen, fällt das gar nicht auf."

Das Urgestein winkte ab. „Sie haben mir selbst gesagt, er weiß nicht, worum es geht und er sei ahnungslos wie ein Kind. Mit den wenigen Fakten, die er bei den Vorfällen auf dieser Kreuzfahrt erfahren hat, bekommt er nicht mal eine Kurznachricht zustande. Nein, den lassen wir laufen, behalten Sie ihn aber im Auge. Wenn er doch was Dummes macht, dann…" Er machte eine Handbewegung.

„So sind wir also jetzt die einzigen lebenden Personen, die von allem wissen? Wer „Molotok" ist?"

Das Urgestein nickte. „Ja – Sie und ich. Alle anderen sind längst verstorben."

„Auf mich können Sie sich verlassen", sagte Bride. „Ich werde schweigen wie ein Grab." Er drückte dem Alten die DVD in die Hand. „Machen Sie damit, was Sie wollen."

„Noch einen Whisky?“, fragte das Urgestein, während er aufstand.

„Ich muss wieder zurückfahren“, sagte Bride. „Ich will die Abendfähre in Oak Bluffs bekommen. „Aber etwas Alkoholfreies schlage ich nicht aus.“

„Dann mache ich Ihnen einen Cocktail, der Ihnen schmecken wird. Nur Saft, Früchte und etwas Eis. Ich hole alles von Nebenan.“

Bride lehnte sich im Sessel zurück. Irgendwie fühlte er sich stolz, im Besitz eines solchen brisanten Staatsgeheimnisses zu sein, das alle Staatsgeheimnisse weit übertraf, die er bisher in seiner hohen Position erfahren hatte. Weiß Gott, vielleicht würde er doch viel später in seinem Leben einmal seine Memoiren schreiben. Da wären der ehemalige sowjetische Staatschef und KPdSU-Generalsekretär längst tot, das Urgestein auch, die Zeiten hätten sich dann ohnehin geändert und er würde die Katze „Molotok“ in seinen gedruckten Lebenserinnerungen aus dem Sack lassen können. Die Leser würden verrückt spielen. Ach – nicht nur seine Leser! Man würde tatsächlich die Geschichtsbücher umschreiben müssen.

Es dauerte noch etwas, bis der Alte wieder zurückkam.

„Hier – lassen Sie es sich schmecken.“ Der Hausherr stellte ein großes Glas vor Bride auf den Tisch. „Mit Maracuja, Pfirsich, Banane und grünem Sirup. Zum Wohl!“

Bride und sein SUV schwammen gerade wieder auf der Fähre von Hy-Line Cruises zurück nach Hyannis, als sich der Alte die DVD in seinem Fernsehgerät anschaute. Er sah sich selbst und den hoffnungsvollen sowjetischen Genossen im Häuschen in Poix sitzen, beide jung, gutaussehend, dynamisch wirkend, unverbraucht. Wie überzeugend war er doch gewesen, als es ihm gelang, den Sowjetfunktionär zu überzeugen, dass er im Interesse des Weltfriedens für sie als Maulwurf tätig sein solle. Keine Kontakte – ein

„Schläfer" würde Kyrilin sein, der im richtigen Moment immer das Richtige tun würde.

Die Zeit schien zurückgedreht. Das Urgestein sah sich die DVD immer wieder aufs Neue an. Dann nahm er sie aus dem Recorder, schaltete seine Geräte aus und ging mit der glitzernden Scheibe in der Hand nach oben in sein Arbeitszimmer. Er setzte den Shredder in Betrieb und zögerte einen Augenblick, ehe er die DVD in den Schlitz des Aktenvernichters schob. Es knackte und prasselte höllisch, aber das Gerät bewältigte seine Aufgabe gut.

Nun war das Video nur noch in seinem Kopf und in dem von Bride.

In einem zuviel!

Aber nur noch sechsunddreißig Stunden lang. Dann würde das Gift wirken, das er in den alkoholfreien Cocktail seines Besuchers gemischt hatte. Das gleiche, mit dem sie einst hatten Fidel Castro umbringen wollten. Die Aktion war bekanntlich in die Hose gegangen. Bei Bride würde es klappen. Die Uhr tickte schon. In anderthalb Tagen würde der Arzt in Langley oder wo sich Bride gerade aufhielt, einen plötzlichen Herzinfarkt feststellen. Eine Blutuntersuchung würde nichts ergeben. Der tödliche Stoff löste sich faktisch im Nichts auf.

Nachdenklich betrachtete sich das Urgestein in einem Spiegel.

Ein harmloser alter Mann schaute ihm entgegen.

Er lächelte zufrieden!

29. Post aus dem Jenseits

Alles klappte perfekt. Ich hatte den ICE nach Berlin rechtzeitig erreicht und mir selbst gratuliert, weil ich schon vor der Kreuzfahrt eine Platzkarte gebucht hatte. Es war ein ziemliches Gewusel im Zug, denn in Hamburg war wieder mal eine Großveranstaltung gewesen, zu der viele Auswärtige gekommen waren und jetzt wieder nach Hause wollten.

Am Berliner Hauptbahnhof nahm ich die S-Bahn nach Ahrensfelde, stieg Friedrichstraße um und erwischte auch gleich den nächsten Zug nach Pankow. Ich wohne schon lange in diesem nordöstlichen Bezirk der Hauptstadt, in dem heute mehr als 400.000 Leute leben. Das sind etwa so viele wie auf ganz Malta. Meine Wohnung befindet sich in einem Mietshaus in der Elsa-Brändström-Straße, nahe am U-Bahnhof Vinetastraße und unweit vom U+S-Bahnhof Pankow. Sie liegt in der ersten Etage, ist groß und geräumig – fast zu groß für mich, denn ich lebe allein und bin auch oft auf Reisen unterwegs. Wenn ich eine Weile nicht da bin, gehen meine Grünpflanzen ein, und das war auch diesmal so. Angekommen, stellte ich meinen Koffer ab und kochte mir erst einmal einen Kaffee.

Die Post aus dem Briefkasten hatte ich mit nach oben genommen. Es war nicht viel angefallen in der Zeit, in der ich unterwegs gewesen war. Ein Brief des Verlages, der meine Reisebücher herausbringt. Außerdem die übliche Werbung zum Wegwerfen. Und ein dicker A4-Umschlag, der mir das Blut in den Adern gefrieren ließ, als ich den Absender las – Paul Schönlein.

Sicher, er hatte ihn geschrieben, als er noch lebte. Aber jetzt war das wie ein letzter Gruß aus einem kalten Grab. Dem Poststempel nach war er während der Reise auf der „Bella Auranta" aufgegeben worden – ich erinnerte mich, dass am Tag seines Todes noch die Rede davon gewesen war, Paul hätte am Vormittag noch Post an der Rezeption abgegeben. Also musste das noch kurz vor seinem Unfall gewesen sein. Dann war der Brief wahrscheinlich von Harwich aus weiter nach Deutschland befördert worden –

vom gleichen Hafen aus, in dem Pauls Leichnam an Land gebracht worden war.

Ich nahm einen Schluck aus der Kaffeetasse, ehe ich den großen dicken Umschlag öffnete. Fotos fielen mir entgegen und verteilten sich auf dem Küchentisch. Ein beschriebenes Blatt Papier befand sich im Kuvert. Und zu meinem Erstaunen noch ein kleiner Briefumschlag, auf den Paul geschrieben hatte: „Mein Testament". Er war nicht zugeklebt, sondern nur die Lasche oben war eingesteckt worden.

Mit dem Fuß angelte ich mir einen Stuhl und setzte mich, um alles zu ordnen. Zuerst sah ich mir die Fotos an. Alle offenbar mit einem langen Teleobjektiv aufgenommen. Auf sämtlichen Bildern im Format 13x18 cm war Stephanie zu sehen. Allerdings nie allein. Die meisten Aufnahmen zeigten sie in verfänglichen Situationen mit einem anderen Mann. Relativ harmlos noch: Hand in Hand oder bei Umarmungen auf der Straße. Drei Fotos dann, auf denen sie leidenschaftlich herumknutschten. Und durch irgendein Fenster aufgenommen beide nackt beim Sex.

Mit offenem Mund starrte ich die farbigen Kopien an. Nicht weil Stephanie fremdging – das hätte ich noch verkraftet. Nein, mit wem sie es trieb, ließ mir die Haare zu Berge stehen. Es war ein Typ, der mit auf dem Schiff gewesen war und den ich offenbar sehr unterschätzt hatte.

Der „Loser"!

Fassungslos legte ich die Bilder zur Seite und griff nach Pauls Schreiben. Er hatte es an mich gerichtet und ich begann zu lesen:

„Lieber Tom! Wahrscheinlich war es doch ein Fehler, dass ich mich dir nicht offenbart habe und dir reinen Wein über meine Probleme eingeschenkt habe, als du danach gefragt hast. Ich befürchte, dass an Bord der „Bella Auranta" dazu keine Gelegenheit mehr besteht, weil man mir nach dem Leben trachtet. Wer „man“ ist, werde ich dir gleich sagen.

Warum ich Angst habe, ich könnte ermordet werden, hat mehr als einen Grund. In letzter Zeit bin ich immer gerade noch an mehreren gefährlichen Unglücksfällen vorbei geschrammt, die zu meinem Tod hätten führen können. Schon in Berlin begann es damit. Zweimal entkam ich schon vor der Reise nicht zufälligen Beinahe-Autounfällen, bei denen Fahrer auf der Straße plötzlich auf mich zusteuerten und mich über den Haufen fahren wollten. Einmal wollte mich jemand vor eine einfahrende U-Bahn schubsen. Glaube mir – ich habe mir das nicht eingebildet.

Ich wollte mit dieser Kreuzfahrt weiteren Zwischenfällen solcher Art aus dem Weg gehen und auch über meine Probleme nachdenken, über die ich nachher zu dir sprechen möchte. Aber auch hier passierten Dinge, die mein Leben gefährdeten. Ich denke an die herabfallende Schubkarre in Dublin, vor der du mich gerettet hast. Und an die Substanz in meinem Drink, durch die ich bewusstlos wurde. Gottlob habe ich an jenem Cocktail nur genippt. Ganz ausgetrunken, wäre ich jetzt wahrscheinlich tot. All diese Vorfälle werden dir klar machen, weshalb ich mit Jens Lohmann einen Privatdetektiv als Beschützer mit auf die Reise genommen habe.

Doch auch das war falsch. Vermutlich habe ich den Bock zum Gärtner gemacht.

Und da komme ich zu dem, was mir wie ein Mühlstein am Hals hängt. Ich hatte Lohmann schon Wochen zuvor engagiert, weil ich das dunkle Gefühlt hatte, Stephanie würde mich mit einem anderen Mann betrügen. Der Privatdetektiv deckte die Affäre sehr schnell auf und kam auch dem Liebhaber auf die Spur. Ich schicke dir die Fotos mit. Du wirst vom Stuhl fallen, wenn du siehst, wer der Lover meiner Frau ist. Jener scheinbare Trottel, der mit an

Bord ist, Leute mit Essen bekleckert und versehentlich Stühle im Restaurant umwirft. Alles nur Show, alles nur Theater – er will harmlos erscheinen. Weshalb hat er auch auf dem Schiff eine Kabine gebucht, nachdem ich Stephanie erzählt habe, dass und mit welchem Schiff ich eine Kreuzfahrt unternehme? Sein Erscheinen hier hat mir also besonders Sorgen gemacht. Steckt er hinter den Anschlägen auf mich?

Mit Lohmann an meiner Seite hatte ich mich sicher gefühlt. Ich betone das „hatte". Denn ich stellte vorgestern fest, dass sich der Liebhaber meiner Frau, ein gewisser Ansgar Esser, heimlich mehrmals mit meinem Privatdetektiv getroffen hat. Vielleicht bin ich paranoid – jedenfalls vermute ich, dass Lohmann die Fronten gewechselt hat. Weshalb sollte er das tun? Ich kann es dir sagen: Habgier! Geld!

Denn vor mehr als einem Monat habe ich den Eurojackpot geknackt. 28 Millionen Euro habe ich gewonnen. So plötzlich steinreich – das hat mich verstört und unsicher gemacht. Und das alles gehört allein mir. Denn Stephanie und ich leben in Gütertrennung. Natürlich habe ich meiner Frau erzählt, was für ein Riesenglück ich im Lotto gehabt habe. Ich hätte besser schweigen sollen. Denn Stephanies Modefirma ist pleite und steht vor dem Bankrott. Nur mein Geld könnte sie retten und ihr außerdem ein unbeschwertes Leben mit ihrem Liebhaber bis an ihr Lebensende bescheren. Ich vermute, sie und ihr Ansgar trachten mir deshalb nach dem Leben. Weil ich nämlich in meinem bisherigen Testament meine Frau Stephanie als Alleinerbin eingesetzt habe, wobei ich damals nicht viel zu vererben hatte. Jetzt lohnt es sich für sie, mich unter die Erde zu bringen.

Sollte es ihnen gelingen, mich zu töten, dann haben sie sich aber in die Finger geschnitten. Denn ich habe ein neues Testament abgefasst, in dem ich Stephanie enterbe. Wenn man beweisen kann, dass sie mir nach dem Leben getrachtet hat, bekommt sie nicht einmal den Pflichtteil. Im Umschlag innen findest du das aktuelle Testament. Bitte bewahre es sicher auf. Am besten gib es an einen Notar oder an das zuständige Amtsgericht weiter.

Ich bete zu Gott, dass ich diese Kreuzfahrt lebend überstehe. Wenn nicht, dann weißt du, was zu tun ist. Bitte entschuldige, dass ich bisher mit dir nie über Stephanies Untreue und meinen Mega-Gewinn sprechen wollte und auch nicht über meine jetzige Angst, beseitigt zu werden. Vielleicht sehe ich auch nur zu schwarz und du und ich gehen beide gemeinsam fröhlich von Bord und trinken in Berlin mal ein Glas auf alte Zeiten.

Sei freundschaftlich gegrüßt von deinem alten Studienkameraden.

Paul."

Ich hatte beim Lesen mehrmals die Luft angehalten. 28 Millionen Euro! Was konnte man alles mit diesem Geld anfangen. Ja, eigentlich was? Ich hätte es nicht gewinnen mögen. Es war einfach zu viel. Manchmal spiele ich auch Lotto. Wenn ich Glück habe, werden es ein Dreier und neun Euro fünfzig. Eine Million würde mir guttun. Ich wüsste, was ich damit machen könnte. Aber 28 Millionen? Das war zu heftig! Ich glaube nicht, dass es Glück bringen würde. Für Paul hatte es den Tod bedeutet. Wenn seine Vermutungen stimmten.

Ich legte das Schreiben weg, um den Umschlag mit dem Testament zu öffnen. Er hatte es kurz und sachlich abgefasst:

„Mein Testament – Ich vererbe mein ganzes Vermögen und alle Dinge meines persönlichen Besitzes folgenden Stiftungen..." Er benannte fünf gemeinnützige Stiftungen in Berlin und im Bundesgebiet. „Mein Freund und Studienkamerad Thomas Webb“ – hier folgte meine Adresse – „soll 500.000 Euro erhalten. Mein bisheriges Testament vom 20. Mai 2017 erkläre ich hiermit für ungültig. Meine Frau Stephanie soll nichts erben. Ich enterbe sie hiermit. Wenn sich herausstellt, dass sie gemeinsam mit ihrem Liebhaber Ansgar Esser und dem Privatdetektiv Jens Lohmann geplant hat, mich zu ermorden bzw. diesen Mord durchgeführt hat, tritt der Paragraph 2333 BGB in Kraft, in dem es heißt, dass der Pflichtteilberechtigte leer ausgehen kann, wenn er dem Erblasser nach dem Leben trachtet bzw. sich eines Verbrechens gegen ihn schuldig gemacht hat.“

Unterschrieben! Datum. Ort der Abfassung – hier hatte er Kirkwall angegeben und das Schiff. Alles handschriftlich. Ich schätzte, das müsste gültig sein, auch falls Stephanie einen cleveren Anwalt bemühen würde.

Über die 500.000 Euro, mit denen er mich bedacht hatte, kam ich gar nicht hinweg. Mein Gott, was würde ich damit alles anfangen können. Das musste ich erst mal verarbeiten. Ich würde nicht alles für mich verbrauchen, sondern kannte einige gemeinnützige Vereine, die viel Gutes taten, für Alte, für Flüchtlinge und für Kinder, und denen ich regelmäßig auch schon früher immer einmal etwas gespendet hatte.

Ich überlegte, was ich jetzt machen sollte. Das Testament musste unbedingt sofort bei einem Notar gebunkert werden. Ich kopierte es zweimal mit meinem Multifunktionsdrucker, nahm noch etwas zu mir und rief dann einen Bekannten privat an, der als Rechtsanwalt und Notar seine Brötchen verdiente. Er hatte seinen Laden, oder wie man so eine Kanzlei nennt, schon geschlossen. Aber als ich ihm klar machte, was Sache war und wie groß der Goldklumpen war, um den es ging, sagte er, dass er sein Büro noch einmal aufsuchen würde. Ich solle gleich kommen.

Es war siebzehn Uhr dreißig, als ich meine Wohnung in der Elsa-Brändström-Straße verließ.

Achtzehn Uhr zwölf schon lag das brisante Dokument im Tresor des Notars.

Etwa gegen zwanzig Uhr fiel mir bei einem Glas Merlot zu Hause ein, wie ich Stephanie und ihren Kumpanen ordentlich Feuer unter dem Hintern machen konnte. Und sie überführen würde.

„Prost, alter Junge!“, sagte ich zu mir und hob das Weinglas. „Du bist der Größte!“

30. Die Falle

Es war schon spät, aber ich wusste, wo ich zu dieser Stunde einen alten Bekannten treffen würde – Hauptkommissar Erhard Böhm. In der „Kloake“ nämlich. Trotz dieses ungewöhnlichen, abschreckenden Namens zählte diese Kneipe im Prenzlauer Berg zu den angesagtesten Lokalen der Bundeshauptstadt, sofern man von ihr wusste. Vincenc Köhler, der Wirt, hatte Werbung nicht nötig. Der gute Ruf der „Kloake“ hatte sich unter den Biertrinkern in den letzten Jahren verbreitet wie ein Lauffeuer. Auch in etlichen ausländischen Reiseführern konnte man einiges über das Lokal lesen. Beispielsweise, dass es hier zwölf verschiedene gute Biersorten gab, eine große Batterie voller Schnaps- und Whiskyflaschen, auserlesene Weine und solides hausgemachtes deutsches Essen. Ich kannte den Wirt seit Jahren. Köhler war Quereinsteiger in der Gastronomie. Ursprünglich hatte er als promovierter Jurist lange Jahre Vater Staat gedient und es bis zum Ministerialrat gebracht, ehe er einen Schlussstrich zog und – wie er es nannte – „einen anständigen Beruf“ ergriff. Am Zapfhahn hinter dem Tresen fühlte er sich wohler und zufriedener als in jenem Ministerium, in dem – auch das betonte er gern –

gekatzbuckelt, intrigiert und das Volk auch gern mal getäuscht und belogen wurde.

Ich gehörte zu den gelegentlichen Besuchern der „Kloake“ und zählte nicht zu den richtigen Stammkunden, aber Polizeihauptkommissar Böhm war einer. Ledig, weil ihm die Frau schon vor Jahrzehnten weggelaufen war, und kein Freund einsamer Fernsehabende daheim allein vor der Glotze, hatte er die „Kloake“ als seine gute Stube auserkoren, in der er sein Bierchen trank und sein Abendessen nahm. Gegen Mitternacht verließ er gewöhnlich den gastlichen Ort, um sich im nahen Daheim aufs Ohr zu hauen und bis früh selig durchzuschlafen.

Als ich die „Kloake“ betrat, hielt ich erst mal den Atem an. Die Luft war stickig und dick, obwohl hier auch längst nicht mehr geraucht werden durfte. Es war proppevoll, wie an fast jedem Abend. An einem Längstisch hatte sich eine Gruppe japanischer Touristen eingerichtet, die alle auch schon vom Alkohol ein bisschen angegangen waren. Ansonsten schwatzten, aßen und tranken überall mehr oder weniger rotgesichtige Gäste aus aller Herren Länder so fleißig, als ob sie dafür bezahlt würden. Der Name „Kloake“ schreckte niemand ab – im Gegenteil, die Kneipe galt als Geheimtipp für viele, die der Bundeshauptstadt einen Besuch abstatteten und sich einen feuchtfröhlichen Abend gönnen wollten. Auch namhafte Künstler sowie sogenannte Prominente aus dem Privatfernsehen hatte ich hier schon gesehen und auch diesen oder jenen hochkarätigen Politiker, der mal in dieser Atmosphäre ein bisschen abschalten wollte.

Man musste einige Stufen hinabsteigen, wenn man den lang gestreckten Raum betreten wollte, in dem eiserne Säulen die metallenen Bögen an der Decke stützten. Die Wände waren mit rohen Ziegeln naturbelassen worden, und in ihnen gab es Nischen, in denen alter Kram von vergangenen Zeiten zeugte. Eine gusseiserne Ladenkasse zu Beispiel, messingfarbene Petroleumlampen, eine uralte Kaffeemaschine mit fünf blitzenden Kugeln und riesigen Rädern zum Drehen. Bilder hingen an den Wänden. Wenn es Kunst war, dann verstand ich sie nicht. Manche Werke sahen aus, als hätte der Künstler nach der Arbeit seine Pinsel ausgestrichen. Über der Theke, direkt über dem Regal mit den Schnapsflaschen, prangte ein einfaches Gemälde im Querformat. Es zeigte eine Landschaft mit Olivenbäumen, in der die heilige Mutter Maria am Kreuz angenagelt war. Unter ihr, auf der Erde, saß das Jesuskind und heulte sich die Seele aus dem Leib. Zahlreiche Touristen konnten es sich nicht verkneifen, davon ein Handyfoto zu machen. In einer der Zeitungen der Hauptstadt hatte sich ein Leser über dieses Bild mächtig aufgeregt. Es gab dann eine rege Diskussion in der Presse. Von wegen Verscheißerung der Religion. Aber das Werk hing immer noch da und die ganze Aufregung hatte nur dazu beigetragen, noch viel mehr zahlende Gäste allabendlich in die „Kloake" zu spülen.

Hauptkommissar Böhm saß ganz hinten in der Ecke, etwas abseits von einer Gruppe Franzosen, die mit Blumenschmuck und schickem Outfit offenbar die Hochzeit einer jungen brünetten Dame im bodenlangen rosa Kleid begossen. Er blickte kurz auf, als ich neben ihm Platz nahm und knurrte: „Du hast mir noch gefehlt". Ich nahm das als freundliche Begrüßung und bestellte bei der bezopften Bedienung mit der weißen Kittelschürze ein großes Glas Ur-Krostitzer.

„Erzähl mir nicht, dass du zufällig hier bist", schnaufte Böhm. Er ist dick, naja, sagen wir mal, wohlbeleibt, und vielleicht sollte er seine Ernährungsgewohnheiten etwas umstellen. Aber er fühlt sich abends in der „Kloake" wohl. Darauf kommt es ja im Leben an.

„Naja“, sagte ich. „Nur mehr oder weniger!“

Wir prosteten einander zu. Dann fiel ich mit der Tür ins Haus. „Ich habe ein Problem und nur du kannst mir helfen.“

Ich hatte Böhm vor einem halben Jahr mit einem guten Tipp zu einer erstklassigen Urlaubsreise verhelfen können. Er wusste, dass er mir etwas schuldig war. Zwar wackelte er vielsagend mit dem Kopf, aber er war bereit mir zuzuhören.

„Spuck's aus!“, sagte er.

Ich erzählte von meiner Kreuzfahrt, von Pauls Unfall, von Stephanies Untreue, vom „Loser“ Ansgar und vom Privatdetektiv Lohmann und ließ die Katze aus dem Sack, als ich auf die 28 Millionen Euro und Pauls neues Testament zu sprechen kam. Böhm hörte aufmerksam zu. Nur manchmal unterbrach er mich mit einer Frage. Dann lehnte er sich auf seinem Stuhl zurück.

„Du glaubst, sie haben ihn umgebracht, um an sein Geld zu kommen?“ Er piekste nachdenklich mit seiner Gabel in den Resten des Bauernfrühstücks herum, bei dem ich ihn gestört hatte, und sah mich offen an. „Und jetzt willst du sie aufs Kreuz legen? Mit meiner Hilfe?“ Er schnaufte wieder heftig. „Wie stellst du dir das vor? Es gibt keinen Fall Paul Schönlein. Bella-Cruises hat es sicher unter Unfall abgeheftet. Es gibt keine Beweise. Alles, was du hier erzählst, sind nur blanke Vermutungen.“

Ich legte ihm die Hand auf den Arm. „Du hast Recht. Aber ich habe einen Plan…“

Und ich erzählte ihm, was ich vorhatte und wie er mir dabei unter die Arme greifen könnte.

„Hmm…“, sagte er. Mehr nicht. Ich redete auf ihn ein, dass mir der Mund fusselig wurde. Irgendwann erwachte dann doch in ihm der polizeiliche Jagdtrieb.

„Na schön!“, gab er nach. „Aber wenn es schief geht, bekomme ich eins auf die Kappe, während du aus allem raus bist.“

„Das geht nicht schief“, beschwor ich ihn. „Wenn es um eine solche Summe Geld geht, werden Stephanie Schönlein und ihrer Kumpane in die Falle tappen. Weil sie unendlich gierig sind.“

„Na gut!“, sagte Böhm. „Wir treffen uns morgen Nachmittag bei dir. Ich sorge dafür, dass du mit dem Equipment ausgestattet wirst und werde am Abend zur Stelle sein. Bloß mach das Zeitfenster nicht zu groß. Ich will mir nicht unnötig die Beine in den Bauch stehen.“

Als ich wieder zu Hause war, wollte sich der Schlaf nicht einstellen, so müde, wie ich auch war. Böhm hatte nicht unrecht. Ob das klappen würde, was ich vorhatte, schien mir jetzt auch fraglich. Ich hatte vor, Stephanie und ihren Handlangern eine Falle zu stellen. Bloß – zu einer solchen Sache gehören immer zwei Seiten, die mitmachen. Unruhig wälzte ich mich im Bett hin und her. Als ich endlich einschlief, träumte ich, der Kohlenhändler stünde vor meiner Tür und würde mir eine Ladung Briketts anliefern. Ich schaute durch den Türspion und schrak zusammen. Der Kohlenhändler war Lohmann. Sein Gesicht sah hasserfüllt aus. Ich öffnete die Tür nicht, aber er klingelte und klingelte weiter und machte damit einen Heidenlärm. Ich schreckte auf. Es war mein Wecker.

Briketts. Kohlenhändler. Damit hatte ich mich vor einem halben Leben herumschlagen müssen, wenn der Winter vor der Tür stand. Ofenheizung. Kohlen aus dem Keller empor schleppen. Mein Gott, aus welchem Urschleim war dieser Traum emporgestiegen. Und dann noch Lohmanns Gesicht mit diesem bösen Ausdruck!

Ich duschte den dummen Traum kalt weg und frühstückte ausgiebig. Machte mich fein und fit, denn ich wollte die trauernde Witwe Stephanie besuchen.

Mal sehen, wie sie drauf war.

Halb zehn rief ich sie auf dem Handy an. Ich erwischte Stephanie zu Hause. Sie würde Home-Office machen, sagte sie. Pauls Tod hätte sie so mitgenommen, dass sie nicht in die Firma gehen könne. Über meinen Anruf freute sie sich, und als ich sagte, ich würde gern mal vorbeikommen, um ihr persönlich Trost und Beileid auszusprechen, ging sie sofort darauf ein. Als ich noch erwähnte, es gäbe ein neues Testament von Paul, in dem für sie einschneidende Änderungen festgelegt wären, schlug sie vor, ich solle mich doch gleich zu ihr auf den Weg machen – dann könnte ich ihr erzählen, was Sache war. Ich sagte, ich würde gegen Elf bei ihr sein, und da meinte sie, das käme ihr sehr gelegen.

Stephanie Schönlein wohnte in einer Siedlung in Rosenthal, nahe Wilhelmsruh, die ursprünglich einmal für Funktionäre des Zentralkomitees der SED errichtet worden war. Das parteieigene Bauunternehmen Fundament hatte dort auf einer großen Brache zahlreiche Einfamilienhäuser hingesetzt, in denen Abteilungsleiter des ZK und ihre Stellvertreter, persönliche Mitarbeiter von Politbüromitgliedern und andere hochangebundene Kader der Partei praktisch für einen Apfel und ein Ei zur Miete wohnen konnten. Die Siedlung lag nicht unweit von der Mauer. Ich habe mich immer gefragt, warum das so war. Wenn der westdeutsche Klassenfeind wirklich so gefährlich und aggressiv war, wie die SED immer behauptete, dann hätte er die hoch angebundenen Genossen im Ernstfall mit einem Handstreich alle zugleich in den Sack stecken können und die Partei hätte ziemlich kopflos dagestanden.

Nach Wende und Einheit hatte die Treuhand zugeschlagen. Nur noch ganz wenige einzelne Genossen hatten es geschafft, ihre Häuser zu kaufen. In den vielen anderen wohnten jetzt „normale“ Menschen wie du und ich, welche die ehemals einheitlich grau aussehenden Bauten aufgehübscht hatten. Auch Schönleins hatten eines der Einfamilienhäuser erworben. Genauer gesagt, war es Stephanie gewesen. Denn sie war ja dass zahlende Mitglied der Familie. Gleich nach der Wende hatte sie ihre florierende Modefirma aufgezogen. Zuerst mit Hilfe westdeutscher Partner, die sie aber bald geschickt aus ihrem Unternehmen ausgebootet hatte. Ich hatte immer geglaubt, der Betrieb würde auch heute noch viel Geld bringen. Tja, da hatte ich mich wohl geirrt. Jedenfalls war sie jetzt ziemlich auf Pauls Millionen angewiesen. So schnell kann sich die wirtschaftliche Lage ändern. Als Paul noch sprichwörtlich den Kitt aus den Fensterrahmen essen musste, hatte sie ihm die Sache mit der Gütertrennung eingeredet. Wahrscheinlich hatte sie es nun bereut und nur Pauls Tod sollte ihr den Weg zum großen Geld ebnen. Wenn es so war, dass sie hinter allem steckte, was ihrem Mann passiert war, dann würde sie auf meinen Plan anspringen.

Wenn…

Falls ich mich irrte, würde alles gründlich schief gehen. Aber sollte ich Recht haben, dann würde ich Privatdetektiv Lohmann nicht nur im Traum sehr schnell wiederbegegnen. Und wahrscheinlich ihr oder ihrem Lover Ansgar auch.

Punkt Elf drückte ich den Klingelknopf an der Gartentür in der Straße am Wiesenwinkel. Stephanie trat aus dem Haus und winkte mir, ich möge eintreten. Sie trug Schwarz, von oben bis unten. Es stand ihr gut. Sie wirkte schöner denn je. Ein leichtes Lächeln glitt über ihre Lippen, als sie mich begrüßte, drückte und umarmte. Sie duftete nach einem teuren Parfüm, das sie wie eine Wolke umgab.

„Einen Kaffee?", fragte sie, als wir uns im Wohnzimmer in einer Sitzecke gegenüber saßen.

Ich schüttelte den Kopf. „Nein, danke! Ich habe nicht viel Zeit. Ich wollte dir wirklich nur mein Beileid zu deinem großen Verlust aussprechen. Ich bin selbst ganz betroffen. Zum einen, weil ich Paul schon ein halbes Leben lang gekannt und als Freund geschätzt habe. Und zum anderen, weil ich auch auf diesem Schiff war, aber das Schreckliche nicht verhindern konnte. Du kannst mir glauben – ich habe alles versucht, an Paul heranzukommen. Aber er hat immer Abstand halten wollen. Hat meine Hilfe nicht haben wollen. Und dann ist es passiert…"

Ich musste selbst schlucken bei der Erinnerung an seinen Sturz über die Reling. Vor meinem geistigen Auge sah ich ihn wieder auf dem Parcour liegen, in einer Blutlache, mausetot.

Stephanie berichtete, dass sich die Schiffsagentur der Kreuzfahrtlinie um die Überführung von Pauls Leichnam kümmern wolle. Das dauere noch. Formalitäten, Formalitäten und nochmals Formalitäten. Bei dem Gedanken an alles, was geschehen war und was noch damit zu tun hatte, seufzte sie auf und griff sich ans Herz.

„Ist dir nicht gut?", fragte ich.

„Oh Gott!", sagte Stephanie leise. „Ich brauche dringend ein Glas Wasser!" Sie erhob sich und eilte in die Küche. Ich hörte, wie sie den Wasserhahn aufdrehte und mit Geschirr klapperte. Nach einer ganzen Weile kam sie zurück. Ihr Augen waren rotgeweint und dicke Tränen liefen ihr die Wangen hinab.

„Ich habe ihn so geliebt", schluchzte sie. „Er war mein ganzes Leben."

Behutsam nahm ich ihre Hand und drückte sie. Ließ wieder los und fuhr mir selbst leicht über die Augen.

Und roch den Zwiebelduft an meinen Fingern. Erstarrte innerlich. Begriff es sofort.

Diese verdammte Schauspielerin. Sie hatte sich die roten Augen und die Tränenflut in der Küche mit Hilfe von zerschnittenen Zwiebeln zurechtgebastelt.

„Was ist mit diesem neuen Testament?“, sie schluchzte noch einmal und wischte sich dann das Nass auf ihrem Gesicht mit einem Taschentuch fort. „Wieso hast du es? Wann hat er es geschrieben?“

Ich erzählte ihr in groben Zügen, dass Paul sie enterbt hatte und ihr sogar den Pflichtteil entziehen wollte. Warum – das sagte ich ihr nicht. Ich wollte nicht mein ganzes Pulver verschießen. Ich verschwieg ihr auch Pauls Brief an mich.

„Das neue Testament liegt bei mir zu Hause in der Schublade unter dem Fernseher“, schwadronierte ich. „Da ist es vor fremden Blicken sicher.“

„Mich enterben? Aber weshalb denn?“ Stephanies Gesicht war rot angelaufen. Das war echte Wut. Aber sie hatte sich gut im Griff. „Kann ich das Testament mal sehen? Heute zu dir kommen?“

„Tut mir Leid, Steph“, sagte ich. „Aber ich habe heute viel vor. Bin nur noch bis vierzehn Uhr zu Hause und habe dann zu tun. Von zwei bis sechs bin ich unterwegs. Da geht es also auch nicht. Und ich möchte das Dokument morgen zum Notar bringen, wie es Paul von mir erbeten hat. Der Anwalt wird auf dich zukommen. Bei der Testamentseröffnung erfährst du dann alles.“

Ich überlegte, ob das Zeitfenster von vierzehn bis achtzehn Uhr zu groß war, in dem ich angeblich nicht daheim sein würde. Nur in dieser Zeit könnte Stephanie mit Hilfe ihrer beiden Helfer versuchen, an das Testament heran zu kommen. Aber ich hatte zu berücksichtigen, dass die trauernde Witwe erst ihren Liebhaber und den Privatdetektiv erreichen und in Bewegung setzen musste, ehe dieses Pack versuchen konnte, das brisante Testament an sich zu bringen. Vor um Drei nachmittags würden sie nicht in meiner Wohnung auftauchen. Wahrscheinlich würde sich Stephanie sofort ans Telefon hängen, um beide zu informieren.

„Ich habe ihn so geliebt, Tom“, sagte sie denn auch prompt. „Aber dass Leben geht weiter. Ich muss eine dringende Angelegenheit erledigen, die meine Modefirma betrifft. Sei also nicht böse, wenn ich mich jetzt von dir verabschiede.“ Wir erhoben uns. Sie brachte mich zur Tür.

„Danke, dass du gekommen bist. Ich muss erst mal wieder klarkommen. Das mit dem Testament verstehe ich nicht. Wir haben uns doch so sehr geliebt. Wie konnte er mir dann das antun?“ Ich spürte unterdrückte Wut in ihrem Ton.

Sie umarmte und drückte mich nochmals herzlich und versicherte mir, dass ich ein guter Freund sei. Ihr bester Freund. Und ich sagte ihr, dass ich immer für sie da sein würde. Wenn Lügen Flügel hätten, dann wären wir jetzt hoch in der Luft herumgeflattert. Ich machte mich auf den Weg. Sie sah mir nach, als ich mich vor dem Gartentor noch einmal umdrehte.

Sie winkte. Aber ihr Gesicht war hasserfüllt.

31. Zugriff

Ich vertrieb mir die Zeit bis vierzehn Uhr mit Einkäufen im Rathaus-Center und einem Mittagessen daheim aus der Dose. Kartoffelsuppe mit Würstchen. Was soeben reich gewordene Leute gerademal so essen. Als es dann soweit war, zog ich mir leichte Kleidung an und verließ das Haus. Auf der Straße sah ich mich nicht nach Autos um, die eventuell am Fahrbahnrand oder auf dem Mittelstreifen herumstanden, weil ihre Insassen darauf warteten, dass meine Wohnung leer war. Ich war mir sicher, dass sie irgendwo hier lauerten – zwei oder drei Personen, von denen jemand in mein Zuhause einbrechen würde, um das Testament an sich zu bringen und jemand anderes im Wagen warten blieb, für den Fall, dass ich vorzeitig zurückkommen sollte.

Ich ging die Elsa-Brändström-Straße bis zur Neumannstraße entlang. Im Neumann-Center stieg ich auf die Fahrtreppe zum Supermarkt im Untergeschoss hinunter und fuhr, unten angekommen, gleich wieder hinauf ins Erdgeschoss. Einen Verfolger hätte ich damit sofort bemerkt. Es gab keinen. Und das war für mich das Signal wieder aus dem Center hinaus zu gehen und eine Straße weiter an die Karosserie eines Transporters mit der Aufschrift „Möllers Wurst“ zu klopfen. Die Schiebetür an der Seite ging auf – Hauptkommissar Böhm zog mich in den Wagen. Es waren noch zwei Leute im Fahrzeug. Ein Mann um die Dreißig und eine junge Frau von verhaltener Schönheit. Keiner von ihnen trug eine Uniform.

Sie waren darin geübt und brauchten keine zehn Minuten, um mich ordentlich zu verwanzen. Die junge Frau in Zivil klebte mir den winzigen, aber leistungsstarken Sender auf die Haut. Das Kabel zum Mikro führte in ein Knopfloch meiner Sommerjacke. Ich würde die Kleidung in der Wohnung anbehalten müssen und vielleicht würde es mir darin etwas warm werden. Aber was tut man nicht alles für den guten Zweck!

Auf diese Weise technisch perfekt ausgestattet, schlüpfte ich über einen Hinterhof wieder in das Haus, in dem ich wohne. Ein bisschen schlackerten mir die Knie, als ich die Treppe emporstieg, denn vielleicht waren Stephanies Helfershelfer schon drinnen in der Wohnung. Aber sie waren vielleicht die Schlimmsten, aber nicht die Schnellsten. Ich holte mir einen Hocker, Matt Olssens Thriller „Demut" aus dem Bücherregal im Wohnzimmer, ein Weinglas aus dem Glasschrank daneben, ging durch die Küche und richtete mich in meiner geräumigen Speisekammer daneben ein. In meinen Weinbeständen fand ich noch einen guten Tropfen, den ich mir bei der Lektüre zu Gemüte ziehen wollte. Hier in der Speisekammer würden sie mich nicht vermuten.

Ich war beim Lesen gerade an der Stelle, wo der Serienmörder einem seiner Opfer den Slip herunterzieht, als ich hörte, wie es an meiner Wohnungstür klapperte. Deshalb legte ich das Buch auf den Korb mit den Kartoffeln, stellte das halbvolle Weinglas in ein Regal und lauschte angestrengt.

Da ich bei Stephanie ganz nebenbei gezielt bemerkt hatte, alle anderen Hausbewohner seien tagsüber auf ihrer Arbeitsstelle und nicht daheim, gaben sich meine unerwünschten Besucher nicht viel Mühe, leise zu sein. Ich hörte, wie sie miteinander sprachen, als sie meine Wohnungstür geöffnet hatten und eingetreten waren. Lohmann als Privatdetektiv besaß vermutlich ein Lock-Picking-Set, mit dem er Schlösser knacken konnte, ohne sie zu beschädigen.

Die Wohnungstür klappte hörbar zu. Schritte waren zu hören. Und ein paar Worte.

„Die Küche – die kann uns egal sein", vernahm ich in meinem Versteck. Das war die Stimme des „Losers" gewesen. „Schauen wir doch lieber mal dort vorn rein."

Die Wohnzimmertür quietschte. Ich wollte ihre Angeln schon immer etwas ölen. Jetzt kam mir zunutze, dass ich mir oft viel vornehme, es aber nie mache. Die Beiden hatten also den Ort ihrer Suche auf Anhieb gefunden. Gleich würden sie die Schubladen unter dem TV-Gerät aufziehen und in einer von ihnen die Kopie des Testaments finden. Wahrscheinlich brauchten sie ein paar Augenblicke, um festzustellen, dass es nicht das Original war. Ob sie deshalb weitersuchen würden?

Ich beschloss, in Erscheinung zu treten, ehe sie meine schöne Wohnung auf den Kopf stellten, erhob mich von meinem Hocker und durchquerte die Küche.

„Verdammt – nur eine Kopie!“, hörte ich Lohmann sagen.

„Dann müssen wir hier alles umkrempeln, bis wir das echte Dokument finden“, erwiderte der „Loser“ Ansgar. Schranktüren klappten auf. Gläser klirrten.

„Aber meine Herren – Sie werden doch nicht in fremden Sachen herumkramen. Das gehört sich nicht. Waren Sie denn niemals in der Tanzstunde, wo man gutes Benehmen lernt?“, rief ich aus. Mikrofon und Sender waren eingeschaltet. Ich stand mittlerweile auf der Schwelle der Wohnzimmertür und schüttelte missbilligend den Kopf. Natürlich hatten sie Gummihandschuhe an, um keine Spuren zu hinterlassen.

„Was machen Sie denn hier?“. Entfuhr es dem „Loser“. „Wir haben Sie doch fortgehen sehen.“

„Fortgehen?“, fragte ich scheinheilig. „Ich bin seit früh nicht weg gewesen.“

Lohmann griff in seinen Hosenbund. Er zog eine Pistole und richtete sie auf mich. „Verscheißern können wir uns alleine“, zischte er. „Sagen Sie uns, wo dieses verdammte Testament ist.“

„Da liegt es doch“, ich zeigte auf den Fußboden.

„Das ist nur eine Kopie“, der Privatdetektiv wedelte mit seiner Waffe herum. „Irgendwo muss auch das Original sein.“

„Ich sage Ihnen, wo, wenn Sie mir verraten, weshalb Sie Paul Schönlein umgebracht haben.“

„Das könnte Ihnen so passen!“, grinste der „Loser“, „damit Sie zur Polizei rennen.“

„Dazu wird er nicht mehr kommen“, mischte sich Lohmann ein. „Das heißt – wenn Sie uns sagen, wo wir den Wisch finden, dann lassen wir Sie unbeschädigt laufen.“

„Machen wir einen Deal“, schlug ich vor. „Sie erzählen mir, was es mit den vergeblichen Anschlägen auf Paul auf sich hatte und wie Sie ihn schließlich doch noch erwischt haben, und ich verrate Ihnen dann, wo ich das Testament habe. Ich habe es so gut versteckt, dass Sie allein es niemals finden können.“

Lohmann wies mit der freien Hand auf einen Sessel in meiner Sitzgruppe um den Wohnzimmertisch. „Setzen!“, befahl er. „Wir haben hier das Sagen!“

Ich nahm brav Platz. Die Zwei blieben stehen. Ansgar schnippte nervös mit den Fingern seiner Rechten, während Lohmann mich aus zusammengekniffenen Augen anstarrte. „Warum sollten wir Sie verschonen? Wenn Sie es hier haben, dann haben Sie es versteckt – wenn Sie es versteckt haben, dann werde ich es finden.“ Ich musste lächeln.

„Da kannst du dich noch so sehr über uns lustig machen, am Schluss werden wir doch das Papier bekommen“, sagte der „Loser“ Ansgar bockig. „Wir machen dir solange Feuer unter dem Arsch, bis zu uns verrätst, wo du es verbuddelt hast.“

„Schlechtes Deutsch!“, meinte ich. Dann ignorierte ich ihn und wandte mich an Lohmann: „Was halten Sie von meinem Vorschlag? Sie schenken mir reinen Wein ein und ich revanchiere mich. Keine Angst. Ich werde Sie nicht bei der Polizei verpfeifen. Schon deshalb nicht, weil ich Stephanie sehr schätze und früher mal sogar in sie verknallt war. Sie steckt doch hinter allem, nicht wahr?“

Lohmann nickte bedächtig. „Das alles wäre nicht passiert, wenn Paul Schönlein nicht so misstrauisch gewesen wäre. Hätte er mich nicht beauftragt, seiner Frau nachzuspionieren, würde er wahrscheinlich noch leben." Ich bezweifelte das, nickte aber fleißig, um das Gespräch in Gang zu halten. Jetzt, wo er sang wie ein kleiner Vogel.

„Und es wäre auch nicht geschehen, wenn Schönlein nicht seiner Frau von diesem enormen Lottogewinn erzählt hätte", fuhr er fort. „Leider hätte Stephanie Schönlein von der Riesensumme nichts oder nur einen kleinen Brocken abbekommen. Gemeinsam mit unserem Freund Ansgar beschloss sie deshalb, ihn in eine bessere Welt zu schicken und zu beerben."

„Bloß dass alle Anschläge schief gingen", warf ich ein. „Freund Ansgar hatte kein Händchen für einen Todesfall durch Unfall."

„Paul hatte einfach Glück", schimpfte der „Loser", weil ich seine mörderischen Talente nicht schätzte. „Immer ging es haarscharf daneben."

„Und da wurde Paul misstrauisch!", stellte ich sachlich fest. „Da er ohnehin einen Privatdetektiv engagiert hatte, weil er seiner Frau nicht traute und der ihm auch die Beweise für ihre Untreue lieferte, sollten Sie ihn vor weiteren Vorfällen ähnlicher Art beschützen." Ich blickte Lohmann an, der keine Miene verzog. „Leider wechselten Sie die Seiten. Wieviel haben Ihnen Frau Schönlein und Herr Esser geboten, wenn Sie mitmachen, Herrn Schönlein zu beseitigen? Hunderttausend? Das Doppelte? Eine Viertelmillion?"

Lohmann grinste. „Eine ganze Million!" Ich pfiff durch die Zähne. Dafür musste eine alte Frau sehr lange stricken. Er lächelte: „Steuerfrei! Da hätten doch auch Sie mitgeholfen, den reichen Knaben über die Reling zu werfen."

„Nachdem Sie ihm eins mit dem Totschläger über den Kopf gegeben haben", seufzte ich. „Die Schiffsärztin sprach ja von einer letalen Kopfverletzung. Sie hat nur geglaubt, die käme vom Sturz aufs Deck." Eines interessierte mich. „Wie haben Sie denn diese Waffe mit an Bord gekriegt?"

„Gar nicht!", lachte der „Loser". „Es war ein Montiereisen, das einer der Schiffshandwerker im Gang liegengelassen hatte. Wir haben es später ins Meer geworfen."

Beide traten näher. Es wirkte bedrohlich, weil sie vor mir standen und ich vor ihnen wie ein Hänfling im Sessel hockte. Lohmann hatte zwar die Pistole gesenkt, aber er konnte sie jeden Moment wieder auf mich richten. Sie warteten ja nur darauf, dass ich ihnen sagte, wo in der Wohnung das Dokument versteckt war. Dann würde mich der Privatdetektiv erschießen, und sie würden die Wohnung verwüsten wie bei einem Einbruch. Ihre Gummihandschuhe an den Händen besagten, dass sie keine Fingerabdrücke hinterlassen wollten.

„So – jetzt wissen Sie's! Und nun sind Sie dran. Wo ist das Testament?" Der „Loser" baute sich dicht vor mir auf.

„Natürlich halte ich mein Wort." In beider Augen glitzerte es gierig. Gleich würde sich dort Enttäuschung breitmachen. „Ich habe es gestern zu einem Notar gebracht."

Man hätte in der Stille eine Stecknadel fallen hören können. Lohmann und sein Kumpan schnappten nach Luft. Dann hob der Privatdetektiv die Waffe.

„Zugriff!", rief ich lauter als nötig. Lohmann hielt mitten in seiner Handbewegung inne. Der „Loser" erstarrte.

Draußen wurde die Wohnungstür aufgerissen. Es hatte sich bezahlt gemacht, dass ich Böhm heute Morgen meinen Zweitschlüssel gegeben hatte. Sie trampelten herein in einer Art, laut und mit Geschrei, wie es nur Polizisten können.

Der „Loser“ machte einen Satz auf mich zu. Aber die Polizisten hielten ihn davon ab, mir an den Kragen zu gehen.

Lohmann ließ die Pistole fallen und zog einen Flunsch, während sie ihm Handschellen anlegten.

„Schade!“, sagte er. „Ich wollte nie wieder Geldsorgen haben.“

Epilog

Es war Winter geworden. In Deutschland wurde es grimmig kalt, der Klimaerwärmung zum Trotz. Meine Kreuzfahrt mit der „Bella Auranta“ lag nun schon Monate zurück. Die schöne Stephanie, der „Loser“ Ansgar und der Privatdetektiv Jens Lohmann warteten darauf, dass ihnen der Prozess gemacht wurde. Sie saßen jeweils jeder für sich in einer schönen warmen Zelle und hatten keine Probleme mit dem Wetter. Angeblich sollte das Gerichtsverfahren schon im Februar sein. Das wäre dann ziemlich schnell gegangen. Die Drei mussten mit hohen Haftstrafen rechnen. Ich sollte als Zeuge vor Gericht aussagen. Mal sehen, wann die Vorladung kommen würde. Vorerst nicht.

Ich war wieder einmal unterwegs. In wärmeren Gefilden. Das Berliner Magazin, für das ich als fest-freier Mitarbeiter meine Reisebeiträge schreibe, hatte mich beauftragt, eine deutsche Reisegruppe durch Marokko zu begleiten. Sie hatten mir Frank Jenner als Fotografen mitgegeben, einen unbekümmerten jungen Burschen um die Fünfundzwanzig, der bemerkenswert gute Bilder schießen konnte. Er saß jetzt im Bus neben mir und machte ein Nickerchen, während wir auf der staubigen Straße entlangfuhren, die von Erfoud in die Wüste führte.

Ich vertrieb mir während der Fahrt die Langeweile, indem ich in meinem Laptop die Notizen ordnete, aus denen letztendlich meine Reisereportage entstehen sollte. Wir waren nach Agadir geflogen und nach der Ankunft nach Marrakesch gebracht worden. Am nächsten Tag ging es nach Casablanca. Wir besichtigten die monumentale Hassan-II-Moschee, ein Meisterwerk arabisch-muslimischer Architektur. Der riesige Gebetssaal kann bis zu 25.000 Gläubige fassen. Das Minarett, so sagte man uns, sei mit 210 m das höchste religiöse Minarett der Welt. Nachts geht von ihm ein Laserstrahl nach Mekka aus.

Ich wusste schon jetzt, wie ich den Teil meiner Reportage, der Casablanca betreffen würde, aufmachen wollte. „Mit dem Namen der marokkanischen Metropole am Atlantik verbindet sich für uns untrennbar ein Hauch von Hollywood“, wollte ich schreiben. Und Bezug nehmen auf den gleichnamigen Kult-Klassiker mit Humphrey Bogart und Ingrid Bergman. Ein großer Teil der Filmhandlung spielt sich in „Rick's Café“ ab, das es in Wirklichkeit nur in den Kulissen des Studios in Hollywood gegeben hat. Doch seit 2004 existiert es – nachgestaltet – in der 248 Rue Sour Jdich in Casablanca. Als wir am Nachmittag des zweiten Reisetages freie Zeit für die eigene Erkundung der Stadt hatten, hielt ich ein Taxi an und ließ mich hinfahren.

In „Rick's Café“ war mir, als sei die Zeit stehen geblieben. Ich fand mich im Ambiente der vierziger Jahre wieder. Dunkle Möbel, eingedeckte Tische, weiße Wände, Arkaden mit Bögen im maurischen Stil, messingglänzende Leuchter und Gegenstände. Und dann dieses Klavier! „As Time Goes By“ ging mir durch den Kopf. Gleich würden sie hereinkommen – Humphrey Bogart und Ingrid Bergman – und sich gegenüberstehen. Und er wird ihr in die Augen schauen und „Kleines“ sagen.

Ja, so würde ich anfangen. Ich tippte noch ein paar Zeilen in den Laptop und klappte ihn dann zu. Draußen zog ein Araber im dunkelblauen Burnus mit seinem beladenen

Kamel am rechten Straßenrand vorbei. Die Gegend war einsam. Es konnte nicht mehr weit sein. Heute sollte es zum Erg Chebbi gehen, einer Dünenlandschaft im Süden Marokkos. Draußen mussten etwa fünfundzwanzig Grad sein. Im Bus kühlte die Klimaanlage auf ungefähr achtzehn Grad herunter. Die meisten Mitreisenden hatten deshalb leichte Jacken angezogen. Sie lehnten in den bequemen Sitzen, und einige hatten die Augen geschlossen, weil das Brummen des Busmotors eine einschläfernde Wirkung hatte.

Doch plötzlich verstummte der Motor.

Ich blickte von meinem Fensterplatz auf die Straße hinaus. Eine leere Baustelle im Nichts. Wir hatten angehalten, um einen entgegenkommenden staubigen einheimischen Kleinbus vorbeizulassen und dann auf der linken Straßenseite an den Sperrschildern vorbeizuziehen.

Das graue Fahrzeug auf der anderen Seite manövrierte sich langsam im Schritttempo an uns vorbei. Die Insassen schauten zu uns herüber. Die einen neugierig, andere mit gleichgültigen Gesichtern. Die Männer trugen ihre Djellabas, dunkle Kapuzenmäntel, auch einige Frauen saßen da drüben, züchtig verhüllt an Schultern, Hals und Armen.

Ich blickte kurz hinüber zu ihnen und hätte beinahe schon den Kopf wieder von meiner Fensterscheibe abgewendet.

Da sah ich sie!

Sie trug ein dunkelblaues Tuch über dem Kopf, das ihre schulterlangen braunen Haare verhüllte. Auch sie steckte in einem sackartigen Gewand, so dass ihr Gesicht mit den wachen graugrünen Augen noch mehr zur Geltung kam. Sie wandte den Kopf zu ihrem Fenster und sah mich an. So dicht war sie da. Fast zum Greifen nah.

Turner!

Danielle!

Langsam, wie in Zeitlupe, zog ihr Bus an unserem Fahrzeug vorbei. Ihre Augen fixierten mich. Eindringlich. Ihr Gesicht blieb unbewegt.

Dann legte sie zwei Finger an ihre Lippen und küsste sie. Presste dann diese beiden Finger an ihre Fensterscheibe. Ein leichtes Lächeln. Ein seltsamer Blick.

Ich hob zögernd die Hand empor.

Aber ich weiß nicht, ob sie das noch sah. Ihr Gesicht glitt an mir vorbei, als der Kleinbus dort drüben wieder schneller wurde.

Und sie war fort, als wäre sie nie da gewesen.

Anmerkung des Autors

„Kreuzfahrt kann sehr tödlich sein" ist ein Faction-Thriller. Das heißt, einige Fakten und viel Fiktion sind miteinander vermischt. Es ist ein Roman, kein Tatsachenbericht – die Handlung und alle handelnden Personen sind frei erfunden. Jede Ähnlichkeit mit lebenden oder gestorbenen Personen oder real existierenden Unternehmen wäre rein zufällig. Dasselbe gilt für alle Sachen oder Ereignisse. Vielleicht hat es wirklich einmal einen amerikanischen „Maulwurf" im Kreml gegeben, aber dann auf jeden Fall nicht diesen. Die Supermacht Sowjetunion ist nicht durch das Wirken einer hochrangigen Person, die der US-Geheimdienst CIA angeworben hat, zugrunde gegangen. Sondern der Kollaps der UdSSR ist vermutlich - wie beispielweise Valentin Falin, der ehemalige enge Mitarbeiter des KPdSU-Generalsekretärs in seinem Buch „Konflikte im Kreml" andeutet - durch die Inkompetenz Michail Gorbatschows verursacht worden.

Insofern erzählt dieser Thriller lediglich eine fiktive Geschichte, die zum Teil an realen und zum Teil an erfundenen Orten spielt. Die im Buch dargestellte Kreuzfahrtreederei „Bella Cruises“ gibt es in dieser Form ebenso wenig wie die „Bella Auranta“, auf der sich viele Begebenheiten bei dieser beschriebenen Schiffsreise abspielen. Sicher gibt es irgendwo auf der britischen Insel oder anderswo ein Lokal, das „Black Swan“ heißt, einen Pub namens „Fox“ und ähnliches. Trotz der vom Autor in künstlerischer Freiheit dargestellten fiktiven Handlung mögen hier und dort Anklänge an das Verhalten lebender oder verstorbener Personen oder an real existierende Orte und Geschehnisse nicht immer vermeidbar gewesen sein. Die vom Grundgesetz geschützte Freiheit der Kunst ermöglicht das aber umfassend.

Meinungen, Anschauungen und Aussprüche der handelnden Personen, auch des Ich-Erzählers, sind nicht unbedingt identisch mit denen des Autors.

Und wer glaubt, sich in dieser oder jener Figur wiederzuerkennen, dem versichere ich, dass er nicht gemeint ist.

Als Autor ist man manchmal sein eigener Lektor und übersieht deshalb Tipp- und Rechtschreibfehler schneller. Ich danke allen, die Korrektur gelesen haben. Für das, was trotzdem übersehen wurde, bitte ich um Entschuldigung.

Noch erschienen vom gleichen Autor:

Jan Gillsborg

15:49 Järvenpää

Eigentlich wollte der Reisejournalist Thomas Webb nur seinen ehemaligen Studienkameraden Stephan Rossmann in Järvenpää, Finnland, besuchen. Aber er trifft den früheren Fotografen nur sterbend an und im Haus findet er zwei tote Killer. Als Webb den brisanten Inhalt des Tre-

sors seines Freundes mitnimmt, löst er dadurch eine gefährliche Kettenreaktion aus. Personen, die ihm Aufschluss über mögliche Hintergründe der Ereignisse geben könnten, sterben unerwartet oder sind verschwunden. Webb gerät mehr als einmal in Lebensgefahr, lernt geheimnisvolle Feinde und Freunde kennen und wird mit der Welt der Geheimdienste konfrontiert. Spuren des jetzigen Geschehens reichen etwa dreißig Jahre zurück in die Vergangenheit, auf eine Waldwiese in der DDR. Sein Weg bei der Suche nach der Wahrheit führt Webb über Schweden, Marokko und Polen wieder nach Deutschland zurück, ehe es zum überraschenden Ende kommt.
Als eBook und als Taschenbuch online bestellbar

Jan Gillsborg
Leipzig kann sehr tödlich sein

Leipzig im Jahr 2019 vor den Landtagswahlen. Der Journalist Thomas Webb wird in einem Restaurant bei einem Anschlag angeschossen. Er kommt damit noch relativ gut weg. Ein Vorstandsmitglied der (fiktiven) neuen aufstrebenden rechtspopulistischen Partei der Aufrechten Patrioten Deutschlands, PAPD, wird getötet. Leipzig wird ein heißes Pflaster für Webb, als er für ein Berliner Magazin recherchiert, warum es in letzter Zeit zu unerklärlichen gewaltsamen Auseinandersetzungen zwischen Flüchtlingen und Leipzigern gekommen ist. Außerdem befasst er sich mit der PAPD, die den Flüchtlingen und anderen Migranten nicht wohlgesonnen ist und gerade jetzt vor den Wahlen sagenhaft gute Umfrageergebnisse einfährt. Ein Terroranschlag verschreckt die Leipziger, Was steckt hinter all der Gewalt? Oder genauer: Wer steckt dahinter?

Neben anderen Tätern ist auch noch ein psychopathischer Mörder hinter dem Journalisten her, der eine alte persönliche Rechnung mit Webb begleichen will. Ein Glück, dass dieser die attraktive rothaarige Polizistin Carola an seiner Seite hat.

Jan Gillsborg
Ein mörderischer Märchenprinz

Jonathan Glenn ist in den 80er Jahren der einzige zugelassene Privatdetektiv in der DDR. Doch drei seiner Fälle bringen ihn in tödliche Gefahr. Da geht es einmal um die Suche nach der Tochter eines höheren SED-Funktionärs, die nach Westberlin geflüchtet sein soll. Zum anderen bittet eine Rechtsanwaltskanzlei den Privatdetektiv um Hilfe, weil einige ihrer Klienten spurlos verschwunden sind, die einen Ausreiseantrag gestellt haben. Und in Lebensgefahr gerät Glenn auch, als er im Auftrag eines Kunden dessen Ehefrau beim Rendezvous mit ihrem Liebhaber beobachten soll. Als er merkt, dass alle drei Fälle zusammenhängen, ist er dem Tode nah. Die Handlung spielt in Ost- und Westberlin sowie in der Provinz der DDR.
Als eBook online bestellbar (EPUB)

Leseprobe aus „15:49 Järvenpää":

Neben dem Briefkasten befand sich eine Klingel. Ich drückte den Knopf, aber nichts passierte. Ich blickte auf meine Swatch. 15:49 Uhr.

Ich läutete noch einmal und konnte die Klingel drinnen im Flur hören.

Die Autos standen da, und er hatte gesagt, er wäre um diese Zeit zu Hause.

Da ging ich einfach auf das Grundstück hinein. Ich quetschte mich an dem Suburban, dessen Scheiben dunkel getönt waren, vorbei, steuerte auf die Haustür zu und wollte gerade klopfen – da entdeckte ich, dass die Tür einen Spalt offen stand.

Ich schob sie auf. Das heißt, ich wollte sie aufschieben. Aber das ging nicht so einfach. Ich spürte einen Widerstand.

„Hallo!“, rief ich. „Stephan?“

Keine Antwort. Ich rief noch einmal seinen Namen. Nichts. Da wandte ich so viel Kraft auf, wie ich aufbringen konnte, und tatsächlich bewegte sich die Tür nach innen. Irgendwas machte Schleifgeräusche. Als ich eintrat, sah ich sofort, was es war.

Ich müsste besser sagen, wer es war.

Es war die trübsinnige Bulldogge vom Schiff, die uns beobachtet hatte. Jetzt sah der Kerl nicht mehr sehr trübsinnig, sondern sehr tot aus. Sein Gesicht war blutverschmiert und auch auf seinem Hemd, das aus der Jacke lugte, breitete sich ein großer Fleck aus. Neben der rechten Hand des Toten sah ich eine Pistole, auf deren Lauf eine Art Röhre aufgeschraubt worden war. Ein Schalldämpfer.

Ich prallte zurück. Ehrlich, ich bin kein ängstlicher Typ. Ich fahre beispielsweise daheim nachts mit der U-Bahn, anstatt ein Taxi zu nehmen, und jeder weiß, dass man U-Bahnhöfe in Berlin zu später oder ganz früher Stunde besser meidet. Aber ich bin kein Held, denn Helden sind meist dumme Leute. Deshalb warf ich noch einen Blick ins Haus und rief, mit etwas zitternder Stimme: „Stephan? Bist du hier? Hallo…“

Niemand antwortete, aber ich glaubte ein leises Geräusch zu vernehmen, das aus dem Inneren des Gebäudes kam. Ich trat einige Schritte nach vorn, ging vor der toten traurigen Bulldogge in die Knie und hob die Pistole auf.

Eine Walther 9 mm, wie ich feststellte. Ich hatte anderthalb Jahre in Eggesin meinen Grundwehrdienst ableisten müssen und einen Unteroffizier gehabt, der ein Waffennarr gewesen war und uns viel über alle möglichen Schießeisen erzählt hatte. Deshalb kannte ich mich aus. Ich ließ das Magazin aus dem Griff schnellen und sah, dass noch einige Kammern geladen waren. Dann drückte ich es wieder hinein und lud durch.

Vorsichtig tastete ich die Taschen des Toten ab. Keine Brieftasche. Keine Papiere. Nur ein Ersatzmagazin für die Walther fand ich. Steckte es ein.

Langsam, die Pistole in der ausgestreckten Faust, bewegte ich mich weiter ins Haus. Hier vorn, an der Tür, war ein Flur mit Steinfußboden, an dessen rechter Seite sich Wandschränke und links die obligaten Kleiderhaken und Schuhschränke befanden. Rechts war die Treppe nach oben, links ging es zur Küche, die keine Tür besaß. Halblinks führte der Flur weiter in die Wohnräume. Ich trat leise auf, um den Toten nicht zu wecken und weil ich etwas Angst vor meiner eigenen Courage hatte, und erblickte plötzlich im Durchgang zur Küche ein paar Füße in schwarzen Schuhen. Da lag jemand.

„Stehen Sie auf!“, brüllte ich, „und nehmen Sie die Hände hoch!“

Natürlich stand der Mann, denn ein solcher war es, wie ich beim Nähertreten entdeckte, nicht auf, weil auch er nicht mehr unter den Lebenden weilte. Und ebenso natürlich war es, dass auch er eine Waffe mit Schalldämpfer gehabt hatte, denn seine Hand umschloss sie noch.

„Tom!“ Ein Hauch von einer Stimme.

Ich fuhr zusammen und trat mit schussbereiter Pistole in die Küche hinein. Links war die allbekannte Reihe mit Geschirrspüler, Waschbecken, Elektroherd und diversen Schränkchen untergebracht, rechts standen zwei große

Kühlschränke, an denen mit Magneten zahllose Zettel befestigt waren.

Am zweiten Kühlschrank lehnte Stephan Rossmann. Das heißt, eigentlich saß er dort. Seine Beine lagen lang ausgestreckt quer in die Küche hinein, leicht gespreizt, und mit dem Rücken lehnte Ross an der Kühlschranktür. Er sah nicht sonderlich gut aus. Blut an der Schulter, ein riesiger Blutfleck vorn auf dem hellblauen Jeanshemd und in der Gegend des Gürtels seiner Hose war ebenfalls jede Menge Blut zu sehen. Er lebte noch, aber das würde er nicht mehr lange durchhalten. Selbstverständlich – denn es hätte mich auch gewundert, wenn das nicht so gewesen wäre – hatte auch er ein Pistole in der Hand. Ohne Schalldämpfer. Das musste einigen Krach gemacht haben, aber das hier war eine einsame Straße und wenn in den umliegenden Häusern die Leute arbeiten waren, konnte man hier soviel herum ballern wie man wollte, ohne dass jemand kam und nachgucken würde.

„Ich rufe den Rettungswagen“, sagte ich mit flattriger Stimme und steckte meine Waffe hinten in den Hosenbund. „Wie ist hier bei euch die Notruf-Nummer?“ Ich sah mich um und bemerkte einige Einschusslöcher in den Wänden. „Was ist hier überhaupt los? Ich muss die Polizei…“

„Keine Polizei! Nicht die Bullen!“, hauchte Rossmann leise. „Und keinen Notarzt. Es ist vorbei mit mir.“

„Quatsch!“, sagte ich. „So schnell stirbt man nicht.“ Es war eine fromme Lüge.

Rossmann blickte mich aus Augen an, die schon nicht mehr in dieser Welt weilten.„Tom!“, flüsterte er, „ im Wohnzimmer ist ein Tresor. Der Code ist die deutsche Einheit. Nimm alles an dich. Auch das ganze Geld. Das Zeug muss weg. Die Fotos! Sie dürfen sie nicht kriegen! Und sieh zu, dass du den Kerl findest und erwischst...“

„Welchen Kerl? Und wer sind diese Leute?“ Ich beugte mich dicht zu ihm hinab. “Was für Fotos?“

Das Sprechen strengte ihn an. Ich wunderte mich, dass er noch ein paar Worte herausbekommen hatte. Er zog die Schultern hoch, als friere er. „Ich habe die Schweine doch gut erwischt, was? Er hat sie geschickt – mach ihn fertig. Alles ist im Tresor.“

Ich hörte ihn kaum noch.

„Wer ist „er“?“, fragte ich eindringlich.

„Nimm alles und mach dich dann dünn. Die kommen wieder…“ Er schloss die Augen vor Mattigkeit.

„Wer ist „er“?", fragte ich noch einmal.

Aber er öffnete die Augen nicht mehr. Aus seinem Mund kam ein dünnes Blutrinnsal. Er war schon auf dem Weg nach drüben.

„Mensch – Ross!“ Ich rüttelte ihn an der Schulter. Langsam rutschte sein Körper zur Seite und sank zusammen. Er würde mir nicht mehr antworten.

Seufzend richtete ich mich auf. Ich bin schon oft in beschissene Situationen geraten.

Das hier war die schlimmste…

ISBN 978-3-7531-1886-4
9 783753 118864
www.epubli.de